周代吉金文学研究

连秀丽 著

中国社会科学出版社

图书在版编目(CIP)数据

周代吉金文学研究／连秀丽著．—北京：中国社会科学出版社，2011.4

ISBN 978 - 7 - 5004 - 9697 - 7

Ⅰ.①周… Ⅱ.①连… Ⅲ.①中国文学—文学研究—周代 Ⅳ.①I209.24

中国版本图书馆 CIP 数据核字(2011)第 060847 号

策划编辑 郭沂纹
责任编辑 季寿荣
责任校对 高 婷
封面设计 四色土图文设计工作室
技术编辑 张汉林

出版发行 中国社会科学出版社
社 址 北京鼓楼西大街甲 158 号 邮 编 100720
电 话 010—84029450(邮购)
网 址 http://www.csspw.cn
经 销 新华书店
印 刷 北京新魏印刷厂 装 订 广增装订厂
版 次 2011 年 4 月第 1 版 印 次 2011 年 4 月第 1 次印刷
开 本 880×1230 1/32
印 张 10 插 页 2
字 数 239 千字
定 价 28.00 元

目　录

引　言

　　近年来，商周时期大量的青铜器物的出土，使人们再次领略到上古文明的辉煌气度，在惊喷之余，人们不禁以理性的目光考量其杰出的艺术成就。中国在夏代就已发现最早的青铜器，铜的冶炼技术及铜器的制造业已十分发达。真正的青铜文明则始于商朝中后期，到西周时臻至鼎盛，战国后期逐渐衰退。历史上常常将这绵延近千年之久的时期称为青铜时代。

　　目前已出土的青铜器，有数以万计之多，青铜器上常铸有文字，称为铭文或金文。目前铸铭之器，约 7000 多件，据容庚《金文编》第四版记载，金文单字数共计 3722 个，其中已识的字 2420 个，仍有一千多字无人能解。铭文少则三五字或三五十字，多者三五百字，铭文中最长的一篇《毛公鼎》，长达 499字。2003 年 1 月，陕西眉县杨家村出土的大量青铜器，其中《逨盘》铭文长达 373 字。长篇铭文的大量涌现，不仅生动地再现了两周社会的历史史实，而且对于上古时期历史、文化、文学、艺术的研究也起到重要的作用。

一　历史文献价值

　　铭文由于铭铸在特殊的载体青铜上，因而文字无经窜改或删编，保留了当时的面貌，从而具有真实的信史价值。铭文是上古时期珍贵的历史文献资料，郭沫若在《西周金文辞大系考释》初序中指出一些周文多有篡改，作为史料价值并非绝对货真价实，而"彝铭除少数伪器触目可辨者外，则虽一字一句均古人之真迹也"①。它不仅是两周社会的信史，而且还弥补了许多传世文献的不足，并与传世文献相互印证历史、还原历史，从而丰富了上古文献资料。另外，从殷商时期到春秋中期，铭文真实地记载了殷商到西周中期贵族统治阶级各方面的社会生活，从而具有丰富的历史价值。

统治者将政治生活中的重大历史事件和具有重大意义的事件铸刻于青铜器上，两周社会丰富的礼制，西周统治阶级与外族的战争，贵族官员的受赏册封，西周社会的法治思想，统治阶级的道德、文化思想，音乐艺术的成就等等，就反映生活的复杂和广度而言，铭文与《诗》、《书》可相比拟。难怪说者谓："以器而言曰钟鼎盘盂，以铭而言直可称为《周书》之逸篇。"② "铭辞之长有几及五百字者，说者每谓足抵《尚书》一篇，然其史料价值殆有过之而无不及。"③

"国之大事，在祀与戎。"祭祀是统治阶级的头等大事。拥有祭祀的权力就意味着拥有统治的权力。青铜器的铸造本身就是统治者祭祀的产物。周代统治者祭天、祭祖、分封、飨射等大礼都要铸刻成铭。金文中记载最多的还要数战争事件，几乎包括所有西周时期内外战争。传世文献中所没有记载的战争史实，在金文中多有反映。西周各个历史时期战乱不断，与四

---

① 《郭沫若全集·西周金文辞大系序文》考古编第 8 卷，科学出版社 2002年版，第 9 页。

② 郭沫若：《青铜时代》，中国人民大学出版社 2005 年版，第 235 页。

③ 同上。

邻常年征战。《小盂鼎》、《虢季子白盘》、《多友鼎》等记伐猃狁，《兮甲盘》、《多友鼎》、《不嬰簋》等记征伐淮夷和猃狁，都是历史上的重大事件。

1976 年，陕西临潼出土的青铜器利簋，为确定周朝立国提供了确切时间。《利簋》全文共 32 字，记载了武王灭商后第 8 天，在一个叫"阑"的地方，赐给右史"利"一些青铜，于是利就铸造了这件器物。它所记录的伐商时辰与《逸周书》及《尚书》中描述的完全吻合，无可争辩地肯定了牧野之战的具体日期。武王克商，建立西周王朝年份的确定，对中国古代史有着非凡的意义。另外，还依靠铭文中提到的"岁鼎"。"岁"即为木星，"岁鼎"指的就是那天清晨有"木星中天"的现象。依据《利簋》铭文记载，再综合天文、历法等知识，终于得出牧野之战的确切日期是公元前 1046 年。这将传世文献中所记载的"信史"始于公元前 841 年，向前推进了一大步。

《何尊》122 字铭文中记载的"中国"两字，成为"中国"一词最早的文献记载；《大盂鼎》铭文 291 字，距今约3000 年，记载了周康王对贵族的训诰和赏赐；《墙盘》铭文284 字，距今约 2900 年，记述西周六世先王的重要事迹及作器者的家世；《大克鼎》铭文 290 字，距今约 2800 年，记述周王对大臣的任命及赏赐；《逨盘》铭文 372 字，距今约 2800年，内容涉及西周王朝 13 位王中的 11 位，历史跨度达 200余年。

西周金文多数为周王朝官吏所作，诸侯国的金文相对来说较少。到周室东迁后的春秋时期，王朝衰微，金文陡然减少，而诸侯国的金文却大量出现。这个时期，不但一些强大的诸侯国，就连若干小诸侯国也有金文，其地方性显著加强。晋、

郑、齐、鲁、楚等国金文，在春秋金文中最为重要。如晋国的
《晋美鼎》，记晋文侯辅立周平王的功绩；齐国的《庚壶》，记
齐灵公伐莱等战役；楚国的令尹子《庚鼎》，也可与《左传》
相印证。秦国金文，如宝鸡出土的《秦公钟》，天水出土的
《秦公簋》，其字体与东方列国不同，已开后世秦篆之先。战
国中期的《中山王方壶铭》448 字，《中山王鼎铭》469 字，
内容记中山乘燕国内乱、齐国进军占领燕都之机，举兵伐燕，
取得大片土地。这是文献所缺书的重大史实。

二　文学价值

铜器不仅形制丰富，纹饰艺术突出，而且其上铸有大量的
文字。所谓青铜，就是铜和锡的合金。中国夏代青铜的冶炼和
制造技术就十分发达，周代以前把铜也叫金，所以铜器上的文
字又叫做"金文"或"铭文"，因钟鼎上的文字最多，所以又
称为"钟鼎文"。传统意义上的"金文"，是指秦汉以前的青
铜器铭文。古人将青铜器运用于祭祀等典礼场合，认为"凡
治人之道，莫重于礼。礼有五经，莫重于祭"。古人以祭祀为
吉礼，将祭祀用的青铜礼器称为吉金。

"吉金"一词首见于东周铭文，其时，"择其吉金，自作
龢钟"，是铭文最普遍的用语。是说"选择美好的青铜，自己
铸造和乐的乐钟"。这里所说的吉金，既有上等的美好的金属
的含义，又有吉器用金的意思，将所制作的器物运用于各种礼
乐场合以此与铸农具的恶金和铸兵器的不祥之金区分。本文所
说的"吉金文学"，不仅包含了用于祭祀等青铜礼器上的文字
文学，而且也包括矜显功德和为其他目的而铸刻于铜器上的文
学现象。选择"吉金文学研究"作为论文题目，而不是"铭

文文学研究"或"金文文学研究"是因其生动鲜明地突出了文学的载体青铜器的最重要的特征——礼器性质。

据容庚《金文编》第四版记载，先秦青铜器铭文约有一万四千余篇，其中商周金文共万余篇，春秋战国金文三百余篇。其中长篇铭文表述事件完整清晰，叙事条脉分明，语言简约典雅，内容完整翔实。铭文记事生动丰富，或祭祀祖先、或彰显功业、或叙述征伐、或赏赐册命、或会盟燕飨，总之，铭文的内容已涉猎西周社会生活的诸多侧面，在上古文化艺术的发生时期，青铜器铭文已具有重要的历史文献与文学价值。

"人类是矛盾的，都希望超越有限的个体生命达到永恒和不朽，乌纳穆塔在《生命的悲剧意识》中说：'从历史起源上看，所有的宗教都是起源于对死者的崇拜，也就是说起源于对不朽的崇拜。'当然永恒的含义并不是指时间意义的无限长度，因为人类毕竟无法超越这种物理、形躯的限制。因而人类不得不将永恒的愿望交托于历史通过生殖的繁衍、历史的流传，延伸个体受限制的生命。青铜时代制造的那些象征国家尊严个人权威的钟鼎器皿，是人类追求永恒的物化形式。而刻在青铜上的铭文历史，也反映着人类通过青铜文字的不朽以求个体生命不朽的普遍心理。"① "许多青铜铭文除了借助坚固的金属材料外，也借助韵文的艺术形态，通过青铜与诗的结合来记叙自己的功勋业绩、美好心愿，从而把历史写进了广阔的空间。反映着把有限的生命延伸到无限世界的文化心态。"② 吉金文学研究对研究中国上古文学的原生形态，具有重要的文学

---

① 傅道彬：《〈诗〉外诗论笺》，黑龙江教育出版社1993年版，第58页。
② 同上。

史意义与历史文化意义。吉金文学研究将丰富上古文学研究的内涵，人们通常将《诗经》研究作为上古诗歌与文学研究的起点，而《诗》文本的编辑与经典化权威地位的确立是在春秋时期。吉金文学的起点在殷商时期，西周时期，吉金文学中就已有成熟的诗体形式，如《史墙盘》、《虢季子白盘》等铭文。这样，吉金文学的研究就提升了中国古代文学与诗歌研究的上限，丰富了《诗》以外文学与诗歌的研究。

青铜铭文的文学研究对上古文学的研究具有重要的文化与文学价值。以往我们对文学的定义仅仅局限于通行的文学的界定，往往忽略了文学的文化意义。"因为本来就没有独立于文化之外的文学，文学不仅仅是浅吟低唱的辞章和那些缠绵动人的故事，人类那些深情的哲学思考和生动的历史叙述，同样是丰富而广阔的文学世界。褊狭的文学理解使我们常常出错，当我们面对《周易》、《尚书》、《左传》、《论语》、《庄子》、《史记》等伟大的作品时，我们才能发现通行的文学的定义是多么苍白无力。"①

按照通俗的文学史定义，我们经常将文学的源头理解为《诗》、《书》等传世文献，而考古事业的发展，为我们打开了一个新的空间。青铜铭文以其恢弘的历史跨度、浩瀚雄伟的篇幅、精湛的写作艺术，丰富的文体样式，成为《诗》、《书》以外的又一部史书和"颂诗"，成为上古文学一道独特的文化景观，因此在这个意义上称为青铜史诗并不为过。

青铜铭文受青铜载体的限制，不可能无尽地铺叙历史事件，只能以简短的史纲形式扼要地记录历史。许多铭文以押韵

---

① 傅道彬：《中国文学的文化批评》，黑龙江人民出版社 2000 年版，第 2 页。

的方式，以韵散结合的文本形式，记录了两周社会政治、经济、文化、战争的各个侧面。赵英山亦云："青铜器铭文，真可谓上好文章，用笔：简洁、高雅；词气：豪迈，坚苍；章法：严密、整齐。"①

这些铭文之作者，大都出于史官，或名家之大手笔。语言凝练典雅，语句严整精工，是西周雅言的典范。如黄公渚说，"古文之精严雅洁，莫如金文，上接典、谟、雅、颂，下导两汉碑刻，乃《史记》《汉书》之祖，为司马迁、班固、范晔所取法"②。长篇记事铭文，叙述情节丰富，说理透彻，层次清晰，感情浓郁，具有较高的艺术价值。

据考释，铭文中有押韵词句的篇章就有 250 篇之多。其韵部在《诗经》中全部可以找到，其押韵体例与《诗经》基本一致，甚至很多篇章直接化用了《诗经》的句式，袭用了《诗经》的语法和表达方式。吉金文学中韵语的歌唱体现了古人的诗性文化和诗性智慧。铭文中的简单的形象写照，形神兼具，栩栩如生。铭文中的场景叙事，有张有弛，章法谨严。铭文中有大量的修辞手法的运用，如比喻，象征，排比，夸张，敬语，反语等，更使铭文庄重中有活泼，严谨中有生趣。铭文本身就是诗性的、文学的。

青铜器铭文内蕴丰富，青铜器上的文字，是中国最古老的文章，是中国文学发源之一。铭文是中国早期的叙事文学样式甲骨卜辞多是对事件的占卜，缺少内在的情节联系，而吉金文学开始形成了基本的叙事规范，有了清晰的时空表述模式与完

---

①　赵英山：《古青铜器铭文研究》第一册，商务印书馆（台北）1983 年版，第 4—5 页。

②　同上书，第 4 页。

整的事件情节。铭文记事清晰简约，生动流畅，所记录的是早期的王室贵族文学，是中国早期叙事的萌发状态。其受载体的局限，篇幅短小，却提纲挈领的记述历史事件，完整生动，具有重要的文学意义。

在《诗》文本结集之前，《诗经》中的许多内容在铭文中已有体现，在这个意义上，铭文是另一部真实的民族史诗。铭文与《诗经》有着极为密切的联系。于省吾云，"金文之用韵似《诗》，不用韵似《书》，可与《诗》、《书》鼎足而三"①。铭文为探讨上古诗歌的源头，提供了真实的文学材料。铭文是《诗经》以外的诗篇。"《诗经》反映着上古诗歌的最高成就，却不是诗的全部。因此要探讨上古诗歌的源头就不能仅仅局限于《诗经》本身，而必须探索《诗》外诗的内容。"②　"其中《诗》外诗为《诗经》的形成提供了思想养料与语言形式基础……《诗》外诗的研究为我们探索上古诗歌的源流提供了重要线索。"③

青铜铭文的文化精神与语言方式与《雅》、《颂》体诗歌有着诸多的相似，如体现将士英勇征伐精神的《虢季子白盘》，在形式上与西周中后期的《雅》诗非常接近。春秋时期，诸侯各国的吉金文学与《小雅》中的宴饮诗及其表现的宗法思想与和乐精神又是十分一致。

青铜文学还为我们寻找楚辞的源头提供了线索。（宋）黄伯思《翼骚序》云："屈宋诸骚，皆书楚语，作楚声，纪楚地，名楚物，故可谓之楚辞。"楚辞的起源固然离不开楚地的

① 赵英山：《古青铜器铭文研究》第一册，商务印书馆（台北）1983年版，第4页。
② 傅道彬：《〈诗〉外诗论笺》，黑龙江人民出版社1993年版，第58页。
③ 同上。

音乐，然而楚地的诗歌是通向楚辞的桥梁。其中，《王子午鼎》铭文、《王孙遗者钟》铭文等这些成熟的楚诗样式可以看做楚辞的源头。

因此，研究上古文学我们不能忽视青铜文学的原发意义，其成熟的辞章样式所企及的文学成就是光辉灿烂的，其独特的文体形式对后世文学的影响更是意义深远。本文拟就以青铜文化和青铜时代的文献文学为历史背景对吉金文学的历史内容、文学性成就、在各个历史时段的文体特征、吉金文学独特的铭体文的形成及此种文体对后世文学的影响进行系统深入地探讨研究。

三　研究历史与现状

青铜器的辉煌时代在商周时期，金文成为一门学问，则肇始于宋代。在宋代出现了第一部著录和研究青铜器的专著，现传最早的是吕大临《考古图》，体例已相当完善，图像、铭文、释文等项都已具备。专著录铭文的，如薛尚功《历代钟鼎彝器款识法帖》，内容颇为丰富。宋元时期还有人编辑金文文字，汇为字书，现存有吕大临《考古图释文》。元明时期，由于理学居统治地位，金石之学被讥为玩物丧志，金文研究一时衰微。

清代汉学风行，崇尚考据，乾嘉时期，社会稳定，金文研究随之复兴，著录和考释铭文的书籍数量远过前代，名家辈出。阮元《积古斋钟鼎彝器款识》，吴式芬《攈古录金文》，方浚益《缀遗斋彝器款识》，吴大澂的《愙斋集古录》，孙诒让《古籀拾遗》、《古籀余论》等等，对金石研究作出了巨大贡献。这一时期，青铜器的成绩主要在铭文考释。吴大澂的《说文古籀补》，是一部比较好的金文字典。

　　清代金文学者的考释水平远远超过宋代，孙诒让用偏旁法考释古文字，其后王国维又有所创新。晚清至民国时期，在铭文的编纂和考释领域，出现了一大批杰出学者，如罗振玉、王国维、唐兰、于省吾、容庚、商承祚等人，他们的学术研究主要体现在金文的文字辑录与考释领域。罗振玉的《三代吉金文存》共收录4800件金文，罗氏1937年印行的《三代吉金文存》，迄今仍是一种最重要的金文汇集。王国维的《观堂古今文考释》考释独到，见解精到。郭沫若在《两周金文辞大系》上、下篇中对西周至战国重器作了考释。杨树达的《积微居金文说》共考释了314器，同时也阐释了作者治金文的方法和理论。唐兰先生的《西周青铜器铭文分代史征》按照青铜器的年代，对穆王以前的青铜器按年代作了考释。陈梦家先生的《西周铜器铭文断代研究》对西周青铜器作了断代研究。容庚新中国成立后两次修订其旧书《金文编》。徐中舒先生的《金文嘏辞释例》对60种嘏辞进行考释，是金文研究的里程碑式的作品。李学勤的《新出青铜器研究》收文43篇，对重要铭文提出新解。裘锡圭先生金文考释注重语言与文字结合，《吉金铸国史——周原青铜器铭文集粹》收集了所有周原地区出土的青铜器铭文。

　　近年编著的工具书，如周法高《金文诂林》，孙稚雏《金文著录简目》、《青铜器论文索引》，中国社会科学院考古研究所《新出金文分域简目》等，皆便于学者。中国社会科学院考古研究所编《殷周金文集成》，汇集了已发现的金文材料，正在陆续出版。

　　近年来，学者们从不同角度、不同领域对金文中的文化现象进行研究，对金文的社会学、文化学研究领域的拓展和突破，为金文文学研究提供了丰富的思想养料和文学视野。代表性的学者和著作如：吴其昌《金文厉朔疏证》，张亚初、刘雨的《西周金文官制研究》，中国台湾赵英山的《古青铜器铭文研究》对铭文进行了不同领域的研究。黄然伟的《殷周青铜器赏赐铭文研究》对赏赐铭文作了较为系统的研究。近几年，出现了一批专著和博士论文，陈汉平的《西周册命制度研究》，刘正的《金文庙制研究》，文术发的《商周祭祀铭文研究》，徐难于的《西周金文伦理词语与伦理思想研究》，崔永东的《金文简帛中的刑法思想》，均从不同的角度进行研究，在不同的领域有较好的研究成果。

　　除大量关于金文文字考释的论文外，关于金文的文化研究的论文，有代表性的如刘雨先生的《西周金文中的"周礼"》，陈梦家的《商周祭祀研究》，郭沫若的《周彝中之传统思想考》，将金文中有关宗教思想、政治思想和道德思想的材料罗列进行分类，并从金文角度研究两周思想之先。连邵铭的《金文中所见西周初期的政治思想》、《西周金文与〈周易·象传〉》、《金文所见周代思想意识中的"圣"》以及其他学者的相关研究使金文研究日益深入。

　　金文之所以引起学术界广泛注意，是由于其内容丰富重要，能补充文献之不足。金文的整个发展过程长达一千几百年，无论是字体、文例还是内容特点都有很大变化，所以研究金文任务很重。但是，一直以来，人们多从古文字学、社会学、历史学的角度进行研究，而很少从文学角度进行研究，对其文学艺术成就没有给予应有的重视。基于以上起因，本文拟探索吉金文学丰富的文学内蕴，探究其内在的文学性构成，思考在文学发生的原发阶段，吉金文学与其他文学的内在关联，从而丰富上古文学文化研究。

四　论著提要

　　绪论部分，历史上，文明的时代其一是以"青铜"来命名的，中国的青铜时代是指历史上的夏、商、周三代。尤其是周代，"青铜器"具有重要的政治文化意义，青铜器与礼乐制度密切地结合在一起，被运用于祭祀、宴飨等各种礼典场合，成为周人权力等级身份地位的象征。周人不仅在祭器上要铸刻铭文，而且取得功勋、战争获胜也要铸器作铭，铸于美好的青铜器上的铭文我们统称之为"吉金文学"。吉金文学是周人青铜艺术的最高成就。现在出土的吉金文学有数百篇，在记述历史和文学艺术上具有较高的文学价值。本文的研究主要探讨礼乐文化背景下吉金文学蕴藏的丰富的礼学内涵与显著的文学成就。

　　第一章，吉金文学是青铜时代里的文学，吉金文学因其载体青铜的礼器品格与青铜属性，从而具有一些特殊的特征。吉金文学是铸于礼器上的文字，充满字凝句蕴的礼乐精神；吉金文学的载体是青铜，所以文字简约典雅；铸于青铜上的文字，体现了人类追求不朽的文化心理；铸于青铜上的文学要传承，所以又具有深远宏富的历史意识等特征。吉金文学的文化特征依附于具有重要历史影响的青铜时代和礼乐文化的礼器形式，在这样一个时代里，就注定了青铜文学以一种特殊的样式出现在历史时空中，并对后世文学发生深刻的影响。

　　第二章，吉金文学因其依存的载体礼器是礼乐制度的重要构成，礼乐制度的历史变化必然导致青铜礼器的变化，所以，吉金文学也随着礼乐制度的发展而表现不同的礼的形态。在西周、春秋、战国各个历史时期，礼乐的兴衰直接影响着吉金文学的内容与文体形式的变化。西周时期吉金文学多记载王室大礼并形成《尚书》体特征；春秋时期吉金文学主要记载诸侯间的宾礼与燕礼，并以"诗"体的形式出现；战国时期吉金文学侧重于"礼义"内涵并以"论说"体形式出现，在"论说"文体中蕴涵"箴铭"体特征。

第三章，西周时期的吉金文学以历史记事为主，在文体上与《尚书》有着极为相似的特征，我们称之为《尚书》体吉金文学。吉金文学忧患深远的历史意识与《尚书》中的政治思想相互映照。吉金文学与《尚书》有共同的言语风范，庄重典雅，恢宏浑厚。在叙事手法上，吉金文学形成了中国经典叙事艺术模式，对中国传统叙事文学产生深远影响。

第四章，吉金文学中蕴涵大量生动的韵语，春秋时期吉金韵文走向成熟，并以自觉的诗性文体的形态出现。吉金韵文的成熟与周代的诗性文化有着千丝万缕的联系，春秋时期，人们自觉的"文饰"意识以及《诗》文本的结集，影响着吉金文学诗体形式的形成。吉金文学中的"嘏辞"与《诗经》中的"颂"体诗歌共同孕育了后世的"颂"体文学；春秋时期的钟体文学与《诗经》中的燕飨诗不仅语言句式十分相似，而且两者内在的文化精神更是密切相连。楚地吉金文学与战国时期的楚文学楚文化的形成发展有着渊源共生的文化精神，考察楚地吉金文学我们能更好把握早期楚诗的真实形态及楚文学的源流。吉金文学还以大量的篇幅记载战争事件，成为《诗经》之外的战争史诗。

第五章，吉金文学的审美精神与文学影响是十分深远的。吉金文学中的"和乐"的审美精神其实质是中国传统的"中和"的审美理想的体现，吉金文学蕴涵多种文体，后世的箴铭体、颂赞体、骈文及历史散文其源头都可以上溯到吉金文学。总之，吉金文学作为文学史上一种独特的文学与文化现象，其文学与历史价值是不容忽视的。

　　附录部分不仅将王国维、郭沫若、陈世辉、陈邦怀等所注的 300 多篇吉金文学韵读文章汇集整理，而且对部分重要篇章进行解题笺注，在朗朗声韵中感受吉金文学的诗性品格。

第一章

吉金文学与青铜时代

一 青铜时代与吉金文学的物质形式

（一）青铜器在中国"青铜时代"的特殊地位

"青铜时代"这个名词最初是由丹麦国家博物馆保管员克·吉·汤姆森所创用的，是汤姆森在将该馆的收藏品作的一个新的分类的三大时代中（石器时代、青铜时代、铁器时代）的第二个。照汤姆森所著《北方古物指南》中的定义，"青铜时代"乃是"以红铜或青铜制成武器和切割器具"的时代。①在《青铜时代》一书里，柴尔德仍将这个名词界说如下："金属——其实红铜比红铜与锡的合金更常见——最初经常使用为主要的切割工具和兵器，以代替或补充较早的石、骨和木质装备的一个工艺的阶段。"但是他又补充说，"青铜时代的意义远远超过一个工艺的阶段"，他认为，"这种金属的制作和使用是和一连串的作为这个新的技术阶段的原因或其结果的一些彼此相关的变化有所联系的。这些变化包括：较有效率的生产工具与兵器，尤其是适用于车轮的制作的金属锯子等的出现；

---

① 张光直：《中国青铜时代》，三联书店1999年版，第2页。

熔矿和采矿的应用科学；牵涉到赤铜和其他金属矿石的有组织的国际贸易的肇始；以及专门技术人员的出现"①。可见，柴尔德对青铜时代的理解是主要以青铜器在农业生产领域的重要引用为特征的，是将青铜技术围绕生产活动的工业领域所带来的巨大变革为主要标志的。

"中国究竟是在什么时候由石器时代递嬗到青铜器，在今天谁也无法回答。我们在今天所有的知识，只是知道，殷代已经是青铜器时代了。"② 中国青铜器起源于何时？目前没有确切的考古资料给予证实。"青铜器作为中国古代社会文明的标志性成就，是在夏代出现的。"③

河南偃师二里头文化遗址和山西夏县东下冯二里头文化遗址中发现了青铜酒器、乐器、兵器，是中国发现的最早的青铜器具，也是最早的青铜礼器。与西方不同，中国青铜时代的最大的特征，不是以青铜在生产领域的重要作用为标志，而是在于青铜的使用是与祭祀与战争分不开的。中国古代的青铜器没有普遍地应用于农具，而是用来铸造兵器和祭祀的器具上。正如《左传》所云，"国之大事，在祀与戎"，古代的中国人一方面通过战争获取既得的财富和在宗族体系中的地位，所以，战争中的兵器弥足重要；另一方面，又通过祭祀这种形式用虚拟的祖先天神来在思想领域迷惑人民从而维护其宗族地位，因此，祭器的作用又非同寻常。换言之，青铜是政治的权力。更重要的是青铜器被应用于政治领域，是与政治紧密地连接在一起，青铜器成为政治权力的象征。

---

① 张光直：《中国青铜时代》，三联书店 1999 年版，第 2 页。
② 郭沫若：《青铜时代》，中国人民大学出版社 2005 年版，第 226 页。
③ 马承源：《中国青铜器研究》，上海古籍出版社 2002 年版，第 37 页。

张光直先生在其著作《中国青铜时代》一书中，对青铜时代作了界定："中国青铜器时代的开始不会迟于公元前2000年，它的结束则是一个沉长而且逐渐的程序，开始于春秋时代的晚期，但直到公元前三世纪的秦代才告完成。如此，则依照目前的考古记录来看，中国青铜时代持续了至少1500年之久……从公元前2000年以前，一直持续到公元前500年以后。"① 张光直先生认为，中国历史上的夏商周三代，是以共同的青铜文明为特征的。三代之间，形成了一个完整的历史结构形态。刘士林先生也认为，要理解中国轴心期的智慧发生，就必须研究整个中国青铜时代，后者是前者的母体，中国轴心期正是中国青铜时代最直接的产物。② "在这样一段漫长的时期里，青铜器对于中国文化的意义是不容置疑的。可以毫不夸张地说，对于中国古典时代的理解，首先在于对青铜器的理解。"③

以一种金属名称来命名一个时代，说明青铜在这个时代有着非同寻常的重要作用。所说的青铜时代，也就是青铜器从产生到衰落的整个历史时段。"根据文献记载，夏代已经铸作铜器……青铜艺术的形成则应在商代早期，即公元前17世纪至公元前14世纪。以后经历了商代晚期、西周、春秋、战国及秦约1200年左右，是青铜艺术达到高度繁荣的时期，"④ 对于三代王室而言，青铜器在宫廷中不是点缀的艺术品和装饰品，而是政治斗争的必要手段。尤其在商周社会里，"青铜礼器是

---

① 张光直：《中国青铜时代》，三联书店1999年版，第2页。
② 刘士林：《从轴心期到青铜时代》，《镇江师专学报》2000年第2期，第20页。
③ 谌中和：《青铜时代的本质》，《求索》2004年2月。
④ 马承源：《中国青铜器研究》，上海古籍出版社2002年版，第3页。

商周社会统治阶级等级制度的产物，并且是其颇为辉煌的标志。这是青铜器存在的主要社会条件。"①

青铜器何以在夏商周三代政治斗争中有如此高的中心地位？

在考古学上，青铜器的历史分期是颇为复杂的问题，至今仍然未取得完全一致的意见。郭沫若先生在《青铜器时代》一文中按照花纹、形制、文体、字体将殷周时期的青铜器分为四个时期，即第一，鼎盛期：从年代上来说，这一期当于殷代及周室文、武、成、康、昭、穆诸世。这一期中的器物最为高古。第二，颓败期：这一期大率起自恭、懿、孝、夷诸世以迄于春秋中叶。一切器物普遍地呈出颓废的倾向。第三，中兴期：自春秋中叶至战国末年。一切器物呈出精巧的气象。第四，衰退期：自战国末叶以后，因青铜器时代将告递嬗，一切器物复归于简陋。②

马承源先生按照青铜器艺术发展的历史，大致可以划分为五个时期：育成期，即商代早期，是青铜器艺术形成和开始发展的时期；鼎盛期，包括商代晚期至西周康昭之间，是青铜器艺术蓬勃发展时期；转变期，包括西周穆恭至春秋早期，这时期由于奴隶社会经济的逐渐衰弱，周王朝政治权力的旁落，诸侯国家的经济有较大的发展，列国的铜器大量出现，这些铜器从器形纹饰及铭文书体都出现显著的变革；更新期，包括春秋中晚期、战国及秦代，这时由于经济的发展，特别是社会性质改变后新兴地主阶级需要刺激，使青铜器艺术出现了新的高涨；因为漆器、早期青瓷和釉陶的广泛使用，于是汉代便成为

_____

① 马承源：《中国青铜器研究》，上海古籍出版社 2002 年版，第 38 页。

② 郭沫若：《青铜时代》，中国人民大学出版社 2005 年版，第 229—230 页。

青铜艺术的衰退期。

　　郭沫若先生和马承源先生的分法是从器物的外形和艺术上的特点来进行的分类，这种分类还不能够揭示出青铜器在三代礼制体系中的政治角色与功能的变化。然而在夏商周三代不同的历史时段中，青铜器在社会政治中所扮演的角色是不同的。从青铜器在不同时段的角色和作用来划分，可以分为两个时期。一个是，在夏代和周代早期，青铜器主要的政治作用是它作为宗教神权的象征符号；另一个是在周代中晚期，青铜器则作为礼乐制度的重要组成部分，作为一种器物陈列形式在整个礼乐体系中蕴涵礼的内涵。从夏商到周，青铜器经历了从宗教神权的神圣器物到礼乐仪式物质载体，从宗教意义到政治作用的历史转变。

　　夏商时代，青铜器的政治意义一方面源于战争领域的保卫意义，另一方面源于青铜器上的动物纹样，青铜器上的动物纹样，不是世俗的动物形象，而是人们幻想中的超自然神。人要祭祀百神，祈求天帝们的保护，为了对神的虔敬，于是在礼器上出现了这类神。可以"协于上下，以承天休"。换言之，青铜器也就是通天的工具，谁掌握了通天的工具，谁就拥有了至高无上的政治地位。"从这个观点看，古代以动物纹样为主的艺术实在是通天阶级的一个必要的政治手段，他在政治权力之获得与巩固上所起的作用，是可以与战车、戈戟、刑法等统治工具相比的。"① 这样，青铜器就不仅具有兵器上的保障意义，而且祭祀仪器的特殊功能又使其成为国家统治者拥有最高政治权力的象征。

　　夏代又铸"九鼎"，《汉书·郊祀志》记为："禹收九牧之

_____

　　① 张光直：《中国青铜时代》，三联书店1999年版，第59页。

金，铸九鼎，象九州岛。"《左传》宣公三年云："昔夏之方有德也，远方图物，贡金九牧，铸鼎象物，百物而为之备，使民知神奸。故民入川泽山林，不逢不若，魑魅罔两，莫能逢之。用能协于上下，以承天休。桀有昏德，鼎迁于商，载祀六百。商纣暴虐，鼎迁于周。德之休明，虽小，重也；其奸回昏乱，虽大，轻也。"九鼎的铸造，象征了夏代的九个州，象征天子对九州岛的统治。而鼎，又不仅成为地域的象征，而且又铸作为通神灵的动物，使民承天休，与国家的政治权力联系在一起。殷革夏命，周革殷命，九鼎的不断迁移，表明鼎不仅是器物归属和地域位置的转移，更是天命与王权的转移和标志。拥有了鼎，就意味着有了天命与天下。《左传·宣王三年》"楚子问鼎之大小轻重"，显而易见，楚子并非真的关心器物的大小与轻重，而是倚仗自己强大的军事力量，露出了想夺取政权的欲望和野心，这也说明鼎对一个国家政权的意义。

商代极其重视对鬼神和祖先的祭祀，这些雄伟的鼎是专门用于祭祀的。"在三代期间，这些容器在形式与装饰纹样上经过许多有时相当显著的变化，但是它们的主要功能——在仪式上使用并为特选亲族的贵族统治之合法性的象征——是始终未变的。"[1]"每一件青铜器——不论是鼎还是其他器物——都是在每一等级随着贵族地位而来的象征性的徽章与道具。青铜礼器与兵器是被国王送到他自己的地盘去建立他自己的城邑与政治领域的皇亲国戚所受赐的象征性的礼物的一部分"[2]，青铜器的数目与种类要依照这些人在贵族政治中的地位而有所分别。青铜被应用于政治领域是在中国青铜时代的

[1]　张光直：《中国青铜时代》，三联书店1999年版，第23页。
[2]　同上。

显著特征。

但是，我们至少可以毫不怀疑地说中国青铜时代最主要的时间段是殷商至周。在青铜文明史上，这是青铜器的外形形制最辉煌的时间段，是青铜器数量最多的历史时段，也是青铜器上的铭文最丰富的时期，最重要的，是青铜器与国家的政治制度联系最紧密的时期。

古代文明的发源之一是以青铜时代来命名的。以青铜器物来命名一个时代，"中国青铜时代这个概念与古代中国文明这个概念之间相合到几乎可以互换的程度"①。青铜器的历史地位和重要意义可见一斑。青铜器的兴衰起落实质上蕴涵着一个王朝和一种制度的兴衰。"中国青铜时代的最大的特征，在于青铜的使用是与祭祀与战争分不开的。换言之，青铜便是政治的权利。"②

在长达 800 年的周代社会里，青铜器更是有着非同寻常的地位和历史意义，青铜器作为礼乐制度的一个重要组成部分，它的起伏衰落过程就是周代的礼乐制度的兴衰，也正是由西周王朝到春秋、战国时期历史兴亡的真实记录。

与摩尔根在《古代社会》中对文明的定义不同，摩尔根认为文明的标志有三要素，即铁制工具，文字的发明使用，复杂的礼仪中心。在中国，青铜、城市、文字是国家文明的象征。这就注定了青铜器要与古代国家、与政治联系在一起，青铜要为统治者所使用，因此，"从本质上说，中国古代青铜器等于中国古代政治权利的工具"。

---

① 郭沫若：《青铜时代》，中国人民大学出版社 2005 年版，第 27 页。
② 张光直：《中国青铜时代》，三联书店 1999 年版，第 2 页。

（二）"器以藏礼"——青铜礼器作为礼乐制度的外在的表现仪式

"青铜礼器是商周社会统治阶级等级制度的产物，并且是其颇为辉煌的标志。这是青铜器存在的主要社会条件。春秋战国诸侯及统治阶层竞效奢侈，青铜器更是炫耀地位、权势和财富必要的陈设。及至秦统一六国，建立起中央集权制的统治，社会条件起了很大的改变，青铜器体制及其艺术也失去了存在的土壤，于是迅速走向衰退。"① 青铜器成为中国政治舞台的重要道具的特征之一，就是青铜器与周代的礼制紧密地结合在一起，并成为礼制的一个重要象征。古籍中关于青铜与政治的联系记载颇多。

《左传》成公二年，卫国大夫仲叔于奚因救卫卿孙桓子有功，"卫人赏之以邑，辞。请曲县、繁缨以朝，许之"。诸侯在宫室内三面悬挂乐器，称为"曲悬"；"繁缨"指诸侯的马饰。作为大夫的于奚请此二者，实际上是要求允许他用诸侯之礼。孔子评论此事说："惜也！不如多与之邑。唯器与名，不可以假人……器以藏礼，礼以行义，义以生利，利以平民，政之大节也。若以假人，与人政也。"《昭公·三十二年》载赵国史墨亦曰"是以为君，慎器与名，不可以假人"，为什么器如此重要？原因就在于"器以藏礼"，器是身份、地位的一种象征。器就是礼。器物与名号，这是周天子赏赐的权力，可见，器就是权力和地位的象征。青铜器在礼仪场合的大量运用，就成为礼器。青铜礼器参与了奴隶主礼典的举行过程，并成为明示使用者的身份等级的重要标志，正所谓"明贵贱，辨等列"。因此，在青铜时代里，铸刻吉金文学的青铜器是象征权力与地位的。

———————————

① 马承源：《中国青铜器研究》，上海古籍出版社 2002 年版，第 38 页。

近代学者王国维考证说，卜辞中的"礼"像是用两块玉盛在器皿中去作贡奉，许慎《说文解字》说："礼，履也。所以事神致福也。"①

关于礼的起源，有多种学说，但"礼"在成为奴隶主阶级的宗法制度的行为规则之前与祭祀有密切的关系是毫无疑问的，后来又在政治领域成为严格的等级制度。青铜礼器是在祭祀过程中使用的成套器物，周代的奴隶主贵族又将礼器运用于礼典的各种场合，用以标明奴隶主阶级各种尊卑长幼的等级秩序。最早的礼器有陶器和玉器等，后来青铜器取代了陶器成为最主要的礼器。在夏代最早的青铜器中就有礼器，最早的礼器是祭祀用器，自周公制礼作乐，礼制的渐进形成，周代礼乐体系的成熟，统治者强化了礼器的政治功能。在西周时期，礼器与政治紧密地联系在一起，成为表示使用者身份等级的重要道具，用以"明贵贱，辨等列"。礼器作为象征符号所表现的等级关系渗透在社会的各个方面，如《礼记·礼器》篇中所说，礼制虽然不同，"有以多为贵者"，"有以少为贵者"，"有以大为贵者"，"有以小为贵者"，"有以高为贵者"，"有以下为贵者"，"有以文为贵者"，"有以素为贵者"，这些具体差别，就是突出尊卑贵贱的等级秩序。礼器的使用蕴涵着丰富的礼制内涵，在不同的典礼场合，礼器的多少、摆列布局直接标志着贵族阶级地位与身份，礼器的运用体现当时的礼制，所谓"器以藏礼"。因此，钟彝鼎器就直接成为礼制的载体和象征，礼器器物使用方式的变革直接体现礼制的内涵及历史变化。

西周早期的青铜器，在器形、器类、纹饰、风格等方面

---

① 许慎撰，段玉裁注：《说文解字注》，上海古籍出版社1981年版，第2页。

均与殷商时期的青铜器有较相近的特征，殷人的青铜器以酒器为主，周初的人因袭殷制，成组酒器和食器并重，另外，周人有计划有目的地改变殷人礼器重酒的习俗，建立起重食的礼器体制，经过近百年的时间，周人在穆王时期，最后完成周人青铜礼器具有独立风貌的新体制。而且七八十年后，周人鉴于殷商灭亡的历史教训，渐至以食器为主，而代替酒器的却是大量的青铜乐器，开始食器与乐器并重，鼎与钟成为周人的主导礼器。我们发现，作为周人礼制集中体现的青铜礼器，在器形、器类及其组合上，均以西周中期的穆王时代为界可分为前后两期。在商周青铜器分期研究中，穆王以后，青铜器在铸造上开始表现出周人自己的风格。除了器形上的变化外，器类上因革损益也以穆王时代为分水岭。此后出土编钟数量骤增，与前期截然不同。另外，郭宝钧在西周铜器群的综合比较中还发现，西周铜器不仅在器形、器类上可分为前后两期，在器物的组合上亦存在着早期"重酒的组合"向中期重食的组合的转变，这就是说，在器形、器类、器物的组合上，西周青铜礼器的嬗变都以穆王时代为分界，因此，可以得出这样一个结论，"从礼器制度来看，真正的周礼大概从穆王时代才开始形成"。

礼器中最重要的是鼎，鼎数的多少象征着权力和社会等级。据《左传·宣公三年》：

> 昔夏之方有德也，远方图物，贡金九牧，铸鼎象物，百物而为之备，使民知神、奸。故民入川泽山林，不逢不若。螭魅罔两，用能协于上下，以承天休。桀有昏德，鼎迁于商，载祀六百。商纣暴虐，鼎迁于周。

又据《左传》、《战国策·东周策》等古籍记载，东周时期又有楚、齐、秦等国企图从周天子手中夺取周鼎，这说明鼎是国家权力的象征。因此，周礼中对不同等级的用鼎有不同的规定。商代用鼎制度中，中、小型墓陪葬的一般是一具或二具。如陕西长安客省庄一墓出土三鼎二簋，三鼎中两鼎形制纹饰相同，另一鼎稍小而形制不同。无论是殷墟或殷墟以外地区大都如此。但王室的陵墓则悬殊巨大，商晚期殷墟妇好墓出土方鼎二，扁足方鼎二，大小不同的圆鼎三十二具，可见中小型墓和王室墓等级差别的森严。宝鸡竹园沟西周早期 1 号墓已出现大小相次三具一组的列鼎。在周代各种典礼中，鼎的摆放与陈列据礼书的记载，西周时天子用九鼎，诸侯用七鼎，卿大夫用五鼎，士三鼎。反映了奴隶主贵族"名位不同，礼亦异数"的严格等级制度，用以维护"贵贱有等"，"上下有则"的奴隶制统治秩序，以便实行奴隶主对广大奴隶的专政。但春秋时期诸侯僭礼，往往享用天子礼数，湖北京山宋河坝春秋时期的曾侯墓出土九鼎。

奴隶主贵族等级越高，使用鼎数越多，就是说享受的肉食品越丰富。天子九鼎，称为太牢，第一鼎盛牛，以下为羊、豕、鱼、腊、肠胃、肤、鲜鱼、鲜腊；诸侯一般用七鼎，也称大牢，减少鲜鱼、鲜腊二味；卿大夫用五鼎，称为少牢，鼎实是羊、豕、鱼、腊、肤；士用三鼎，鼎实是豕、鱼、腊，士也有用一鼎的，鼎实为豕。

列鼎就是这种制度产生的产物。另外，各级奴隶主贵族使用列鼎也常与共存的青铜"礼器"中的簋相配合，无论从文献记载还是从考古发现看，鼎、簋相配有一定规律。与此相适应的其他食器如簠的使用偶数成组合。据邱德修《商周用鼎制度之理论基础》考论，"鼎"、"簋"以其所盛之牲体与黍稷，悉为食礼之主，必须密切配合。因此，遂有鼎簋配合律。"商周鼎制中，其鼎簋配合率为：大牢正鼎九配八簋，正鼎七配六簋；少牢五鼎配四簋；特牲三鼎配二簋，一鼎配二簋（或无簋）。此一规律非但合乎明堂位之'两敦''四琏''六瑚''八簋'之说，而且与郊特牲之'鼎俎奇而笾豆偶'之论，亦彼此相吻合也。"① 可见，鼎簋配合，鼎数为奇，簋数为偶。《礼记·玉藻》："朔月少牢五俎四簋。"五俎即豕、鱼、腊以外再加羊与肠胃的五鼎鼎实。"五俎四簋"就是五鼎与四簋相配，又《礼记·祭统》："三牲之俎，八簋之实。"郑注："天子之祭八簋"，然则诸侯六簋，这个记载表明与九鼎配，六簋与七鼎配。列鼎的实物资料与《礼记·郊特牲》"鼎俎奇而笾豆偶"的记载基本相吻合。

　　钟鸣鼎食，鼎是政治的代表，钟既是政治的，同时更是文化的象征。鼎诉诸人的视觉体验，钟充斥于人的听觉感受。在钟声的幽鸣中，人们俯仰威仪，践行着各种仪式，"应运而生的青铜编钟、编镈，也和编磬等乐器组成亢奋深沉、气势磅礴的'钟鼓之乐'，'金石之声'凝聚了王权的力量，象征着周文化的繁荣而成为礼乐精神的物质文化代表"②。实际上，在庄严肃穆的大殿、宫廷中展示的不仅是"乐"的形象，更是"礼"的化身和周文化的象征。西周中期主要的礼器是鼎和钟，成熟于西周中期的列鼎制度与乐悬制度成为这一时期的礼制主要内容之一。因此西周礼制中的"用鼎制度"与"乐悬制度"就成为雅乐文化的核心内涵。

---

　　① 邱德修：《商周用鼎制度之理论基础》，五南图书出版公司（台湾）1989年版，第551页。
　　② 孙敏、王丽芬：《洛阳古代音乐文化史迹》，文物出版社2004年版，第25页。

自西周中期，也就是穆恭时期，编钟已居于礼器的核心地位。编钟所表现出来的礼器品格与文献记载的周代用乐制度相同。编钟编磬的出现，证明两周时期已具有完备的乐律体系。周代的统治者将礼的森严等级进行文饰，这就是在朝廷宗庙等各种大典中要用乐，所谓"礼别异，乐合同"，礼从外部规定了人们的行为秩序，乐则在心理上使人们认同这种秩序和情感。在礼乐体制中，礼居于核心地位，乐是维护礼的等级秩序的。《礼记·乐记》提出，"乐者，通伦理者也"，乐与社会关系是相通的，乐要受到礼的制约。"故乐者，审一以定和"，"宫为君，商为臣，角为民，徵为事，羽为物"。可以看出古人把五音与社会关系完美地结合在一起，认为宫商角徵羽与社会关系一样，有等级性。不仅五音，乐器与社会等级也有相类和相通之处。《白虎通·礼乐》篇对这种关系有明确地论述："瑟有君父之节，臣子之法。君父有节，臣子有义，然后四时和。四时和，然后万物生。""磬者，夷则之气也。象万物之成也。其声磬。"故曰："磬有贵贱焉，有亲疏焉，有长幼焉。朝廷之礼，贵不让贱，所以明尊卑也。乡党之礼，长不让幼，所以明有年也。宗庙之礼，亲不让疏，所以明有亲也。此三者行，然后王道得，王道得，然后万物成，天下乐之。故乐用磬也。"

古人不仅将乐器来比拟政治等级，用乐也具有等级意义。《左传·襄公四年》记载：

> 穆叔如晋，报知武子之聘也。晋侯享之，金奏《肆夏》之三，不拜。工歌《文王》之三，又不拜。歌《鹿鸣》之三，三拜。
>
> 韩献子使行人子员问之，曰："子以君命，辱于敝

邑。先君之礼，藉之以乐，以辱君子。吾子舍其大，而重拜其细。敢问何礼也？"对曰："三《夏》，天子所以享元侯也，使臣弗敢与闻。《文王》，两君相见之乐也，使臣不敢及。《鹿鸣》，君所以嘉寡君也，敢不拜嘉？《四牡》，君所以劳使臣也，敢不重拜？《皇皇者华》，君教使臣曰：'必谘於周。'臣闻之，访问于善为咨，咨亲为询，咨礼为度，咨事为诹，咨难为谋。臣获五善，敢不重拜？"

乐既是为礼服务的，很显然，音乐是有等级的，在各种典礼仪式中，各个不同等级的贵族使用的乐器、乐队的编制、用乐规模是不同的。在周代的礼乐制度中，音乐的等级制度是其最外在的表现。

"乐悬"本意是指必须悬挂起来才能进行演奏的钟磬类大型编悬乐器。尔后成为一种制度的代名词。周代贵族规定了严格的用乐制度，即"乐悬"制度。"乐悬"制度是周代礼乐制度的核心。殷商时期存在着一种事实上的"乐悬"制度，即孔子所说的"殷礼"。在殷礼之中，乐器的使用，注重的是其礼仪功能，而非作为艺术的音乐本体，周代乐悬制度正是在这种殷礼的基础上"损益"而成。周代的乐悬制度，滥觞于殷商，初成于西周初年，完善于西周中晚期。在西周的乐悬制度中，主要包括三个方面：乐悬的用器制度、乐悬的摆列制度和乐悬的音阶制度。

乐悬的用器制度。周代乐悬制度继承了"殷礼"中青铜乐钟和石磬的组合形式。殷礼的礼乐重器是编镛和特磬，而西周前期则是以甬钟和编磬作为乐悬的基本组合，并增加了在殷商末期即已出现、起源于南方古越族的镈钟。西周中晚期，殷商编镛才逐渐为甬钟所取代。西周末，春秋初，又出现了纽钟。在这4种礼乐重器中，只有甬钟和纽钟是西周时期产生的新成员。在钟磬类大型编悬乐器中，因为编钟为青铜铸制，铜在当时称为"金"，非常昂贵。西周编甬钟的一套多达10余件。西周早中期的晋侯稣钟就有16件之多。这样，通过增加编钟的高度、重量与数量，使其音量、声势更为恢弘，造成一种庄严、崇高、肃穆的气氛，以便能充分体现西周贵族的威仪与高贵。而且，编钟的科技含量亦相当高。

乐悬的摆列。《周礼·小胥》中有明确规定："正乐悬之位，王宫悬，诸侯轩悬，卿大夫判悬，士特悬。"所谓"宫悬"，是指王应该享用的编悬乐器，可以像宫室一样摆列四面；诸侯则要撤去一面，三面悬挂钟磬等乐器，缺少南面的一方，形状像车舆，所以称为"轩悬"；卿大夫可以享用东西两面悬挂的钟磬乐器，称为"判悬"，士则再去一面，享用摆列一面的"特悬"之制。天子可以享用四面之乐，诸侯为三面之乐，卿和大夫享用两面的乐队排列，士可以享用一面，这种音乐上的等级制度，完全由森严的宗法制度所决定。

周代乐悬制度的本质是维护统治阶级利益的一种政治等级制度，它对于大国诸侯加强自己的统治、称霸天下是十分有益的。齐国管仲在相齐桓公成其霸业的过程中，"修旧法"，"择其善者而业用之"，坚持礼、法并用的原则。乐悬制度应该属于其中的"善者"。正如《礼记·乐记》云："乐至则无怨，礼至则不争。揖让而治天下者，礼乐之谓也。暴民不作，诸侯宾服，兵革不试，五刑不用，百姓无患，天子不怒，如此则乐达矣。"

"西周晚期以后，随着周王室的衰微，西周初年制定的礼乐制度遭到了破坏。春秋时期，各路诸侯纷纷崛起，出现了所谓'礼崩乐坏'的局面。他们无视周王室的权威，擅自享用超越自己爵位等级规定的乐悬规模，其客观结果，造成了春秋

战国时期钟磬之乐的急剧发展。"① 对礼的僭越极大地促进了
钟鼎乐器的发展。周雅乐用岐周音乐，唤起并统一人们宗族观
念的作用已无从发挥，因为按礼乐制度规定不能变动的音乐，
随着时间的远逝，即使是贵族也已越来越对之感到隔膜，逐渐
把它们看成只是"古乐"而已；西周雅乐的政治作用将与其
无味的"古乐"一起萎缩、僵死，是不可避免的历史命运。

　　春秋战国时期的钟磬文物，以大量的编钟、编磬为代表，
一方面规模之大，数量之多，强调了它的礼仪功能，追求豪华
奢侈，拥有者希望以此来显示他的地位和声望。另一方面，音
乐性能极高，所体现的文化和科技水平之高，既体现王者之尊
严，还可以更好地获得音乐给人的身心感官带来的娱乐和享受。
周代乐悬制度也继承了殷礼所注重的祭祖和政治礼仪功能，而
且这种功能得到进一步的强化，其娱乐功能居于次要的地位。
至春秋早期，西周以来的乐悬制度仍处于发展阶段，并在春秋
中期达到高潮。与此同时，所谓"礼崩乐坏"，也在春秋中期
初露端倪。"礼崩乐坏"的形成，应在春秋晚期。至战国时期，
周代的乐悬制度几乎全面崩溃。关于周代乐悬制度的功能，在
春秋时期经历了第一次嬗变，即由西周时期的以祭祖礼仪为主
的功能变为既祭祖又娱人的复合功能。至战国时期，乐悬制度
功能经历了第二次嬗变，即娱人功能上升到了主导地位。

　　春秋晚期至战国时期，是编钟最为辉煌的发展时期，青铜
乐钟的大量出现，一个最明显的改变是礼器的性质有所不同，
礼器已不再是表现等级和地位的特殊器具，礼器的规格已被僭
越，礼器的政治意味已经淡化，更多的是表示礼仪上的排场。
礼器的宗教和艺术作用基本分离。青铜器作为两周社会礼器最

---

　　① 王子初:《中国音乐考古学》,福建教育出版社 2003 年版,第 177 页。

主要的品格，就是蕴涵了两周社会礼乐制度的沿革历史过程，成为见证两周礼乐制度发展的活化石。"春秋战国诸侯及统治阶层竞效奢侈，青铜器更是炫耀地位、权势和财富必要的陈设。"①

从西周到春秋战国，礼乐制度的变革直接地导致礼仪形式和礼制用器的变化。礼器与乐器的发展变化是礼制演化最直接的物质形象代表，通过礼器的变化，我们可以考察两周礼制的历史沿革。

（三）青铜器最重要的艺术成就——吉金文学

青铜器作为礼器最重要的特征，是器物上铸有记事体的铭文。从殷商手里夺得政权的周代贵族，他们为了建立和宣扬自己的家族和政治荣誉，作器铸铭以颂扬先人之美，借以突出自己，是很重要的一个方面。虽然殷末青铜器上已出现了少量的作器记事的铭文，但是，像西周初期那样形成普遍的风气，而且出现了大量的记事体裁的长篇铭文，是周代青铜器的一个突出的文化特征。《左传·襄公二十四年》云："太上有立德，其次有立功，再次有立言。"立言是立功与立德的另一种形式，立言是将人类的功名与美德借助青铜载体传之于无限与永恒。《礼记·祭统》云："夫鼎有铭，铭者自名也，自名以称扬其先祖之美，而铭之后世者也。为先祖者，莫不有美焉。铭之义，称美而不称恶，此孝子孝孙之心也，惟贤者能之。铭者，论撰其先祖之有德善、功烈、勋劳、庆赏、声名，列于天下，而酌之祭器，自成其名焉，以祀其先祖者也。显扬先祖，所以崇孝也。身比焉，顺也。明示后世，教也。"周人将先祖的德彰功业，家族的功勋荣誉，对幸福的渴盼都铸刻于青铜器

---

① 马承源：《中国青铜器研究》，上海古籍出版社2002年版，第38页。

物上，这样，青铜器物就成为周人生命观念、文化心理的主要物质承载形式。

　　周人将文字铸刻于青铜礼器，器是承载吉金文学的物质形式，无论是礼典场合的饮食用具，还是典礼仪式的饮酒器具，或者祭祀宴饮中的歌舞乐器，周人都将政治生活和日常生活中的大事铭铸于其上。吉金文学因器得以流传久远，而青铜器物也因吉金文学而极其凝重。墨翟在《墨子》一书中，屡次强调铸铭镂金的重要意义，如墨翟在《墨子·尚贤》篇中说："古者圣王既审尚贤，欲以为政，故书之竹帛，镂之金石，传遗后世子孙。"在《墨子·天志》篇中说："爱人利人，顺天之意，得天之赏者也，不止此而已，又书其事于竹帛，镂之金石……憎人贼人，反天之意，得天之罪者也，不止此而已，又书其事于竹帛，镂之金石，琢之盘盂，又传遗后世子孙。"《墨子·明鬼》篇中还说："古者圣王必以鬼神为，其务鬼神厚矣。又恐后世子孙不能知也，故书之竹帛，传遗后世子孙。咸恐其腐蠹绝灭，后世子孙不得而记，故琢之盘盂，镂之金石以重之。"《墨子·兼爱》篇又说："何知先圣六王之亲行也？子墨子曰：'吾非与之并世同时，亲闻其声，见其色也，以其所书于竹帛，镂于金石，琢之盘盂，传遗后世子孙者知之。'"在以上言论中，墨子从政治、教育、历史、记事等不同的层面强调铸铭的必要性，无论今天怎样看铭辞的时代价值，商周时期人们政治文化等各个方面的思想精髓与精神层面凭借青铜的记载得以保存却是一个不争的事实。

　　铸刻于青铜礼器上的吉金文学，因其载体青铜的特殊性和政治属性，从而具有浓郁的礼制色彩和不同于上古时期其他文学的一些特征。而青铜器的兴衰起伏在历史上是标志着一个时代的。可以说，中国社会几千年的政治体制、文化心理、思维方式、思想观念无不受到这样一个时代的影响。追本溯源，我们都可以在吉金文学中寻到其思想的痕迹。

二 吉金文学的经典礼器形式

铸造吉金文学的经典礼器从功能和用途上最主要的可以分为食器、酒器和乐器三类。在商周礼制体系中，祭祀、宴饮和音乐是统治者最重视的。统治者在祭祀或燕飨等礼仪时盛放牲体或谷类的食器主要有鼎、鬲、簠、簋、敦、豆等；在祭祀、燕飨等典礼场合，统治者用爵、角、斝等饮酒，用尊、卣、壶、方彝、觥等器盛酒；而庙堂之乐器主要有钟、鼓、磬、琴、瑟、丝、竹等；还有一类器具，在礼典时地位并不显赫，但经常为统治者使用，如水器，主要有盘、匜及鉴等，是行礼时盥手以表示虔敬的用具。以上这些器具为铸刻吉金文学最主要的载体。

（一）食器类的青铜礼器

1. 鼎

鼎原本是古代炊食器，它本是仰韶文化时期甚至更早的裴李岗、磁山文化时期就已出现的日用器皿。最初先民铸鼎象物，《左传》宣公三年云："昔夏之方有德也，远方图物，贡金九牧，铸鼎象物，百物而为之备，使民知神奸。故民入川泽山林，不逢不若。魑魅魍魉，莫能逢之。用能协于上下，以承天休。"可见，人们铸鼎象物，赋予鼎以民俗的意义，教化民众，消灾避邪。周人亦铸鼎象物。

古代人们祭祀时，将牲体煮熟后盛放于鼎。古人经常祭祀，而鼎恰好是祭祀时所用的盛牲之器，于是鼎便被赋予了神圣的意义。周人在祭祀、宴飨时用鼎，陪葬亦习惯用鼎。

　　"鼎"最早与政治联系在一起是夏代铸的"九鼎"，《汉书·郊祀志》记为："禹收九牧之金，铸九鼎，象九州岛。"①九鼎的铸造，象征了夏代的九个州，象征天子对九州岛的统治，鼎，与国家的政治权力联系在一起。殷革夏命，周革殷命，九鼎的不断迁移，表明鼎不仅是器物归属和地域位置的转移，更是天命与王权的转移和标志。拥有了鼎，就意味着有了天命与天下。"且有王纲废坠之时，以天子之社稷而与鼎器共存亡轻重者，武王迁商九鼎于雒，楚子问鼎于周，秦兴师临周而求九鼎，是也。"②

　　"鼎"的发展鼎盛期在西周中期，在周代的礼器体制由殷人"重酒的组合"向"重食的组合"的过程中，"鼎"成为最重要的礼器。西周统治者形成严格的"用鼎"制度，奴隶主贵族等级越高，使用鼎数越多，就是说享受的肉食品越丰富。据礼书的记载，西周时天子用九鼎，诸侯用七鼎，卿大夫用五鼎，士三鼎。反映了奴隶主贵族"名位不同，礼亦异数"的严格等级制度，用以维护"贵贱有等"，"上下有则"的奴隶制统治秩序。

　　西周王朝礼乐文明发展过程中，鼎一直是最重要的礼器，在祭祀、丧葬、饮馔等各种礼典中，鼎是最重要的角色，具有标志性意义。可以想象，在祭祀、朝觐等庄重肃穆典礼的场面时，当厚重、敦实、硕大的青铜鼎铸刻着凶猛、恐怖、神秘的饕餮纹饰，系列地摆放在典礼的场合，在钟奏鼓鸣、弦歌雅乐声中，鼎的形体与气势给人的心理造成极大的威慑与震撼，直

---

① 班固：《汉书·郊祀志》，中华书局1962年版，第1225页。
② 阮元：《揅经室集·揅经室三集》卷三，中华书局1993年版，第634页。

接制造了一种庄严肃穆的气氛，造成了人心理上的敬畏感，使政治的威严得以彰显，鼎具有鲜明的政治意义。

在各个不同的历史时期，鼎的外形构制和审美风貌发生了很大的变化。"鼎"的命运要随着朝代的经济实力、意识形态的重心以及审美风尚的变化而变化。在西周早期的鼎式，承袭殷商遗风，造型基本特点是圆腹、立耳、柱足。方鼎、扁足鼎十分流行，而最多的是圆腹柱足鼎，特别是体量巨大的大型圆腹鼎明显居于最显赫的地位，如著名的大盂鼎。西周中期以后，造型有趋向于简单化趋势，腹部平浅，腹耳，柱足，口沿铸两道纹饰。西周中后期，曾一度出现类似大盂鼎式大型圆腹鼎，如大克鼎、小克鼎、禹鼎等，纹饰繁缛，比例完美，但由于西周中后期，政治经济实力的下降，社会审美风尚的变异，单纯、朴素的形式成为一种美学风格不可逆转。这时的毛公鼎成为典型的代表样式。由于鼎的政治蕴涵，西周时期的鼎铭大多记载君王的政治活动或重大历史事件，著名的鼎铭如《大盂鼎》、《小盂鼎》、《大克鼎》、《小克鼎》、《毛公鼎》等。春秋时期的鼎铭则体现较强的燕飨色彩，鼎铭的历史变化与礼乐制度的变化有关。

2. 毁

实物验证，毁是盛放煮熟的黍稷稻粱等饭食的圆形器具。在商周时期，毁也是十分重要的礼器，常和鼎相配合使用，表明使用者的等级地位。从文献记载或考古发现看，鼎、毁相配有一定规律。毁、簋同器，容庚《金文编》将毁认为是"簋"字。据邱德修《商周用鼎制度之理论基础》考论，"鼎"、"簋"以其所盛之牲体与黍稷，悉为食礼之主，必须密切配合。因此，遂有鼎簋配合律。其鼎簋配合律为：大牢正鼎九配八簋，正鼎七配六簋；少牢五鼎配四簋；特牲三鼎配二簋，一鼎配二簋（或无簋）。①

此一规律与《礼记·郊特牲》之"鼎俎奇而笾豆偶"之论，十分吻合。可见，鼎簋配合，鼎数为奇，簋数为偶。天子用九鼎八簋，诸侯用七鼎六簋，大夫用五鼎四簋，士用三鼎二簋。宝鸡茹家庄伯墓出土的儿簋，共四器。扶风庄白一号窖藏出土的癲簋，共八器。西周晚期到春秋早期的墓葬中，随葬的簋有六器、四器和两器之别。可见，礼书记载并不虚妄。毁铭数量极多，而且毁铭大多为韵文。为研究先秦历史和文学提供了极其丰富的材料，著名簋铭如《利毁》、《癲毁》、《戎毁》等。

3. 簠

《说文解字·竹部》："簠，黍稷圆器也。"② 与古物验证，发现簠是祭祀和燕飨时盛放黍稷稻粱等饭食的方形器具。簠铭属云"用盛稻粱"。《仪礼·聘礼》和《公食大夫礼》中均有稻粱盛于簠的说法。《周礼·地官·舍人》"凡祭祀共簠簋"，郑玄注："方为簠，圆曰簋，盛黍稷稻粱器。"簠在东周时期十分流行，在贵族们的宴会上经常使用它。

4. 鬲

鬲是食器的一种，《尔雅·释器》指款足鼎谓之鬲。《汉书·郊祀志》谓鬲就是空足鼎。新石器时代普遍用陶鬲，青铜鬲最早出现在商代早期，商代晚期以后，鬲由煮食物的器具变为盛食物的器具。西周中期以后，青铜鬲很盛行，成组出土，一组铜鬲的形制、大小、纹饰、铭文基本相同，如陕西蓝田县

① 邱德修：《商周用鼎制度之理论基础》，五南图书出版公司（台湾）1989年版，第551页。

② 许慎撰，段玉裁注：《说文解字注》，上海古籍出版社1981年版，第194页。

寺坡村出土的弭叔鬲一组三件，周原一号窖藏出土的微伯鬲一组五件，长安张家坡出土的伯庸父鬲一组八件，周原一号窖藏出土的伯先父鬲一组十件。春秋战国之际，鬲以偶数组合与列鼎同墓随葬，起着陪鼎的作用，一般是以二、四器与列鼎五器配合，战国晚期，青铜鬲便从祭器和生活用器的行列中消失。

5. 豆

在商代早期时是一种食器。豆初为陶制，青铜豆就是由陶豆演变而来，从甲骨文和金文的豆字看，是表示奉豆而内盛黍稷，可知豆最初是盛饭食。西周青铜豆主要是盛肉和盛菹醢，《说文解字·豆部》云："豆，古食肉器也。"[1]《诗经·大雅·生民》云："卬盛于豆。"《传》："豆，荐菹醢也"。"菹就是今天的咸菜、酸菜之类，醢就是今天的肉酱之类。古人吃熟肉时，蘸一些肉酱，配一些咸菜以和味，本是很平常的事，而豆是专备盛这种和味品的器皿，这就等于今天的酱醋瓶，酱菜盘。"[2] 豆也是一种重要的礼器，它在西周时常以偶数组合出现，故有"鼎俎奇而笾豆偶"的说法。

用豆的多少，是地位高下的表现和权力大小的象征，《周礼·秋官·掌客》说，凡诸侯之礼，上公豆四十，侯伯豆三十有二，子男二十有四。《礼记·礼器》亦云："天子之豆二十有六，诸公十有六，诸侯十有二，上大夫八，下大夫六。"然而，也有豆以奇数组合的记载，如《礼记·乡饮酒义》云："乡饮酒之礼……六十者三豆，七十者四豆，八十者五豆，九十者六豆，所以明养老也。"

---

① 许慎撰，段玉裁注：《说文解字注》，上海古籍出版社 1981 年版，第 207 页。
② 郭宝钧：《商周铜器群综合研究》，文物出版社 1981 年版，第 140 页。

（二）乐器类的青铜礼器

早在殷商时期，就有青铜乐器，青铜乐器真正形成规模，是在西周时期。《易传·豫卦》云，"先王以作乐崇德，殷荐之上帝，以配祖考"。周代的统治者将礼的森严等级进行文饰，这就是在朝廷宗庙等各种大典中要用乐，所谓"礼别异，乐合同"，礼从外部规定了人们的行为秩序，乐则在心理上使人们认同这种秩序和情感。在礼乐体制中，礼居于核心地位，乐是维护礼的等级秩序的。《礼记·乐记》提出，"乐者，通伦理者也"，乐与社会关系是相通的，乐要受到礼的制约。"故乐者，审一以定和"，"宫为君，商为臣，角为民，徵为事，羽为物"。

可以看出古人把五音与社会关系完美地结合在一起，乐作为礼的工具之一，是象征等级的。礼乐制度的繁盛促进了乐器的繁荣，西周时期，乐器有七十多种，乐器就已经按照使用的材料分为八音，金、石、土、匏、丝、竹、管、龠。西周中期，乐器以"钟鼓之乐"、"钟磬之乐"的金石之奏的打击乐为主，配以丝竹管弦的弦歌之声。春秋以后，音乐逐渐摆脱了礼的束缚蓬勃地发展起来，并在社会上取得了独立的地位。宫廷雅乐逐渐衰退，民间音乐的兴盛直接导致了琴瑟笙筝等丝竹类乐器的繁荣。

1. 钟：钟，许慎《说文解字·金部》云："钟，乐钟；秋分之音，万物种成；从金童声。锺，酒器也；从金童声。"[1]近人唐兰以为"钟、锺本一字"。钟是周代礼乐制度中典礼的重要打击乐器。镛也是钟器的一类，《说文解字·金部》："大

---

[1]　许慎撰，段玉裁注：《说文解字注》，上海古籍出版社1981年版，第703页。

钟谓之镛，从金，庸声。"[①]

《尔雅·释乐》："大钟谓之镛，其中谓之剽，小者谓之栈。"作为钟类乐器的一种，体现了低音音响的威力。"贲鼓维镛"，大钟总是与大鼓配合在一起演奏，说明人们对低音音域效果的追求，也是一种新的音乐审美观念的体现。《吕氏春秋·侈乐》载："大鼓、钟、磬、管、箫之音，耳所未尝闻，目所未尝见。"

钟起源于商代的铜铙。殷时有铙无钟，口向上，执而鸣之。西周中叶以后，口向下悬而鸣之。"钟鼓"乐队的钟即编钟，其中商周以来作为乐舞伴奏的重要乐器编钟，由商代的三件一组，发展到周代三件一组、五件一组，至西周晚期又逐渐增至八件一组。到春秋战国时期，编钟已增至十三件一组，做到了十二律齐备。具备了一定的旋宫转调的能力。

西周时期，各种祭祀、燕飨、大射等大型的仪典都必须用到"金奏"之乐，钟和鼎一样，是统治者等级与权利的象征。周代贵族规定了严格的用乐制度，即"乐悬"制度。"乐悬"本意是指必须悬挂起来才能进行演奏的钟磬类大型编悬乐器。尔后成为一种制度的代名词。"乐悬"制度规定严格的乐悬的用器制度、乐悬的摆列制度和乐悬音阶。使用乐器的规定是天子用四套变种，诸侯用三套，大夫用两套，士用一套。乐悬的摆列，《周礼·春官·小胥》中有明确规定："正乐悬之位，王宫悬，诸侯轩悬，卿大夫判悬，士特悬。"王享用的编悬乐器，可以像宫室一样摆列四面，诸侯为三面之乐，卿和大夫享用两面，士可以享用一面。西周统治者不用商音。因雅乐所

---

① 许慎撰，段玉裁注：《说文解字注》，上海古籍出版社1981年版，第709页。

需，音阶一律为宫角徵羽。

"钟"器在乐悬中居于核心地位。在大型的典礼场合，"钟鼓锽锽，磬管锵锵"这种大型的钟鼓之乐所制造的恢弘乐声，加之庄严恢弘的场面，使奴隶主贵族崇高、显赫的权势地位得到极大地强调。钟器铭文始于西周晚期，数量很少，春秋时期是钟器铭文的高峰期，器铭很少长篇，多四言韵文，具有极强的诗性特征。

2. 镈：是一种铜制钟体、有悬纽、击奏体鸣乐器。① 《说文解字·金部》："镈，镈鳞也。钟上横木上金华也。"又解"镈"字云："堵以二金乐则鼓镈应之。"早期镈主要在湘江流域，春秋以后，镈出土主要在中原地区。镈经常以钟自名，并且成编。如克镈，自名为"宝林钟"。春秋中晚期以来，有以镈自名的，但仅限于齐、邾等国，一般还是以钟自名，如秦公镈自名为"龢钟"，舞子镈除自名"龢钟"外，还兼以"铃钟"②。镈音低沉而震颤。"镈如鼓而大，奏乐以鼓镈为节。"

3. 钲：是一种铜制钟体击奏体鸣乐器。③ 《说文·解字·金部》："钲，铙也。似铃，柄中上下通。"钲像钟、铃等乐器那样，像自身的发音而命名。清王念孙说："钲者，丁宁之合声。"目前出土的先秦钲有铭的有三例，是《冉钲》、《徐𩰬尹钲》、《五者俞钲》。

（三）酒器类的青铜礼器

西周时期的盛酒器大多铸铭，西周后期，酒器中的爵、壶

---

① 李纯一：《中国上古出土乐器宗论》，文物出版社 1996 年版，第 145 页。
② 同上。
③ 同上书，第 310 页。

渐渐消失。

1. 尊：是盛酒备斟酌的器。其形制是大口鼓腹，以备盛酒之用。尊器铭有《何尊》、《保尊》、《蠡方尊》、《蠡驹尊》等。

2. 卣：为盛酒器，专用以盛贵重的郁鬯。器铭著名的如《保卣》、《士上卣》。

3. 壶：是盛酒浆的器。如《令狐君嗣子壶》、《中山王西壶》。

4. 盉：是古时和酒温酒的器。如《士上盉》、《裘卫盉》。

5. 彝：尊之作鸟兽形者谓之彝，也有的彝不为生物形而为方形的。彝器铭为《师遽方彝》、《蠡方彝》等。

6. 爵：是饮酒器。

（四）青铜水器类

礼典时盥手的礼器主要有匜和盘。"凡礼盛者必先盥。盥，洗手。盥之法，使人奉匜盛水，浇沃手，下以盘承其弃水。"①

1. 匜：是沃盥时盛水器。《左传·僖公二十三年》："奉匜沃盥。"匜器西周末年只有 2 器，春秋 26 器，战国 25 器，总 53 器。② 著名器铭为《训匜》。

2. 盘：是沃盥时盛弃水用具，故口大腹浅，圈足便置，两耳便捧。《礼记·内则》："进盥，少者奉盘，长者奉水，请沃盥，盥卒授巾。"盘在春秋战国时期使用最盛。在盘的总数 76 器中，属于春秋战国的即占 56 器。可见沃盥礼在春秋战国

---

① 钱玄、钱兴奇：《三礼辞典》，江苏古籍出版社 1998 年版，第 410 页。
② 郭宝钧：《商周铜器群综合研究》，文物出版社 1981 年版，第 152 页。

时期最盛。铸有青铜铭文的盘器有《史墙盘》、《逨盘》、《兮甲盘》、《散氏盘》等。

3. 鉴：水器，古人以盛水正容为监，所以称盛水之器为鉴。《说文·金部》："鉴，大盆也。一曰监。"《书·酒诰》："人无于水监，当于民监。"如吴王光鉴、齐侯鉴。

三　吉金文学的物质形态与吉金文学的特征

据《金文资料库》统计，比较明确、清晰的西周金文共4889器，殷商金文共4450器，春秋金文共995器，战国金文1257器。另外，殷或西周待考的600器，西周或春秋待考的29器，春秋或战国待考的11器。从数量上看，西周金文也有优势，就篇幅而言，西周金文长篇的铭文数量不少。根据《金文资料库》的统计，100字以上的铭文有121件，50字以上的共有181件（《金文资料库》光盘已由广西教育出版社于2003年10月出版。作为一个金文研究的数字化平台，已经历了7年的建设，为保证数据的准确，我们一直在对其中的内容进行增补和订正。需要说明的是，本着客观性的原则，该资料库对已参渺而不可目验的铭文未加收入）。

西周金文的应用范围比甲骨文广得多。西周金文的分布以陕西、中原地带为中心，遍及北到河北、辽宁，南到广东、广西，西至甘肃，东到浙江、江苏的广大领域。除了大量的周天子及在朝大臣的铜器外，还出现了诸如柞、邿、曾、雍、宜、燕、许、邢、虢、卫、滕、苏、散、芮、秦、杞、齐、吕、录、鲁、晋、纪、黄、胡、番、鄂、杜、邓、楚、陈、蔡、毕、邳等诸侯国铜器。

铸刻于青铜礼器上的吉金文学，因其载体的礼器属性和金属特征而具有一些不同的品格。青铜载体的特殊性决定了吉金文学的特殊性。青铜器礼乐背景下的礼器品格使吉金文学富有礼乐精神；吉金文学是铸在特殊的载体青铜上，吉金文学的青铜属性决定了吉金文学要简约典雅；吉金文学承载了商周时期先民的思想观念和文化内涵，"立德、立功、立言"是古人"三不朽"的思想观念，周代人充分发挥文字的社会功能，将自己的功勋业绩铸刻于铜器上传之不朽，吉金文学又具有深远悠长的历史意识；最后，吉金文学"称美而不称恶"的历史态度使吉金文学贯注了颂扬的文学精神，为颂体文学的发展张立纲目。总之，吉金文学特殊的文化背景和载体的特殊属性凝铸了吉金文学的审美精神和吉金文学的历史内涵。

（一）青铜礼器中字凝句蕴的礼乐精神

吉金文学是在礼乐文化背景下出现的，礼乐制度的兴衰深刻影响着吉金文学的兴衰。吉金文学是铸刻于礼器上的文字，礼器的礼典属性与礼乐文化的背景使吉金文学饱含礼乐精神。在礼乐文明的鼎盛时期，是青铜礼器运用得最隆重、最普遍的时候，礼器的辉煌带来吉金文学的辉煌。西周中叶到春秋时期是周代礼乐大盛时期，这一时期，也是吉金文学在思想内容上最鲜明地体现礼乐精神和礼制内涵的历史时期。西周时期的王室大礼如祭礼、飨礼、大射礼、军礼、分封礼、册命礼等频繁举行，这些"礼"的具体的形态构成西周时期吉金文学的最本质的精神。而春秋时期的诸侯间的朝聘会盟礼仪以及盟会后的燕飨礼仪，在春秋时期的吉金文学中得到体现。战国时期所追求的"礼义"，在战国时期吉金文学中被反复论证。"礼"的精神贯穿吉金文学的始终。

郭沫若在《中国古代社会史论》中谈道："'礼'是文明

社会的中国古代政治制度，'器'是保藏这个制度的神圣东西。"① 器物中蕴涵的不仅是礼制，更有统治者的尊卑观念。象征王朝威严统治的最庄重的礼器——鼎，器物上以长篇历史叙事的方式，昭告统治者统治天下的决心和精神气度，如《大盂鼎》、《毛公鼎》等。而相对来说，钟体乐器上的吉金文学则简约流畅，春秋时期钟铭的朗朗上口的诗体文化不必说，即便是西周时期的记载征伐的铭文，如《宗周钟》：

> 王肇遹省文武勤疆土。南或（国）子敢陷虐我土。王敦伐其至，（扑）伐厥都。褱子延遣间来逆邵王，南夷东夷具见，廿又六邦。惟皇上帝百神，保余小子，朕猷有成亡兢。我惟司配皇天，王对作宗周宝钟。仓仓囱囱，譻譻雝雝，用邵各不显祖考先王。先王其严在上，富富娈娈，降余多福，福余顺孙，参寿惟蔑，邘其万年，畯保四国。

同样以其生动的韵律，诗歌般的节奏声声入耳。礼乐器物的不同决定了吉金文学的不同内涵。"鼎"的鲜明的政治属性使其上铸刻的吉金文学也富于政治的内涵，而"钟"则更多的具有文化的意味，所以钟体吉金文学具有较强的诗性艺术特征。

春秋时期，礼乐的盛况造就青铜乐钟的繁盛，人们以无比自豪和喜悦的心态赞美乐钟。"自作龢钟，中韓且旟，元鸣孔皇……龢龢熙熙，眉寿无期。"（《沇儿钟》）"其音誉誉，闻于四方，龢龢熙熙，眉寿无期。"（《徐王子旃钟》）"乍为余钟，

---

① 郭沫若：《中国古代社会史论》，河北教育出版社 2000 年版，第 218 页。

玄镠镈铝，大钟八肆，其宔四堵，喬喬其龙，既旆邕簆。大钟
既悬，玉镳龝鼓。"(《邵钟》)

在春秋人的心中，这样美妙的乐音是"登于上下，闻于
四方"，"央央雕雕，闻于夏东"，钟声之乐不是西周时期王
室的庄重肃穆的等级之乐，钟的摆设也不再严格遵照西周王
朝的乐悬制度；钟声之乐也不再是为了取悦王权祖上，所谓
"肃雍和鸣，先祖是听"，而是天威王权统治下觉醒了的现实
的人的欢乐，是超越了等级束缚的人的现实的审美愉悦。

在宾主盟会后的燕飨场合，要演奏美妙的音乐，"用乐
嘉宾大夫及我朋友"，燕飨言欢，是春秋人欢乐的歌唱。弦
歌雅乐之欢乐，其乐融融的和乐的氛围，是精神的快乐和自
适，是使个体身心舒畅的审美享受。乐不再警示等级，而是
以欢乐为原则，以和乐为目的。是在悠扬悦耳的钟声中，在
喜气欢快的氛围中，嘉宾父兄我的朋友一片其乐融融的和乐
景象。

吉金文学因其载体的礼乐品格而富有浓重的礼乐精神。

（二）青铜铭文与吉金文学简约典雅的文字风格

吉金文学是铸刻于青铜金属上的文学，青铜器物有限的空
间及铸字的艰难，决定了青铜文学的写作一字千金，所以要求
文字必须字斟句酌，简约为美。《文心雕龙·铭箴》云："义
典则弘，文约为美。"[1] 铭文简约凝练，有其物质条件上的具
体原因。《揅经室三集》云：古人无笔砚纸墨之便，往往铸金
刻石，始传久远；其著之简策者，亦有漆书刀削之劳，非如今

① 刘勰著，范文澜注：《文心雕龙注》，人民文学出版社1958年版，第195页。

人下笔千言，言事甚易也。① 而吉金文学的文字叙述内容属于官方的意识形态，具体内容大致是君王的政治活动，或君王的号令，或册命分封，或祭祀燕飨，吉金文学文字内容又须典雅庄重。吉金文学与《诗》、《书》有着共同的历史渊源，吉金文学韵语似诗，散体似《书》，他们内在的文学精神是一致的。吉金韵语四言句式，与《诗》的语词和用法基本一致，吉金文学的散体与《书》语言风格十分切近。吉金文学用语典雅，是周代雅言的典范。

（三）"三不朽"思想与吉金文学深远的历史意识

人类是矛盾的，都希望超越有限的个体生命达到永恒和不朽，"乌纳穆塔在《生命的悲剧意识》中说：'从历史起源上看，所有的宗教都是起源于对死者的崇拜，也就是说起源于对不朽的崇拜。''当然永恒的含义并不是指时间意义的无限长度，因为人类毕竟无法超越这种物理、形躯的限制。因而人类不得不将永恒的愿望交托于历史通过生殖的繁衍、历史的流传，延伸个体受限制的生命。青铜时代制造的那些象征国家尊严个人权威的钟鼎器皿，是人类追求永恒的物化形式。而刻在青铜上的铭文历史，也反映着人类通过青铜文字的不朽以求个体生命不朽的普遍心理'"②。"许多青铜铭文除了借助坚固的金属材料外，也借助韵文的艺术形态，通过青铜与诗的结合来记叙自己的功勋业绩、美好心愿，从而把历史写进了广阔的空间。反映着把有限的生命延伸到无限世界的文化心态"③。《左

---

① 阮元：《揅经室集·揅经室三集》卷二，中华书局 1993 年版，第 605 页。
② 傅道彬：《〈诗〉外诗论笺》，黑龙江教育出版社 1993 年版，第 96 页。
③ 同上。

传·襄公》云："太上有立德，其次有立功，再次有立言。"
对于吉金文学而言，立言是立功与立德的另一种形式。立言就
是帝王将相的功名与美德借助青铜载体永远流传下去。

　　另外，西周人铸铭也有现实的功利意义。西周人认识到青
铜文字的社会功能，把铭文提到前所未有的重要地位。西周人
非常重视运用铭文记彰功烈，宣扬孝道，赞颂美德，今人马承
源认为，他们有两个功利目的："一是用以形成奴隶主贵族的
权威。西周早期的贵族，都是灭商以前的宗族子弟或者小贵
族，辅助文、武，伐商灭纣时有功于王室，随着武王的军事胜
利，被分封受爵，成为大的权贵。他们把自己的功劳或父辈对
王室的贡献，以及周王的赐命铸在青铜礼器上，就等于获得了
地位和职务的证件，具有护身符的作用。以便造成他们的权
威。二是加强宗法制度。宗法制度是周礼的重要组成部分，是
周人维护其内部、巩固和加强统治的一种手段。其核心就是严
格的宗子法承袭关系。西周时代，王臣都是世官，靠祖先的荫
庇获得地位和特权。他们在青铜器铭文和祭祀活动中，追述祖
先的功烈，告祭自己的荣誉，都是为了加强自己在其宗族体系
中的地位。"① "盖藏武仲之论铭也，曰：'天子令德，诸侯计
功，大夫称伐。'"② 令德就是彰显美德，计功就是称颂功绩，
称伐同样是赞美炫耀自己的功勋。这种说法完全切中了周人铸
铭的现实功利目的。

　　这样，铭文的意义不仅是记录一家一世的特权和荣誉，也
会涉及王家的重大政治活动和重大历史事件。因而青铜礼器就

---

　　①　马承源：《中国青铜器研究》，上海古籍出版社 2002 年版，第 51 页。
　　②　刘勰著，范文澜注：《文心雕龙注·铭箴》，人民文学出版社 1958 年版，第 193 页。

成为带有显示等级、地位、特权的标志，成为陈设于宗庙宫室的重器；青铜文学也就成为功勋业绩显赫、声名流传千古的主要承载方式。无论是传承深远的历史意识，还是现实地位的求取庇护，铸于青铜器上的铭文结语总是不忘铸上"子子孙孙，永葆用之"这样几个字，正如《墨子·贵义》所言："古之圣王，欲传其道于后世，是故书之竹帛，镂之金石，传遗后世子孙，欲后世子孙法之也。"看来，青铜文字还有荫庇子孙、福泽后世、传承后人的教化意义。

（四）吉金文学对后世文学的影响

吉金文学是铸铭于礼乐等金属器物上的一种特殊的文学样式。它绵延两周，极其真实生动地再现了周人的各个历史侧面和文化心理。周代礼乐制度的兴衰深刻地影响着吉金文学所表现的内容和记述的方式。吉金文学在西周、春秋、战国时期文学内容和文体形式有明显的不同，吉金文学与《诗》、《书》的文化精神是一致的，在体式上，西周时期铭文似《书》，春秋铭文似《诗》，吉金文学无论在叙事的内容还是在文学形式上对后世的文学都有深刻的影响。

吉金文学内在的文学精神，影响着中国的传统文化精神。吉金文学中丰富的礼学思想，深刻地影响着中国文学传统中的内在价值尺度与审美标准。吉金文学中的和乐的精神是中国古典"中和"审美理想的重要构成。吉金文学中的功名意识与中国文人的功业理想一脉相承。西周时期的吉金文学记事的内容类似官方档案，为《尚书》的编纂提供了丰富的材料。

吉金文学更是影响着中国传统文学的文体形式。《尚书》中的诰、命、誓等各种文体在吉金文学中都能寻到源头，而后世的各种文体，《书》发其源。吉金文学称善溢美而隐恶避讳的作铭目的使吉金文学充满颂扬色彩，为后世的颂体文学张立纲目。两汉碑刻秉承吉金文学的颂扬本质，直接歌功颂德。吉金文学形成一种特殊的文体——铭体，后代的器物铭、山川铭等无不受此影响。吉金文学孕育了多种文体样式，后代的箴、赋、赞、诔、祭等诸多文体的源头都可以上溯到吉金文学。吉金文学中有大量的韵文，对后代韵文和骈文的发展产生影响。

第二章

"器以藏礼"——吉金文学与
周代礼乐制度

吉金是在祭祀等典礼场合所使用的礼器，铸于吉祥金属上的文学从一开始就和礼发生着密切的联系。礼器是礼典场合的庄严的仪式道具，礼器的沿革是礼乐制度变化的最外在表现形式。在礼乐制度由发展到衰落的变化过程中，青铜礼器的器物外形、样式和组合方式都随之而演变，吉金文学因其载体的变化亦发生变化，因而，吉金文学与周代的礼乐制度有着密切的联系。吉金文学从西周到春秋时期体裁、表述方式的变化，表层看来是受到物质载体的限制，究其实与礼乐文化有着根本的关系。西周时期的"鼎"至春秋时期的"钟"是青铜礼器的典型代表，其上的吉金文学亦是最成熟的文学样式。青铜金属上的吉金文学内容和形式也都随着礼乐制度的变化而改变。吉金文学中记载的祭祖礼、分封礼、飨礼、射礼、燕礼、宾礼等礼制内容正是从西周到春秋礼制变化的历史轨迹。在西周、春秋战国的不同时期，吉金文学的文体形式主要呈现着《尚书》体、诗体、论说体等特征。

一 吉金文学与周代礼乐文化土壤

自周朝立国，周公"治礼作乐"，建立礼乐文化体系，有周一代，礼乐文化成为最鲜明的文化特色。尽管周初统治者制定了一系列文化措施，而礼乐文化真正的形成却经历了一百多年的时间。周人在立国之初，大多沿袭商人的文化，周礼的真正成熟是在穆王时期，以大飨礼仪为代表的贵族、士大夫之间日常生活礼仪开始普遍流行并渐趋成熟，西周礼制才逐渐进入体系完备、影响广泛深入的成熟时代。

古人认为，"乐以象天，礼以法地。人无不含天地之气，有五常之性者。故乐所以荡涤，反其邪恶也。礼所以防淫逸佚，节其侈糜也"①。故《孝经》曰："移风易俗，莫善于乐。安上治民，莫善于礼。"《周礼》中详细记载了"五礼"的有关情况，"礼"分为吉礼、凶礼、宾礼、军礼、嘉礼五类，"以吉礼事邦国之鬼神示"、"以凶礼哀邦国之忧"、"以宾礼亲邦国"、"以军礼同邦国"、"以嘉礼亲万民"。并设立管理"礼"的官职大司伯，《春官·宗伯》云："唯王建国，辨方正位，体国经野，设官分职，以为民极，乃立春官宗伯，使帅其属而掌邦礼，以佐王和邦国。""五礼"既可用于天地鬼神祭祀，又可用于邦国的政治、军事、外交、经济等各种重大政事，可以说遍及社会生活各个领域。"五礼"的作用，概括起来说，就是区分上下、尊卑、长幼、亲疏、贵贱的等级秩序。建立起以周天子为中心的一套"亲亲"、"尊尊"的宗法社会等级关系。周人将宗法血缘关系渗透到上下尊卑的等级制度之中，形成"尊尊"、"亲亲"的等级制原则。

周代的统治者将礼的森严等级进行文饰，这就是在朝廷宗庙等各种大典中要用乐，"礼乐相须以为用，礼非乐不行，乐

---

① 陈立：《白虎通疏证》，《新编诸子集成》第一辑，中华书局1994年版，第93—94页。

非礼不举"①，所谓"乐合同，礼别异"②。礼从外部规定了人们的行为秩序，乐则在心理上使人们认同这种秩序和情感。在礼乐体制中，礼居于核心地位，乐是维护礼的等级秩序的。故"乐也者，动于内者也；礼也者，动于外者也。乐极和，礼极顺。内和而外顺，则民瞻其颜色，而弗与争也"。"故乐在宗庙之中，君臣上下同听之，则莫不和敬；闺门之内，父子兄弟同听之，则莫不和亲；乡里族长之中，长少同听之，则莫不和顺。故乐者，审一以定和者也"③，这就是说，"音乐带来人的内心平和，典礼则带来人的外表顺正，两者齐备，人们相处而无猜疑之心，与相争绝缘，音乐是从内面维护世界和平的"④。《礼记·乐记》提出，"乐者，通伦理者也"，乐既是为礼来服务的，与礼一样，是有等级性的。在各种典礼仪式中，各个不同等级的贵族使用的乐器、乐队的编制、用乐规模是不同的。在周代的礼乐制度中，音乐是其等级制度最重要组成部分。西周中期的乐器《庶钟》铭文说："敢乍文人大宝协龢钟，用追孝享祀，邵各乐大神，大神其陟降严祜，竞妥厚多福"，这是宗周用乐祀神的典型例证。

《周礼》记载了西周王朝"作乐"的情况，西周王朝有专门管理"乐"的大司乐机构，并有严格的乐官体系，所属大小官员共计 1300 多人。这个被称为"学政"的机构，负责对"国子"进行以"乐"为中心的全面教育，并管理围绕"乐"而进行的所有活动。西周王朝对乐教非常重视，"以乐德教国子，中、和、

① 参见《通志·乐略·乐府总序》。
② 王先谦：《荀子集解》，《新编诸子集成》第一辑，中华书局 1988 年版，第 383 页。
③ 同上书，第 379 页。
④ 今道友信：《东方美学》，三联书店 1991 年版，第 16 页。

祇、庸、孝、友；以乐语教国子，兴、道、讽、诵、言、语；以乐舞教国子，舞云门、大卷、大咸、大韶、大夏、大濩、大武"，这一系列的措施为礼乐文化的实行提供了人才保证。

礼乐制的核心是礼，乐不过是为礼服务的工具，所谓"礼别异，乐主和"。礼从外在的方面强制人的等级秩序，而乐则从内在方面使人服从宗法等级规范。用乐也具有等级意义。

礼既是一种制度，又是一种文化。作为一种制度，它包括了政治体制中的祭祀、分封、朝聘等各种制度，作为一种文化，它渗透在整个社会成员心理，已经内化为一种精神，全体社会成员自觉地尊礼、守礼。《礼记·经解》所记，非常深入地谈到"礼"的重要性："礼之于正国也，犹衡之于轻重也，绳墨之于曲直也，规矩之于方圆也……故以奉宗庙则敬，以入朝廷则贵贱有位，以处室家则父子亲、兄弟和，以处乡里则长幼有序。"

礼在周代，遍布政治、日常生活的一切领域。

礼的显著的体现形式是礼典，在奴隶主贵族中通过礼典过程的经常举行，来强化社会的等级秩序，确保执政者的地位和尊严。说到底，要为政治统治服务。礼典具体地说，就是根据政教、外事、兵戎、农耕、狩猎、宗族、文化等方面的实际需要，逐渐形成了各种门类如朝觐、会盟、赐命、军旅、祭祷等礼典。礼典的举行离不开诗与乐，所谓礼主异，乐主和，是也。沈文倬先生指出："音乐演奏以'诗'为乐章，诗乐结合便成了各种礼典的组成部分。邵懿臣说：'乐本无经也，乐之原在《诗》三百篇之中，乐之用在《礼》十七篇之中。'"[1] 在礼典举行的过程中，奴隶主贵族举行声势浩

---

① 沈文倬：《宗周礼乐文明考论》，浙江大学出版社1999年版，第3页。

大的声乐场面，有强大的仪式阵容。《论语·尧曰》："不知礼，无以立也。"《论语·季氏》："不学《诗》，无以言。"《论语·泰伯》："兴于诗，立于礼，成于乐。"说道礼，就要说到诗与乐，如果不习礼、不学诗、不学乐，就没有办法参加贵族的各种礼典。《周礼》、《仪礼》、《礼记》之中记载了大量的礼典形式，在不同的典礼场合所演奏的诗乐，所用的舞蹈，所举行的仪式是不同的。

沈文倬先生将礼典的内容分为两个方面，其一，礼家称之为"名物制度"，就是将等级差别见之于举行典礼时所使用的宫室、衣物、器皿及其装饰上，从其大小、多寡、高下、华素上显示其尊卑贵贱。我们把这种体现差别的器物统称之为"礼物"。其二，礼家称之为"揖让周旋"，就是将等级差别见之于参加者按其爵位在礼典进行中使用礼物的仪容动作上，从他们所应遵守的进退、登降、坐兴、俯仰上显示其尊卑贵贱。我们把这些称之为"礼仪"①。

西周时期是否有礼仪存在，现在学界基本达成共识，礼制的成熟是一个渐进的历史过程。西周中期的《癲毁》"癲曰显皇祖考司威仪，用辟大王"，司威仪，就是掌管威仪，裘锡圭认为"微氏家族的正式职务就是辅助史官之长掌管'威仪'，而威仪就是礼容，和文献中的'颂'是一回事"②。古代威仪的条目很多，《礼记·中庸》中云："礼仪三百，威仪三千。"丙组《癲钟》铭文有"以五十颂处"，裘氏认为就是掌管50种威仪的意思。50种威仪具体是什么，由于青铜载体

①　沈文倬：《宗周礼乐文明考论》，浙江大学出版社1999年版，第5页。
②　北京大学考古文博学院、北京大学古代文明研究中心编：《吉金铸国史》，文物出版社2002年版，第177页。

的局限，已不可知，但足以说明西周中期，就有很完备的礼典的存在。

二 周礼的形态与吉金文学的表现空间

有周一代，创造了丰富的礼乐文化制度和体系，从西周王朝到春秋中叶正是历史上礼制大盛的历史时段，周礼不仅以制度系统成为统治者施政的纲领，而且渗透于贵族社会生活一切领域。周礼既有政治的庄重仪式，又运用于诸侯邦交燕飨等典礼场合，《仪礼》中现存的十七种具体的礼节仪式，是不同的礼仪场合中人们遵奉的不同的礼仪规范，礼已渗透到生活一切领域。礼的表现的物化仪式是礼器，而铸刻于礼器上的吉金文学，真实而简要地记载了周代的礼仪形态，其中包蕴着丰富的礼制内容。本文主要攫取周代吉金文学中有较多体现的祭礼、分封礼、飨礼、射礼、宾礼、燕礼形态作一些探讨。

（一）周人的祭祀礼仪

《左传·成公十三年》曰："国之大事，在祀与戎。"《礼记·祭统》云："礼有五经，莫重于祭。"祭祀既是国家的大事，又是国家最重要的典礼。周人的祭祀渗透于政治与日常一切生活领域之中。《礼记·曲礼》云："天子祭天地，祭四方，祭山川，祭五祀，岁遍。诸侯方祀，祭山川，祭五祀，岁遍。大夫祭五祀，岁遍。士祭其先。"在周代，天子、诸侯、大夫都要进行祭祀，且内容很多。祭祀何以在国家的政治生活中居于如此重要的地位？"祭祀被周代统治者高度重视，最主要的原因就是统治阶级在政治上的需要以及人们头脑中存在的传统宗教意识。"① 统治者利用殷商时期人们对天的神化与崇拜进行自己的政治统治，并且大力提倡宗教祭祀活动，从而为统治服务。《周易·观卦·象传》云："观天之神道而四时不忒，圣人以神道设教，而天下服矣。"祭祀就是统治者进行"神道设教"的工具，而这种工具的运用最理想的方式就是与国家制度的礼的结合。金景芳先生提出，"祭同礼相联系，政同刑相联系。祭是利用宗教实行间接的统治，政是利用暴力实行直接的统治"。祭祀同礼的密切结合，是国家政治教化的需要。《礼记·祭统》曰："是故，君子之教也，必由其本，顺之至也，祭其是与！故曰：'祭者，教之本也已。'"通过祭祀，教化万民，维护了周代统治者的统治秩序。《礼记·礼运》云："天子祭天地，诸侯祭社稷。"在铭文的祭祀礼中，祭天和祭祖礼是最常见的两种方式，而后者又更为重要。

1. 祭天礼典

顾颉刚先生认为，天在周代的统治中，具有至高无上的威严，殷人之帝即周人之天，帝为殷之部落神，天为周之部落神。周人克商后，发现殷人的帝与自己的天异名同实，于是二名始混用，"皇天上帝"成为一神，比较而言，帝不若天应用的广泛。顾氏的这一发现得到学术界的认可。周人称上帝、称天都指主宰一切的天神。天既可以赐予人间的君主以权力，又可以有保护人间君主的作用。天所选择的人间的君主，称为"天子"。《诗经·大雅·文王》："文王在上，于昭于天。周虽旧邦，其命维新。有周丕显，帝命不时。文王陟降，在帝左右。"在铭文中，文王德高，所以天授大命。天还可以降福降

---

① 张鹤泉：《周代祭祀研究》，文津出版社（台北）1993年版，第5页。

祸，天还可以主宰人间的命运。所以周人重大事宜要祭祀天庭，要庭告于天。吉金文学中记载祭天礼很多：

> 《何尊》："唯王初迁宅于成周，复禀武王礼福自天，在四月丙戌，王诰宗小子于京室，曰，昔在尔考公氏，克逨文王，肆文王受兹大命。唯武王既克大邑商，则廷告于天，曰，余其宅兹中国，自之辥民，乌虖，尔有唯小子亡识视于公氏，有爵于天，彻令敬享哉，叀王龏德，欲天训我不敏。王咸诰，何赐贝卅朋，用作□公宝尊彝。唯王五祀。"
>
> 《大丰毁》："丕显考文王，事喜上帝，文王监在上。"
>
> 《天亡毁》："王祀于天室，降。"
>
> 《大盂鼎》："古天异临子"，"敏朝夕入谏，享奔走，畏天威。"
>
> 《班毁》："三年静东国，亡不畏天威，否畀屯陟。"公告厥事于上："惟民亡秸才彝芈（昧）天令，故亡。允才（哉）！显惟敬德，亡攸违。"
>
> 《师訇毁》："丕显文武，孚受天令，今日天疾畏降丧。"
>
> 《师兑毁》："师兑拜稽首，敢对扬天子丕显鲁休。"

在周人看来，天只佑护有德者，"小邦周"之所以能灭商，周革殷命，是因为天的意志，是因为"有命自天"，有天的帮助。因为"文王受天有大命"，文王在天庭接受了上帝要他改朝换代的命令。很显然，这是周人为了稳定自己的统治而提出的对付殷商遗民有效的精神武器。殷商丧国，是因为殷人丧德，周人显惟敬德，叀王龏德，周人的德使天把国家赐予了他。"以德配天"成为有周一代进行统治和标榜自己的政治口号和精神工具。

> 《史墙盘》："曰古文王，初鰲龢于政，上帝降懿德大甹，匍有上下，合受万邦。"
> 《毛公鼎》："王若曰：父厝，不显文武，皇天引厌厥德，配我有周，应受大命，率怀不廷方，亡不閈于文武耿光。惟天啻集厥命，亦唯先正口辞厥辟，爵董大命，肆皇天亡哭，临保我有周，不巩先王配命。"

天在周人心目中具有至高无上的地位，天既可以降福也可以降丧，主宰人间的祸福。

> 《师訇殷》："王曰，师询，哀哉！今日天疾威降丧，首德不克，故亡承于先王。"
> 《默殷》（周厉王即位第十二年）："皇上帝大鲁令，用令保我家、朕立、胡身。施施降余多福，富龚远猷。"
> 《默钟》："惟皇上帝百神，保余小子，朕猷有成亡兢。我惟司配皇天，王对作宗周宝钟。"

如果统治者违背上天的意志，天就会降下灾难，如果合乎上天的意志，就会降下福祉。可见，在周代，天具有至上神的特征。

2. 祭祖礼典

侯外庐先生指出，周人最主要的祭祀，以祖先神为主，考察《诗经》有关祭祀的诗篇，所祭的主要对象正是祖先神。《清庙》"祀文王"；《天作》"祀先王先公"；《执竞》"祀武王";《雍》"禘大祖";《载见》"诸侯始见乎武王庙";《有客》"微子来见祖庙"。周代彝器中,有专门为了祭祖而制作的彝器。《礼记·中庸》"宗庙之礼,所以祀乎其先也"。西周时期,祭祖礼成为一种规定性的礼仪形式,是周代社会最重要的礼典仪式。祭祀祖先起源于远古时期初民对生命繁殖能力的崇拜,"这种生殖繁育、作为人类始基的'祖'字,却是指的男性,在古代人心目中,是这些男性祖先的生殖,使人类——降临这个世上,因此,他们也相信,男性祖先的灵魂,也能保佑子孙的繁荣平安,于是,他们要对祖先的亡灵进行祭祀"①。初民认为祖先掌握着整个民族的命运,初民相信与祖先及时又良好的沟通,是保佑部族免除灾祸的重要手段。宗庙祭祀是与祖先联系沟通的一种方式,它通过祭品以及一定的仪式构成的礼典以感应先祖,祈求福禄。

葛兆光先生认为,在中国人的思想观念中,"对于祖先的重视和对于子嗣的关注,是传统中国一个极为重要的观念,甚至成为中国思想在价值判断上的一个来源,一个传统的中国人看见自己的祖先、自己、自己的子孙的血脉在流动,就有生命之流永恒不息之感,他一想到自己就是这生命之流中的一环,他就不再是孤独的,而是有家的,他会觉得自己的生命在扩展,生命的意义在扩展,扩展成为整个宇宙。而墓葬、宗庙、祠堂、祭祀,就是肯定并强化这种生命意义的庄严场合……墓葬、宗庙、祠堂和祭祀活动就是通过对已逝的祖先和亲人追忆和纪念,来实现亲族联络、血缘凝聚与文化认同"②。《礼记·礼器》云:"宗庙之祭,仁之至也。"

---

① 葛兆光:《中国思想史》,复旦大学出版社 2001 年版,第 24 页。
② 同上。

周代社会，祖先崇拜的祭祀权又被统治阶级所垄断，成为维护等级制权威的借力。祭祖被染上浓郁的政治色彩。《礼记·大传》："人道亲亲也，亲亲故尊祖，尊祖故敬宗，敬宗故收族。"《礼记·丧服小记》："别子为祖，继别为宗，继而者为小宗，有五世而迁之宗，其继高祖者也；是故祖迁于上，宗易于下，尊祖故敬宗，敬宗所以尊祖迩也。"祭祖，成为维护宗法等级制的一种主要的方式。"祭祀的功用表面是为了尊祖敬宗，实际上是使一部分人的地位高出另一部分人之上。照宗法制度的规定，不是所有的儿子都可以祭其祖先的。大小宗的区别之制定，其意义就在于此。"[1] 只有嫡长子才有祭祀祖先的权利，祭祀权也就是统治权。祭祖礼实质上确立了宗子在宗族中的地位，维护了嫡长子继承制，突出了宗子在宗族内部的支配权，确立宗族成员之间宗法地位的等级差异，其实质也就是维护了宗法制度。从而，宗族内部嫡庶有别，长幼有序，加强宗族内部的团结和凝聚力，维护了社会的稳定和谐。

然而周人祭祖不仅有庄重的宗教政治意义，还具有浓郁的文化色彩。周人认为，祖先死后其灵魂不死，在上帝左右。《诗经·大雅·文王》："文王陟降，在帝左右。"周人神化先祖，并相信祖先神在天庭会福佑子孙，保佑家族延续兴旺，给子孙降下福祉。

刘雨先生"将西周金文中出现的二十种祭祖礼的祭名列成表格，与殷墟卜辞、殷代金文、周原甲骨文以及春秋战国金文作一对照，以看出这些祭典发展的脉络"[2]。通过

---

① 王玉哲：《中华远古史》，上海人民出版社 2000 年版，第 570 页。
② 刘雨：《西周金文中的"周礼"》，《燕京学报》新 3 期，北京大学出版社 1997 年版，第 62 页。

观察，可以看出，祭祖礼在周代礼制中的重要地位。现引表 1 如下：[①]

表1　　　　　　　　西周金文祭祖礼祭名对照

祭名	殷墟卜辞	殷金文	周原甲骨	西周前期金文	西周后期金文	春秋战国金文
禘	△		△	小盂鼎　鲜簋　剌鼎　繁卣　大簋		
衣	△			天王簋　庚嬴鼎　繁卣	陵叔鼎	
酌	△			麦方尊　繁卣		
裸	△		△	献侯鼎　叔簋　孟爵　圉卣　矢令方彝　嫡妘　进方鼎　沈子它簋　伯唐父鼎		
餐		戍嗣子鼎		臣辰盉卣　吕方鼎　高卣盖　伯唐父鼎		
告	△			令方彝　麦方尊　沈子它簋		
禦	△	我方鼎	△	作册柒卣　叀尊　耳□觯	訧簋　五祀訧钟	
叙	△	我方鼎			师訊鼎	
报	△			令簋	师訊鼎	
翟					史喜鼎	
禋					墙盘	哀成叔鼎　蔡侯盤
燎	△		△	小盂鼎　康伯尰簋		

① 刘雨：《西周金文中的"周礼"》，《燕京学报》新 3 期，北京大学出版社 1997 年版，第 62—63 页。

祭名	殷墟卜辞	殷金文	周原甲骨	西周前期金文	西周后期金文	春秋战国金文
屮	△			子尊		
牢	△			貉子卣　吕伯簋		
蒿	△			天亡簋		
饙		玉戈铭		噂士卿尊		
禴	△			臣辰盉　卣		
尝					六年召伯虎簋 姬鼎	陈侯午敦 籥脞鼎 盘鄦陵君鉴 豆
烝	△			大盂鼎　高卣盖	段簋 姬鼎 大师虘豆	陈侯午敦
闚	△			顶卣　子卣		

从上表可见，周代的祭祖礼主要是继承商代而来，除了翟、禋、尝 3 种次要的祭礼外，周代祭祖礼 17 种祭名与殷代完全相同。"周因于殷礼"，另外，也说明祭祖礼在周代的礼典中是十分重要的。"周人非常敬重和崇拜祖先，他们在祭祀过程中称颂祖先的德行和功绩，并希望继承祖先的事业。"①西周人敬称祖先为"文人"、"文神"、"大神"，《井人妄钟（一）》："前文人其严在上。数数象象，降余厚多福无疆。妄其万年，子子孙孙，永宝用享。"《伯戗》殷："唯用妥神，襄睍前文人。"《痰殷》："其勳祀大神，妥多福。"他们崇拜赞美"前文人"的历史功绩，最典型的要数《史墙盘》和《逑盘》，历数了前代祖先的光辉业绩。他们崇尚祖先的德行，《虢叔旅钟》："丕显皇考惠叔，穆穆秉元明德。"《梁其钟》：

---

① 刘源：《商周祭祖礼研究》，商务印书馆 2004 年版，第 270 页。

"丕显皇祖考穆穆异异，克哲厥德。"周人不仅敬佩祖先的功业德行，他们希望能继承祖先的事业，能够实行孝道。《周礼·地官·师氏》曰："以三德教国子，一曰至德，以为道本；二曰敏德，以为行本；三曰孝德，以知逆恶。"郑注："夫孝者，善继人之志，善述人之事也。"

周人祭祖礼中贯穿着"孝"的思想，自言祭祀先公先王是尽孝心，主祭者自称是孝子、孝孙，对先祖要用享以孝。《礼记·中庸》云："践其位，行其礼，奏其乐。敬其所尊，爱其所亲。事死如事生，事亡如事存，孝之至也。"

《王孙遗者钟》："用喜以孝于我皇祖文考。"
《叔夷镈》："用喜于其皇祖皇妣，皇母皇考，用祈眉寿，灵命难老。"
《铝钟》："我以享孝乐我先祖，以祈眉寿。"
《齐鎛氏钟》："用享以孝于伯皇祖文考。"（春秋晚期）

祖先死后能陟降于天，《猷毁》："其格前文人，其濒在帝庭陟降"，周人相信，祖先威严地君临天上，会蓬蓬勃勃地降给子孙很多福佑。周人祭祀祖先以求得家族延续兴旺，祭祀祖先以求得个人平安、长寿，祭祀祖先以求得个人、家族政治权利之维持。

《猷钟》："先王其严在上，戴戴彙彙，降余多福。"
《虢叔旅钟》："皇考严在上，异在下，戴戴彙彙，降旅多福。"
《士父钟》："皇考其严在上，戴戴彙彙，降余鲁多福无疆，唯康右屯鲁。"

《井人钟》："前文人其严在上，戭戭戁戁，降余厚多福无疆。"

《瘨钟》："敢作文人大宝协和钟，用追孝辪祀，卲各乐大神，大神其陟降，严祜夒妥厚多福、其戭戭戁戁，受余屯鲁。"

祭祀先祖不仅向先祖祈求福禄，保佑子孙繁多，同时也是向先祖表达自己的孝心和敬重之情。

西周时祭祀祖先需要先找一位必须是孙子辈的人，穿上祖先的衣服，来装扮成祖先的样子受祭，此为"尸"。时人相信祖先的魂会降附到"尸"的身上。周代祭祖礼中的一些仪节，如奏乐迎尸，引尸入门，请尸安坐，请尸用饭并不断劝食，主人、主妇和宾仪依次向尸献酒，尸酢主人并致以嘏辞，尸离去后由祭者馂尸之余。

周人祀祖礼表达的是"尊礼"、"近人"的精神内核，这与殷人"尊神"、"先鬼"的精神指向不同。《礼记·表记》中云：子曰："夏道尊命，事鬼敬神而远之，近人而忠焉，先禄而后威，先赏而后罚，亲而不尊。殷人尊神，率民以事神，先鬼而后礼，先罚而后赏，尊而不亲。周人尊礼尚施，事鬼敬神而远之，近人而忠焉，其赏罚用爵列，亲而不尊。"

正如沈文倬先生所论，"尊鬼与尊礼，先鬼和近人，是殷、周对待鬼神的原则分歧；周人的事鬼敬神主要表现在祖先祭祀上，而殷人的率民以事神，则贯穿到施政方针中去了"。周人的这种"尊礼"、"近人"的精神体现在祖宗祭祀便是"事死如事生"的祭祀愿望，故《礼记·祭义》中说："文王之祭也，事死者如事生，思死者如不欲生。忌日必哀，称讳如见亲。祀之忠也，如见亲之所爱，如欲色然，其文王与！"

（二）西周时期的分封礼

西周早期仍有许多不稳定因素，武王早逝，周公为巩固来之不易的政权，先后在政治上和文化上采取了一系列措施，政治上分封建侯，建立起以血缘纽带为基础的宗法社会形态，文化上"治礼作乐"，至成、康两世，更是积极建邦，成王开始以法度治理周邦，康王更是厘定了各处的疆土。《左传·昭公二十六年》："昔武王克殷，成王靖四方，康王息民，并建母弟以蕃屏周。"《左传·僖公二十四年》："昔周公吊二叔之不咸，故封建亲戚以蕃屏周。"《荀子·儒效》："（周公）兼制天下，立七十一国，姬姓独居五十三人。"① 周天子为天下大宗，同姓诸侯为天下小宗，小宗尊拥大宗，维护王室。《诗·大雅·板》篇谈到这种分封制度时说："价人为藩，大师维垣，大邦维屏，大宗为翰。怀德为宁，宗子维城，无俾城坏。"诗中形象地描绘出大大小小的同姓诸侯和异性诸侯像藩篱、像城垣、像屏障一样拱拥天子，维护王室。分土封侯是周人统治天下的政治手段，这一措施在西周早期铭文和西周晚期铭文体现得最为明显。周初统治者通过分封，建立起君主与侯国之间的权利与义务的关系。分封主要是战争征伐俘获，即"受民"、"受土"。"受土"主要是在战争胜利中俘获的土地，"人鬲"或"族人"主要是被俘的氏族成为奴隶。

武王时代，率领西北、西南的土族伐商，使殷民一大氏族投降成为俘虏。西周时期的《宜侯矢簋》，一次册命，君王就

① 王先谦：《荀子集解》，《新编诸子集成》第一辑，中华书局1988年版，第114页。

赏赐五类。

> 《宜侯矢簋》："唯四月，辰在丁未，王省武王成王伐
> 商图，遂省四国图。王卜于宜，入土，大飨。王令虞侯矢
> 曰：迁侯于宜。赐口鬯一卣，商瓒一口，彤弓一，彤矢
> 百，旅弓十，旅矢千。赐土：厥川三百口，厥口百又廿。
> 厥宅：邑卅又五，口口百又四十。赐在宜王人口又七姓，
> 锡七伯，厥口口又五十夫，赐宜庶人六百又口六夫。宜侯
> 矢扬王休，作虞公父丁尊彝。"

王册命宜侯矢侯于宜，赏赐品共有五类，第一类为鬯及鬯
具，第二类为弓矢；第三类是赐土；第四类是赐族；第五类是人
鬲，即奴隶。是规模较大的一次赏赐。另如：

> 《令簋》（成王时代）："姜商令贝十朋、臣十家、鬲
> 百人。"

《大盂鼎》载"赐汝邦嗣四白，人鬲自驭至于庶人六百又
五十又九夫。赐夷嗣王臣十又三白，人鬲千又五十夫"。这种
大量的人鬲，当指族人，统治者不仅赐土，而且还要赐家，
"凡赐家都称作'臣'，不用'人鬲'、'人'、'夫'、'民'
等称呼。答案很简单，臣是表示顺服者，想必是早被俘获受了
相当训练的，和'殷顽民'有别。这可以参考郭沫若释臣释
民的解说。因此，用家做单位，已经是指集体族俘经过陶冶分
化出来的，可以说是熟练的生产者"[1]。《令簋》"赐臣十家"，

---

① 侯外庐：《中国古代社会史论》，河北教育出版社 2000 年版，第 61 页。

还有《不嬰簋》"赐臣五家",另外:

> 《矢令殷》:隹王于伐楚伯在炎。隹九月既死霸丁丑,
> 作册矢令隣图于王姜。姜赏令贝十朋,臣十家,鬲百人。

周代赐田和赐人常常一起进行,这是土地和生产者结合的方式。只有人还是不够的,还要有生产工具,还要赐马,周代的主要农具是石器和木器,所以在金文中赐马是常见的。

> 《大盂鼎》:隹九月,王在宗周,令盂。王若曰:
> "盂,丕显文王受天有大令,在武王嗣文乍邦,辟厥匿,
> 匍有四方,畯正厥民。在雩御事,獸酉无敢酖,有柴蒸
> 祀,无敢醿,古天异临子,保先王,匍有四方。我闻殷述
> (坠)令,惟殷边侯、田,雩殷正百辟,率肆于酉,古丧
> 师。已!女妹辰又大服,余隹即朕小学。女勿魁余乃辟一
> 人,今我隹即井裛于文王正德,若文王令二三正。今余隹
> 令女盂,召荣敬雝德巠,敏朝夕入谏,高奔走,畏天
> 畏。"王曰:"𩁹!令女盂井乃嗣且南公。"王曰:"盂,
> 延召夾死嗣戎,敏趞罚讼,凤夕召我一人烝四方,雩我其
> 通省先王受民受疆土。易女鬯一卣、冖衣、巿、舄、车、
> 马。易乃且南公旂,用狩。易女邦 四伯,人鬲自馭至于
> 庶人六百又五十又九夫;赐夷嗣王臣十又三伯,人鬲千又
> 五十夫,□□迁自厥土。"王曰:"盂,若敬乃正,勿废
> 朕令。"盂用对王休,用乍祖南公宝鼎。惟王二又三祀。
>
> 《召圜器》:休王自吏赏毕土方五十里。

我们看到以上诸器都分封给侯伯土地,分封给侯伯臣民。

通过这种分封建立起君主与臣民之间的权利等级关系。为更好地维护周朝的政治统治服务。《逸周书·作洛》："乃建大社于国中，其壝东青土、南赤土、西白土、北骊土，中央釁以黄土。将建诸侯，凿取其方一面之土，燾以黄土，苴以白茅，以为土封，故曰受列土于周室。"① 这种裂土分封的制度曾行于周初，后世沿用，作社稷坛，成为国家的象征。据刘雨先生考证，"大封礼"这样重大的政治活动，其礼仪形式是十分隆重的，根据上面金文内容，可拟想如下：

1. 王如图室省图。

2. 大卜作龟，王大贞：卜大封。

3. 于庙堂享祀先祖。

4. 内史册命。命侯之叙辞有"命某侯于某"、"命某嗣侯于某"、"命某迁侯于某"、"命某图于某"等。

5. 入（纳）土。即颁赐某色裂土。

6. 授民授疆土。即颁赐土地宅里及有司民众等。

7. 颁赐秬鬯、玉瓒、弓矢、金戈、命服、车马、旌旗等。

8. 行大飨礼。②

分封礼是古代最重要的礼仪之一，分封制是周王朝立国的最重要的制度。周代分封首先要举行仪式，如《周官·春官·司几筵》说：凡大朝觐、大飨射，凡封国命诸侯，王位设黼依，依前南乡，设莞筵纷纯，加缫席画纯，加次席黼纯，左右玉几。在《诗经》中，涉及土地分封制度的作品如《鲁颂·閟宫》：

---

① 《帝王世纪世本逸周书古本竹书纪年》，齐鲁书社 2010 年版，第 49 页。

② 刘雨：《西周金文中的"周礼"》，《燕京学报》新 3 期，北京大学出版社 1997 年版，第 76 页。

　　王曰："叔父！建尔元子，俾侯于鲁。大启尔宇，为
　周室辅。"乃命鲁公，俾侯于东。赐之山川，土田附庸。

这一段文字，清楚地记载了成王时期对鲁公伯禽的分封实况。
　　《大雅·菘高》一篇，记载的是周宣王对其舅父申伯改封
土地以示褒奖的情况，还有藩屏周室的军事意义：

　　亹亹申伯！王瓒之事。于邑于谢，南国是式。王命召
　伯，"定申伯之宅。登是南邦，世执其功。"

　　再如《大雅·江汉》反映的是召虎征服了淮夷之后，宣
王对他加封土地的实况：

　　王命召虎："式辟四方，彻我疆土。匪疚匪棘，王国
　来极。于疆于理，至于南海。"

　　《孟子·尽心下》说："诸侯之宝三，土地、人民、政
事。"其中封土是诸侯身份的根本标志。所以分封土地就意味
着授权，既拥有土地上的臣民，对其进行统治，同时又意味着
对天子的责任。在分封立侯的过程中，层层管理的等级秩序就
建立起来了。周人重礼，按礼的规定，"君臣上下，父子兄
弟，非礼不定"。因此君臣关系的确立必有待于礼的举行，揖
让周旋等"仪"即为此而设，分封仪式即具有这种性质和效
用。① 这种土地分封制度才被视为'礼'的一种特定形式。"
　　就本质而言，分封制与宗法制紧密联系在一起，分封是建

---

　　① 葛志毅：《周代分封制度研究》，黑龙江人民出版社2005年版，第95页。

立在血缘和亲属基础上的分封。"是周代统治者根据血统关系和亲戚关系对所占有的财产和权力进行再分配的一种方式和制度。是西周统一国家所赖以存在的根本性的制度。它比商代原有的政治、经济制度有了进步，成为西周国家富强的基础。"①一俟天子册封诸侯，双方之间便在权利与义务方面形成一种制度上的规定。这包括：天子有权对诸侯国进行巡狩并实行赏罚；诸侯国有义务向周天子述职，接受周王的赏罚；诸侯国有向天子缴纳贡赋的义务；而当诸侯国受到外来侵袭或发生内讧时，周天子则要给予保护等。

封建诸侯从根本上解决了殷人的复辟问题，周公东征后，殷人被分而治之，周人分封，分散了殷人的贵族势力，分散了殷人的族人组织，如鲁有"殷民六族"，卫有"殷民七族"。周人的分封彻底消灭了殷人的势力，从此，赫赫殷商王朝一蹶不振，永无复兴。而周王朝依靠分封制，加强了中央对地方的管理，维持了周王朝800年的统治。

(三) 西周中晚期礼乐制度的成熟与飨射礼制

1. 大飨礼与吉金文学

西周金文文献中有大量的关于飨礼的记录，飨礼属于饮食之类的礼仪，人的政治各方面生活离不开宴饮，飨礼、燕礼一定是重要而频繁举行的礼典。但通过金文和传世文献，我们可以考察"飨礼"这一礼仪特征。据刘雨统计，西周金文记大飨礼者已见到的有11器，在11器中，《天亡毁》、《征人鼎》、《宜侯夨毁》属于西周早期，《效卣》、《穆公毁盖》、《逦毁》、

---

① 杨志刚：《中国礼仪制度研究》，华东师范大学出版社2001年版，第81页。

《大鼎》、《师遽方彝》、《三年痶壶》属于西周中期,《虢季子白盘》属西周晚期。西周早期金文中有飨礼用酒的记载,中期以后,周人形成有别于殷人的飨礼,主要特征是"用醴"。周人这种重威仪,轻饮食,以"用醴"为特征的大飨之礼,大约形成于穆王时期,此前则尚沿用殷礼。[①]

据甲骨文和商末的有铭铜器,商代已有飨宴。

　　　庚申卜,古贞王使人于玗,若。王占曰:吉若。二告。贞勿使人于玗,不若。二告。贞乎吏飨入人。(《甲骨文合集》376)
　　　其来,王自飨。(《甲骨文合集》5240)

"乎吏飨入人"即命令或吩咐使人来宴飨来宾,"王自飨"是说商王亲自出面以酒食待宾。殷人好酒,可见在宴会时款待客人必定曾热闹过。西周早期铭文中也有以酒款待客人的记载。如《卫鼎》:"祈永福,乃用郷王出入吏人及多佣友,子孙永宝。"《作册麦方尊》云:"遭(周)衏(德)妥多友,罄旅走令。""郷"、"罄"亦"飨",是说用来宴飨出入的朋友。西周早期的飨礼没有形成完整的仪式礼节,但宴饮用酒却是真实可信的。唐兰先生认为,从《作册麦方尊》可以看出,"周初许多仪节,所谓周礼是逐渐积累而成的"[②]。西周中期以后的铭文中记载飨礼渐趋详细,飨前要祭祀,飨后要进行射礼(《鄂侯驭方鼎》),飨后要赐物。西周中后期宴飨礼的成熟,

---

　　① 刘雨:《西周金文中的"周礼"》,《燕京学报》新3期,北京大学出版社1997年版,第86页。
　　② 唐兰:《西周青铜器铭文分代史征》,中华书局1986年版,第254页。

一方面与周人吸取商人教训，在饮酒的过程中以礼来节酒，使饮酒不醉；另一方面，在宴饮的过程中，赋予宴饮以礼义的内涵，使宴饮成为政治的一个注脚。西周穆王时期以后，有关飨礼的记载散见于铭文中，可见，飨礼是西周穆王时期出现的并渐趋成熟的礼仪形式。但铭文的记载较为简略，飨礼的具体仪节难以详知。但惠栋《读说文记》认为"乡饮酒即古之飨礼"，刘师培《礼经略说》也认为"飨与乡饮酒礼，其献数虽有多寡不同，至于献、酬酒、酢及奏乐，其礼仪节次，大概相符"。西周金文中记载飨礼的有如下诸器：

《天亡毁》："乙亥，王有大丰，王凡三方，王祀于天室。降天亡佑王，衣祀于王丕显考文王，事喜上帝。丕显王作省，丕肆王作庚，丕克讫衣王祀。丁丑，王飨大宜，王降亡助爵复橐，惟朕有蔑，敏扬王休于尊簋。"

《征人毁》："丙午，天君飨□酒，在斤。天君赏厥征人斤贝，用作父丁尊彝。"

《宜侯矢毁》："唯四月，辰在丁未，王省武王成王伐商图，遂省四国图。王卜于宜，入土，大飨。王令虞侯矢曰：迁侯于宜。赐□鬯一卣，商瓒一口，彤弓一，彤矢百，旅弓十，旅矢千。锡土：厥川三百口，厥口百又廿。厥宅：邑卅又五，口口百又四十。锡在宜王人口又七姓，锡七伯，厥口口又五十夫，锡宜庶人六百又口六夫。宜侯矢扬王休，作虞公父丁尊彝。"

《效卣》："唯四月初吉甲午，王观于尝，公东宫纳飨于王。王赐厥涉子效王休贝二十朋。效对公休，用作保尊彝。"

《穆公毁盖》："唯王初如□，迺自商师复还至于周，王夕飨醴于大室，穆公侑尸，王呼宰利赐穆公贝二十朋，穆公对王休，用作宝皇簋。"

《大鼎》："唯十又五年三月既霸丁亥，王在瑬宫，大以厥友守，王飨醴，王呼膳夫騠召大以厥友入饫，王召走马应令取谁駖三十二匹赐大，大拜稽首对扬天子丕显休，用作朕烈考己伯盂鼎，大其子子孙孙万年永宝用。"

《遹簋》（西周中期）："唯六月既生霸，穆王在萟京，呼渔于大池。王飨酒，遹御，望遣。穆王亲赐遹。遹拜首，敢对扬穆王休，用作文考父乙尊彝。"

《师遽方彝》（共王）："唯正月既生霸丁酉，王在周康寝，飨醴。师遽蔑历，侑。王呼宰利赐师遽缅圭一，环璋四。师遽拜，稽首，敢对扬天子丕显休，用作文祖它公宝尊彝，用介万年无疆百世孙子永宝。"

《长甶盉》（西周中期）："唯三月初吉，丁亥，穆王下减应，穆王飨醴，即邢伯大祝射。穆王蔑甶，以遂即邢伯氏，邢伯氏彊不奸，长甶蔑历，敢对扬天子不夙休，用肇作尊彝。"

《三年痪壶》："唯三年九月丁子（巳），王在奠（郑），飨醴。乎（呼）虢（叔）召痪，易羔俎。巳丑，王在句陵，乡（飨）逆酉（酒），乎（呼）师寿召痪，易（赐）麑俎。拜，稽首，敢对扬天子休，用作皇祖文考尊壶，其万年永宝。"

《虢季子白盘》："唯十又二年正月初吉丁亥，虢季子白作宝盘。丕显子白，将武于戎功，经维四方，搏伐猃狁，于洛之阳。折首五百，执讯五十，是以先行。趄趄子白，献馘于王。王孔加子白义。王格周庙，宣榭爰乡。王曰白父，孔明又光。用赐乘马，是用佐王。赐用弓，彤矢其央。赐用钺，用征蛮方。子子孙孙，万年无疆。"

根据金文，飨礼的经常举行应在西周中期，一般是重大场合。金文一般头段记的是飨礼，后面记的是飨礼完毕后，按礼应进行的宴会和习射。穆王乡醴，是说周穆王举行飨礼，即邢伯大祝射，是说在飨礼之后，就和邢伯、大祝一起习射。

飨礼在五礼中属于嘉礼，《仪礼》中没有飨礼的记载，飨礼与《仪礼》中所记载的乡饮酒礼是两个不同等级的礼仪。《仪礼》中有乡射礼和大射礼，飨礼与乡饮酒礼与之对应。在《仪礼》17 篇中没有关于飨礼的记载，我们只要将金文中的飨礼进行归纳会发现有如下一些特征：

第一，飨礼是天子亲自主持的大礼。在西周金文中没有见到王室以外贵族使用此礼的，该礼一般由王或王后主持，上述 11 篇金文中，《征人鼎》由王后主持，其余 10 件器铭皆由周王主持此礼。[①]

第二，飨礼开始重威仪，轻饮食。西周早期的飨礼是金文中有飨礼用酒的记载，中期以后，周人形成有别于殷人的飨礼，主要特征是"用醴"。周人这种重威仪，轻饮食，以"用醴"为特征的大飨之礼，大约形成于穆王时期，此前则尚沿用殷礼。[②]

第三，飨礼的举行主要在一些重大场合：如大祭之后，如《天亡簋》；出征凯旋为将士庆功，如《征人鼎》、《虢季子白

---

① 刘雨：《西周金文中的"周礼"》，《燕京学报》新 3 期，北京大学出版社 1997 年版，第 34 页。

② 同上书，第 33 页。

盘》；封建诸侯后，如《宜侯夨殷》；巡视地方，如《效卣》；大射礼之后，如《遹殷》、《长甶盉》；赏赐臣工，如《师遽方彝》、《三年瘐壶》；答谢戍卫，如《大鼎》。

第四，飨礼后要举行射礼。

第五，飨礼之后要赐物。

第六，飨礼并不是独立的礼仪，飨礼一般伴随在有关国家大事的重要礼仪之后，因此也就具有浓重的政治色彩。王室大祭后，要举行飨礼，分封后也要举行飨礼。

由于飨礼是王宴请臣下的礼，必定庄严而隆重，所以《周礼·春官·大司乐》："大飨不入牲，其他皆如祭祀。"许维遹先生在其所作《飨礼考》中举六事证成飨近于祭：（1）斋戒，（2）尊彝，（3）腥俎，（4）裸事，（5）立而成礼，（6）用乐。许氏所举皆据之文献，但却多与西周金文相合。

传世文献中亦有关于飨礼的记载，如《左传》中完整记述周天子对诸侯行飨礼的材料，亦有3条：（1）庄公十八年，"虢公、晋侯朝王。王飨醴，命之宥。皆赐玉五瑴，马三匹"。（2）僖公二十五年，"晋侯朝王。王享醴，命之宥。请隧，弗许……与之阳樊、温、原、櫕、茅之田"。（3）僖公二十八年，晋文公"献楚俘于王……已酉，王享醴，命晋侯宥。王命王子虎、内史叔兴父策命晋侯为侯伯。赐之大辂之服、戎辂之服、彤弓一、彤矢百、玈弓矢千、秬鬯一卣、虎贲三百人"。

在《诗经》中也有飨礼的一些仪节。如《小雅·彤弓》："彤弓弨兮，受言藏之。我有嘉宾，中心贶之。钟鼓既设，一朝飨之。彤弓弨兮，受言载之。我有嘉宾，中心喜之。钟鼓既设，一朝右之。彤弓弨兮，受言櫜兮。钟鼓既设，一朝酬之。"孙诒让认为"首章飨之，即献，次章右之，即胙，合之三章云酬之，正是献、酢、酬之礼"①。飨礼中，宾主之间献、酢、酬一轮，称为一献。西周金文并非没有燕礼的记载，早期的铭文记燕礼并不用"燕"或"宴"，据刘雨先生考证，称为"言礼"。燕礼见春秋时期的金文。金文记载，飨礼不同于燕礼和乡饮酒礼：

（1）飨礼和燕礼的级别不同，飨礼必有天子参加，而燕礼的主要对象是大夫、士、父兄和朋友。

（2）飨礼和燕礼的时期不同，飨礼大多在西周中后期，而燕礼主要在春秋时期。

（3）飨礼中的用酒主要是仪式性的，而燕礼中的用酒是尽欢而散。

乡饮酒礼是乡大夫招待乡中的贤能之士和年高德劭者的礼，其具体仪节，《仪礼·乡饮酒礼》有详细地记载。杨宽《"乡饮酒礼"与"飨礼"新探》就根据惠、刘二人的说法，以《乡饮酒礼》为蓝本，参以《左传》、《国语》等文献的记载，对飨礼的仪节作了具体的论证。依行礼的次序，有如下仪节：

（1）戒宾、迎宾。

（2）献宾。

（3）作乐。

（4）正式礼乐完备后的宴会和习射。

刘雨先生则认为此为王室大飨之礼。他认为，《仪礼》中仅有"乡饮酒礼"的记载，而没有"大飨礼"的记载。《礼记·仲尼燕居第二十八》："礼犹有九焉，大飨有四焉。"《礼记·聘

---

①　孙诒让：《诗·彤弓篇义》，转引自杨宽《古史新探》，中华书局1965年版，第300页。

义》："君亲礼宾，宾私面……贿赠、飨食燕，所以明宾客君臣之义也。"国君以飨礼、食礼及燕礼接待宾，说明飨礼不同于燕礼，确实存在过。

《仪礼》中的《乡饮酒礼》与亡佚的《大飨礼》被看做是两个等级不同的飨礼。（与《仪礼》中的《大射》、《乡射》类似）①《左传·成公十二年》："世之治也，诸侯闲于天子之事，则相朝也，于是乎有享宴之礼。享以训共俭，宴以示慈惠。共俭以行礼，慈惠以布政。"春秋飨燕之礼，源自西周。《周礼·春官·大宗伯》云："以飨燕之礼亲四方之宾客。"《礼记·乐记》："射、乡、食、飨，所以正交接也。"《礼记·仲尼燕居》："食、飨之礼，所以仁宾客也。"飨，文献中又作"享"，即飨礼；燕，文献中又作"宴"，即燕礼。《礼记·燕义》云："是以上下和亲，而不相怨也。和宁，礼之用也。故曰：此君臣上下之义也。燕礼者，所以明君臣之义也。"想必飨礼也是在这种宴饮时的和乐气氛中明君臣之义，朝政秩序，亲四方之交接。

2. 射礼与吉金文学

射礼是重大的礼仪，西周时期有专门的教射的场所。金文中关于射礼的记载较多，足以说明射礼是当时一种重要的礼仪。有关射礼的铭文，据刘雨先生统计，共7篇：《令鼎》、《长由盉》、《义盉盖》、《十五年趞曹鼎》、《师汤父鼎》、《匡尊》、《鄂侯驭方鼎》。

上述7件铭文除《令鼎》、《十五年趞曹鼎》是周王与自家臣工举行的射礼外，其余5件记的是周王与诸侯邦君举行的

① 刘雨：《西周金文中的"周礼"》，《燕京学报》新3期，北京大学出版社1997年版，第88页。

射礼，穆王时的《长甶盉》铭文记载了一次完整的燕射之礼。

《麦方尊》："在辟雍，王乘于舟，为大礼，王射大龏禽，侯乘于赤旂舟从。"

《令鼎》："王大藉农于諆田，饬。王射，有司及师氏小子合射。王归自諆田。王御溓仲仆。令及奋先马走。王曰：令及奋乃克至，余其舍汝臣三十家，王至于溓宫。"

《义盉盖》："唯十又一月既生霸甲申，王在鲁，合即邦君、诸侯、正、有司大射。义蔑历及于王来，义赐贝十朋。"

《鄂侯驭方鼎》："王南征，伐角、鄮，唯还自征，在坯，鄂侯驭方内豊于王，乃裸之。驭方侑王。王休宴，乃射。驭方饴王射。驭方休阑，王宴咸饮。王亲易驭方玉五穀、马四匹、矢五束。驭方拜首稽首，敢对扬天子丕显休釐，用作尊鼎，其万年子孙永宝用。"

《长甶盉》（西周中期）："唯三月初吉丁亥，穆王下减応，穆王飨醴，即邢伯、大祝射。穆王蔑长甶，以逑即邢伯氏。邢伯氏彊不奸，长甶蔑历，敢对扬天子不夙休，用肇作尊彝。"

《十五年趞曹鼎》："唯十又五年五月既生霸壬午，恭王在周新宫。王射于射庐，史昔曹赐弓、矢、虎庐、胄、盾、甲、叐。"

《静毁》："丁卯，王令静嗣射学宫，小子暨服暨小臣暨夷仆学射。"

《匡尊》"懿王在射庐。"

这几篇铭文记载的都是先举行宴会，宴饮后再进行大射之礼。《鄂侯驭方鼎》是射后又饮，并进行赏赐。穆王飨醴，是说周穆王举行飨礼，即邢伯、大祝射，是说在飨礼之后，就和邢伯、大祝一起习射。

1993 年初，平顶山应国墓地出土一件《柞伯簋》，释文如下：

> 唯八月辰在庚申，王大射，
> 在周。王命南宫率王多士，
> 师伯父率小臣。王夷
> 赤金十版，王曰："小子、小臣，
> 敬有佑，获则取。"柞伯十
> 称弓，无废矢。王则畀柞
> 伯赤金十版，诞赐见。
> 柞伯用作周公宝尊彝。

这篇铭文记载的是周王举行的射礼，柞伯是铭中多士小子的一员，参加周王举行的"大射仪"的"比耦而射"。他 10 发矢皆中靶的，"唱获"最多，得第一名，因而被赐以 10 版金饼。周王在射前悬赏赤金 10 版，且独畀柞伯一人。

《诗经·大雅·行苇》所述即为当时行射礼时先飨后射的盛况，记录了周王行燕射之礼的全过程。《仪礼·乡射礼》："礼射不主皮。"礼射的目的不在于是否射中，而在于是否合于礼乐。

从金文看天子大射礼，大约有如下一些特点。

（1）射礼是天子主持的大礼。《鄂侯驭方鼎》："王休宴，乃射。"《义盉盖》："王在鲁，合即邦君、诸侯、正、有司大射。"《令鼎》："王射，有司及师氏小子合射。"

（2）有专门的教射场所射宫。射礼一般在辟雍大泽举行；有专门的教官教习射，如《静毁》。

（3）射礼前后皆有饮燕。《礼记·射义》云："古者诸侯之射也，必先行燕礼。卿大夫、士之射也，必先行乡饮酒之礼。"《周礼·春官·大宗伯》："以宾射之礼亲故旧朋友。"疏曰：以此宾射之礼者，谓行燕饮之礼，乃与之射，所以申欢乐之情，故云亲故旧朋友也。

（4）射后有赏赐。《鄂侯驭方鼎》："王亲易驭方玉五穀、马四匹、矢五束。"

射礼，作为至大之礼，具有重要意义：

第一，射礼可以在诸侯推荐的士中选择助祭之士。

《礼记·射义》"天子将祭，必先习射于泽"，何以祭祀之前要举行射礼？原来，射礼有重大的意义。"射中者得与于祭，不中者不得与于祭。"在射箭礼仪中，射中的人获得参与祭祀，没有射中的人不能参与祭祀。"不与于祭而君有让。数有庆而益地，数有让而削地。故曰：'射者，射为诸侯也。'"不能参加祭祀的要受到责罚，消减推举诸侯的封地。获得参加祭祀的人受到奖励，增加举荐诸侯的封地。

第二，举行射礼，可以帮助人成就功业和确立美好的品德行为。

有没有射中不仅是射术的好坏，更重要的是通过射礼可以观察人的道德品性。"故射者，进退周还必中礼。内志正，外体直，然后持弓矢审固。持弓矢审固，然后可以言中。此可以观德行矣。"（《礼记·射义》）这种品行的培养主要是通过射礼中用乐来完成的。射礼必用乐，《礼记·郊特牲》载："孔子曰：'射之以乐也，何以听？何以射？'""孔子曰：'士使之射，不能则辞以疾，悬弧之义也。'"

第三，古时天子通过射礼来选拔诸侯、卿大夫和士，加强思想统治。

是故古者天子之制，诸侯岁献，贡士于天子，天子试之于射宫。其容体比于礼，其节比于乐，而中多者，得与于祭。其容体不比于礼，其节不比于乐，而中少者，不得与于祭。数与于祭而君有庆，数不与于祭而君有让；数有庆而益地，数有让而削地。故曰："射者，射为诸侯也。"是以诸侯君臣尽志于射以习礼乐。夫君臣习礼乐而以流亡者，未之有也。(《礼记·射义》)

天子通过射礼来选相士，射是臣子晋爵加衔的媒介和手段。为此，臣下必须习射。射不是简单的射术，而是容体合礼，节拍合乐，是有极好的礼乐修养才符合规定。射的过程要用乐，级别不同，乐的思想内容的训导作用也不同。

天子以驺虞为节，诸侯以狸首为节，卿大夫以采蘋为节，士以采蘩为节。驺虞者，乐官备也。狸首者，乐会时也。采蘋者，乐循法也。采蘩者，乐不失职也。是故天子以备官为节，诸侯以时会天子为节，卿大夫以循法为其节，士以不失职为节。故明乎其节之志，以不失其事，则功成而德行立。德行立则无暴乱之祸矣，功成则国安。故曰："射者所以观盛德也。"(《礼记·射义》)

因此，臣子的礼乐修养是射是否取得嘉许的重要基础和保障。在不断演习的射礼过程中，乐熏陶了情感，坚固了做臣子的思想，加强了臣服的意识，培养了坚强的道德品质。

说到底，射是统治诸侯一种极其有效而温文尔雅的统治手段。在礼乐声中，臣子行为有仪，进退有度，有严格的行为规范，从而礼的内在的规范与乐的自然的性情有机地结合在一起，自觉地心甘情愿地遵从于天子的统治。"以古代之士皆武士者都特别着重'射礼'，其实'射'在周代绝不完全是军事训练，其中含有培养'君子'精神的意味。所以孔子说：'君子无所争，必也射乎！揖让而升，下而饮。其争也君子。'又说：'射不主皮，为力不同科，古之道也。'"①《礼记·王制》云："乐正崇四术、立四教。顺先王诗、书、礼、乐以造士，春秋教以礼、乐，冬夏教以诗、书。"可见，射是礼乐教化的一部分，其远不止是射技那样简单，而是礼乐文明的重要组成部分。

《礼记·射义》："此天子之所以养诸侯而兵不用，诸侯自为正之具也。"周王通过射礼选拔将士，威慑诸侯臣下，考察邦君诸侯，达到政治统治的目的。

（四）春秋时期吉金文学中的宾礼、燕礼

1. 宾礼与吉金文学

春秋时期，天子地位下降，诸侯国林立并且忙于奔走结盟。一方面是强国争霸局面；另一方面是诸侯外交往来频繁。朝聘是当时促进国家关系的重要外交手段。朝使聘问就要结盟，朝聘会盟几乎成为这一时期的重要制度。"'朝聘'是诸侯朝见天子，天子聘问诸侯，诸侯相互聘问的礼仪，'朝'是亲往，'聘'是派使者去，合称'朝聘'"②。《礼制·王制》：

---

① 余英时：《士与中国文化》，上海人民出版社 2003 年版，第 17 页。
② 顾德融、朱顺龙：《春秋史》，上海人民出版社 2001 年版，第 456 页。

"诸侯之于天子也，比年（每年）一小聘（使大夫）；三年一大聘（使卿）；五年一朝（君自行）。然此大聘与朝，晋文霸时所制也。"

朝聘会盟有一定的礼仪，朝聘礼在五礼中属于宾礼。春秋时期，宾礼成为钟器铭文中主导内涵。春秋时期吉金文学中真实地记载了朝聘会盟礼：

《沇儿镈》："标徐王子旃择其吉金，自作龢钟，以[敬]盟祀，以乐嘉宾倗友诸贤兼以父兄庶士。"

《徐王子旃钟》："唯正月初吉元日癸亥，徐王子旃择其吉金，自作龢钟，以[敬]盟祀，以乐嘉宾倗友诸贤兼以父兄庶士，以宴以喜。"

《䣄公华钟》："铸其龢钟，吕卹其祭祀，盟祀。以乐大夫，以宴庶士。"

《王子午鼎》："敬厥盟祀，永受其福。"

《蔡侯尊》："禋享是台，祇盟尝啻。"

"明祀"即"盟祀"，《诗·小雅·黄鸟》："此邦之人，不可与明。"郑笺："明，当为盟。"

诸侯间互相聘问的真正目的就是结盟以寻求互相保护，维护各自国家的利益。会盟就是诸侯之间聚会结盟的礼仪。《礼记·曲礼》："诸侯未及期相见曰'遇'，相见于郤地曰'会'，约信曰'誓'，莅牲曰'盟'。"也就是说预定的聚会叫"会"，不定期的相见叫"遇"，会上互相订约叫"誓"，用牺牲歃血盟誓的叫"盟"。春秋时代诸侯会盟频繁，仅《春秋》242年间就记载了大小会盟共450多次。

"据《春秋》、《左传》统计，二书共记邦国之间的盟108

次，会 85 次，会盟 45 次，遇 6 次，胥命 2 次，共计 246 次。"① 会盟的目的，《左传·昭公十三年》晋叔向云："明王之制，使诸侯岁聘以志业，间朝以讲礼，再朝而会以示威，再会而盟以显昭明。志业于好，讲礼于等，示威于众，昭明于神。"西周时期的会盟是为了加强王室对诸侯的控制，春秋时期，王室衰微，诸侯从各自的利益出发，不断结盟，寻求霸主的保护。而战争的频繁和规模的不断扩大，又促使各诸侯国不断地结盟。频繁的会盟成为春秋时期邦交中特有的现象。春秋邦交中发生的重大事件，都与会盟有着或多或少的关系。会盟是诸侯国家间解决冲突、协调邦交关系的重要手段。

会盟礼仪大体有以下仪节：第一，设神位；第二，凿坑；第三，"执牛耳"；第四，"歃盟"；第五，"载"。

会盟时要设立盟主，盟主一般是当时的霸主。杀牲，写载书（盟书）加其上，和玉一起埋于盟坛之下，同盟者在坛上歃血而誓盟，祭山川、祖宗神灵，设司盟、司慎二神监察诸侯。盟约往往借神明的力量诅咒约束违约背盟之人。"敬让也者，君子之所以相接也。故诸侯相接以敬让，则不相侵凌。"

2. 春秋铭文中的宴礼

春秋铭文所记录的朝聘会盟成为这一时期诸侯外交往来的盛景。朝聘会盟后要举行宴饮。春秋铭文中的宴礼是这一时期的重要礼仪。铭文中记录较多的是朝聘和会盟后所举行的燕享礼仪。

《郘子钟》："穆穆龢钟，用宴以喜，用乐嘉宾大夫及我倗友。"

《徐王子旃钟》："以 [敬] 盟祀，以乐嘉宾倗友诸贤

① 徐杰令：《春秋邦交研究》，中国社会科学出版社 2004 年版，第 90 页。

兼以父兄庶士，以宴以喜。"

《龘公华钟》："以卹其祭祀盟祀，以乐大夫，以宴庶士。"

《子璋钟》："用宴以喜，用乐父兄诸士。"

《龘公到钟》："以乐其身，以宴大夫，以喜诸士，至于万年，分器是持。"

《齐鎜氏钟》："用宴用喜，用乐嘉宾及我倗友。"

《王孙遗者钟》："阑阑和钟，用偃以喜。"

　　春秋时期诸侯间外交往来频繁，燕礼转多，一些乐器铭文或用"宴"，或用"偃"来记载燕礼。春秋时期的宴礼不同于西周时期的飨礼。西周时的燕飨礼仪大多是在天子的主持下，是王室大礼。饮酒是象征性的一种仪式，而所饮的醴酒也是不醉人的清酒。宴饮是体现宗法等级秩序的一个形式，铭文中的记载大多简要而伴随在其他礼仪之后，如《穆公簋盖》"王夕飨醴于大室。"《遹簋》："王飨酒，遹御。"铭文中没有对宴饮场面进行描述，主要举行的礼仪是周天子举行的王室大礼——飨礼。在整个礼仪过程中彰显的是等级的威严。而春秋时期的燕礼则是春秋士大夫之间的礼仪，与西周王室大燕之礼是大为不同的，铭文中燕礼主要的场合是宾礼之后，饮酒不再是象征性的仪式，而是尽兴而归，尽欢而散，饮酒的目的不是为了强调王室的等级秩序，而是加强宗族内部的团结。

　　西周金文中对燕礼有很多记载，该礼的主要特征是"用酒"。

　　《诗·小雅·鹿鸣》毛传云："燕，安也。其礼最轻，升堂行一献，礼毕而脱履升堂，坐饮，以至醉也。"如《小盂鼎》"三左三右多君入服酒"、《高卣盖》"王饮西宫"等，这几件器皆做于西周早期。西周晚期出现用"宴"字记燕礼者，《鄂侯驭方鼎》："王休宴，乃射。"春秋以后，诸侯间的朝聘会盟活动频繁，盟会后要进行宴饮，这一时期，金文中记载最多的是燕礼。①

燕礼作为一种饮食之礼，是宗周、春秋时代天子、诸侯、卿、大夫、士之间相互交往活动中必不可少的。

据清人孙希旦考察，举行燕礼活动有以下几种情况：有天子燕来朝之诸侯者，有天子燕诸侯之使臣者，有诸侯相朝而燕之者，有诸侯燕来聘之臣、燕其聘宾者。春秋铭文记录的主要是后两种情况。

宴礼，"待宾客饮酒之礼。有折俎无饭，以饮为主"②。《仪礼·燕礼》之主要仪节：

（1）告诫、设具。公（国君）命小臣告知参加燕礼之群臣。燕礼行于路寝。膳宰设馔具，乐人悬乐器，设宾筵于室户西，南向；公席于阼阶上，西向；卿席在宾席之东，小卿及大夫席在宾席之西。

（2）命宾、命执役。在群臣中选一大夫为宾。又命执幂者，主酒尊之事。

（3）纳宾。射人纳宾，入及庭，公揖之，公升，就席。

（4）主人与宾行一献。君于臣不亲献，故由宰夫为主人，代行献礼。主人献宾，宾酢主人；主人献公，主人自酢；主人酬宾。

（5）媵爵、旅酬。媵爵为将行旅酬前之礼。小臣使二下大夫媵爵，二大夫送爵于公，公以酬宾，遂旅酬，卿大夫依次

---

① 钱玄、钱兴奇：《三礼辞典》，江苏古籍出版社 1998 年版，第 1114 页。
② 同上书，第 1113 页。

相处旅酬。

（6）作乐。升歌，奏笙，间歌，合乐。主人献乐工。

（7）立司正安宾。公为留宾饮酒，更立司正以监之。射人为司正。北面传命卿大夫："君曰，以我安卿大夫。"

（8）无算爵，无算乐。献行无次无数；升歌间合无数。

（9）燕毕宾出。宵，庶子等执烛于阶、庭、门外。宾醉。取荐脯以降，示重君之赐，出。卿大夫皆出，奏《陔下》。公不送。

春秋时期诸侯间外交往来频繁，燕礼转多，一些乐器铭文或用"宴"，或用"偃"来记载燕礼。春秋时期的宴礼不同于西周时期的飨礼。西周时的燕飨礼仪大多是在天子的主持下，是王室大礼。饮酒是象征性的一种仪式，而所饮的醴酒也是不醉人的清酒。宴饮是体现宗法等级秩序的一个形式，铭文中的记载大多简要而伴随在其他礼仪之后，如《穆公簋盖》"王夕飨醴于大室"。《遹簋》："王飨酒，遹御。"铭文中没有对宴饮场面进行描述，主要举行的礼仪是周天子举行的王室大礼——飨礼。在整个礼仪过程中彰显的是等级的威严。而春秋时期的燕礼则是春秋士大夫之间的礼仪，与西周王室大燕之礼是大为不同的，铭文中燕礼主要的场合是宾礼之后，饮酒不再是象征性的仪式，而是尽兴而归，尽欢而散，饮酒的目的不是为了强调王室的等级秩序，而是加强宗族内部的团结。

西周时期吉金文学中飨礼的主角是天子，而春秋时期吉金文学燕飨的主角是嘉宾、父兄、朋友、诸士等。

燕飨礼仪是朝聘会盟中一个非常重要的环节。春秋时期诸侯们在燕飨场合中相聚要各言其志，然而贵族们良好的文化素养使他们并不直白而是委婉含蓄地表达本国和自己的意愿。赋诗配乐言志成为他们表达意志使命的良好手段。在这里，诗即是乐，乐即是诗。傅道彬先生说："春秋时代的赋诗在形式上十分注重观诗的音乐效果。宏大的赋诗场景总是在音乐环境中进行，诗与音乐是不可分离的，因此，'观诗'又称'观乐'。"① 从另一个角度说，观乐也是观诗。春秋铭文没有具体的关于演诗奏诗的记录，然而从"以乐悦人"这一角度，我们猜想在朝聘会盟的场合，并不是单单演奏乐曲来娱乐嘉宾、大夫、诸士这些外交使臣，而一定是有诗乐演奏的。《左传》、《国语》中的赋诗大多与燕飨场合相连，乐的诗意内容是这一时期燕飨奏乐的主要特点。

三　礼乐兴衰与周代吉金文学的演变

周代礼乐兴衰从建立、完善到衰亡，正好是从西周到春秋战国的整个历史时段。从周公制礼作乐到西周穆王时期，是周礼初建和周承殷礼的时期，穆王时期以后到春秋中叶是周代礼乐大盛的时期，春秋中叶以后是周礼的衰颓时期。

从殷商时期至春秋战国，礼乐制度的发展不仅决定着礼器的使用与布列，礼乐兴衰更是使吉金文学发生历史演变。西周、春秋、战国时期吉金文学表现的内容和文学形式有着明显的变化。

（一）西周礼制的成熟与《尚书》体吉金文学

西周时期是周礼初建与礼制发展成熟的历史时期，周人经过近百年的努力到西周中叶穆王时期建立了比较完备的礼乐体制。穆王以后是西周礼制运用最广泛和最普遍的历史时期，也

---

① 傅道彬：《"诗可以观"——春秋时代的观诗风尚及诗学意义》，《文学评论》2005 年第 5 期。

是各种王室大礼运用得最为成熟的历史时期。这一时期，王室
重大的典礼如祭礼、飨礼、射礼、册命礼、分封礼频繁举行，
以大飨礼仪为代表的贵族、士大夫之间的日常生活礼仪开始普
遍流行并渐趋成熟，西周礼制逐渐进入体系完备、影响广泛深
入的成熟时代。周职官制度的发展，亦以西周中期为转折，呈
现早期与晚期很大的不同。张亚初、刘雨《西周金文官制研究》
对所搜集到的涉及西周职官制度的金文材料作过一次统计，中
晚期史官、师的分工较早期更加精细、周密，中晚期较之早期
官僚机构更加复杂，西周中期较西周早期官职系统的复杂化说
明官制体制经过一系列的完善，到了西周中期已经成熟。《周
礼》六官的体系与西周中晚期金文中的官制体系大体是相
近的。①

陈汉平《西周册命制度研究》一书以西周前期（武王至
昭王）、中期（穆王至孝王）、后期（夷王至幽王）来为西周
铜器断代。在对 80 例册命金文进行全面分析之后，陈汉平说：
"西周前期虽有册命制度，但其礼仪似尚未形成固定格式，至
少在铸器铭文文例中已见此种格式。如记时记地，礼仪位置，
右者傧相，史官代宣王命等制度已经固定。"这就是说，西周
册命礼仪的制度化、程序化是从穆王时代开始的。

除了各种制度在西周中期走向成熟以外，各种具体的礼仪
也多在这一时期完善起来，大飨礼、射礼的成熟与流行也应在
昭穆时代。刘雨在《西周金文中的射礼》一文依次考察了麦
方尊、令鼎、静簋、长由盉、义盉盖等铜器铭文记载射礼的情
况后，说道："金文学者一般认为麦方尊和令鼎是略早于穆王
的器，而长由盉是穆王标准器，静簋、义盉盖也应是穆王时

① 张亚初、刘雨：《西周金文官制研究》，中华书局 1986 年版，第 148 页。

器，曹鼎是共王标准器，鄂侯驭方鼎则可能是宣王时器，这些
铜器除鄂侯驭方鼎外都是穆王前后的器。"我们据此推论，作
为一种复杂的礼仪，射礼是在西周穆王时代成熟盛行起来的。
《静簋》铭文中记载参加射礼的一般人员都要经过专门的训练
才能登场较射，也反映了这种倾向。

　　以上研究表明，无论是土地制度的确立，职官制度的成体
系，还是礼器制度、册命制度以及各种礼仪的程序化、制度化
过程，大都是在西周中期的穆王时代完成的。周初即已开始的
"治礼作乐"经过近百年的丰富发展，西周礼制终于在昭王、
穆王时代得以完备成熟。穆王时期是西周历史上的重要转折，
此后，一直到西周中叶，被认为是周代礼制的鼎盛时期。

　　西周时期礼制的成熟与运用使这一时期的吉金文学具有浓
重的礼制色彩。西周时期王室的重大礼仪成为吉金文学中最重
要的一笔（如上文所云），而君王的训诰、分封、册命亦成为
这一时期主要的记事内容。周朝自建国以来，四土不宁，西周
各个历史时期对外战争不断，对战事成果的记述也成为西周时
期吉金文学的重要侧面。

　　西周时期的吉金文学在记言记事上，在文体形式上与
《尚书》体文学有着极为相似的特征。我们把它分之为"诰"
体吉金文学、"誓"体吉金文学和"命"体吉金文学。"诰"
体吉金文学主要是记载君王的训诰、言论的文学样式，"誓"
体吉金文学主要是军队出兵之前的誓师之词，"命"体吉金文
学主要记述了君王的册命、分封等重大的仪式。

　　西周时期吉金文学浓郁的礼制色彩与《尚书》体式的形
成是礼乐体制成熟的产物，与西周时期礼乐制度的实行是密切
相关的。

(二）春秋礼乐盛况与吉金文学的"诗"体特征

春秋时期，"共主衰微，王命不行"，是传统上所说的"礼崩乐坏"的时期，"礼崩乐坏"并不是礼的消失和崩溃，恰恰相反，是礼乐文化得到极大的普及与繁盛的历史时期。在实际生活中，是公卿大夫不顾等级的限制僭越了天子所使用的礼乐，虽然诸侯卿大夫对礼的僭越是宗法制下周礼的等级性与王权尊严瓦解的体现，但客观上又极大地促进了周代礼乐文化的下移与普及，促进了礼乐文化的繁盛。礼乐从政治的庄重束约下相对走向了独立，走向了文化的审美的娱乐意义。"新兴的春秋贵族已经不在乎旧的等级限制而使用过去君主使用的音乐，礼乐的等级意义越来越被淡化而成为春秋士大夫的一种精神追求。邦国间的赋诗观诗提供了巨大的艺术享受，也提供了展示礼乐文化之盛的舞台。"① 春秋时期，顾炎武在《日知录》中特别指出，"春秋时犹尊礼重信，而七国则绝不言礼与信矣；春秋时犹宗周王，而七国则绝不言王矣；春秋时犹严祭祀，重聘享，而七国则无其事矣；春秋时犹论宗姓民族，而七国则无一言及之矣；春秋时犹宴会赋诗，而七国则不闻矣；春秋时犹有赴告策书，而七国则无有矣。"② 正如柳诒徵所言："春秋之风气，渊源于西周，虽经多年之变乱，而其踪迹犹未尽泯者，无过于尚礼一事。观《春秋左氏传》所载，当时士大夫，觇国之兴衰以礼。"③ 春秋时期，礼制内涵不同于西周

---

① 傅道彬：《"诗可以观"——春秋时代的观诗风尚及诗学意义》，《文学评论》2005 年第 5 期。

② 顾炎武：《日知录·卷十三·周末风俗》，甘肃民族出版社 1997 年版，第588 页。

③ 柳诒徵：《中国文化史》上卷，上海古籍出版社 2001 年版，第 232 页。

时期，诸侯外交频繁，朝聘会盟几乎成为这一时期的重要制度，朝聘会盟礼在五礼中属于宾礼。《左传·襄公二十九年》晋叔向说："会朝，礼之经也。"他们认为朝聘、会盟是最重要的礼，故许为"礼之大者"、"礼之经"。春秋吉金文学中所记录的朝聘会盟成为这一时期诸侯外交往来的盛景。朝聘会盟后要举行宴饮。春秋铭文中的宴礼亦是这一时期的重要礼仪。吉金文学中表现的礼制主要有宾礼和燕礼。

　　春秋时期，礼的又一重大的变化是礼和仪的分离，贵族阶级追求豪华的礼仪排场而相对忽略了礼的内在精神，君子更加关注自己的外在的威仪举止。春秋时人对"礼"和"仪"两者的不同有明确地认识，他们认为人的威仪可以窥见一个人命运的端倪。威仪不仅是人外在的形象，而且是一个人内在的德行的体现。春秋人将人的言语动作、一言一行看做人的道德修养的表现。内在的道德（"质"）与外在的仪态（"文"）之间是统一的关系。"礼义与礼仪，其实并不可分。如果礼仪的外在形式是末，那么离开这种外在形式，实在难以判断人是否遵行礼义。孔子的'觚不觚'之言，'是可忍，孰不可忍'之论，斤斤计较于礼仪之细枝末节，实际还是认为这两者是不可分割的。诚如叶适所言：'按《诗》称礼乐，未尝不兼玉帛钟鼓。'孔子言，'礼云礼云，玉帛云乎哉；乐云乐云，钟鼓云乎哉'，未有后语，其意叹当时之礼乐，具文而实不至尔。然礼非玉帛所云，而终不可以离玉帛；乐非钟鼓所云，而终不可以舍钟鼓也。"①

　　春秋时期宾礼和燕礼的频繁举行以及贵族阶层追求礼仪排场，客观上促进了青铜乐钟的繁盛。青铜乐钟不仅种类繁多，

---

①　陆玉林：《中国学术通史·先秦卷》，人民出版社2004年版，第44页。

仅钟的种类就有几十种称法，如龢钟、宝龢钟、大宝协龢钟、协钟、宝协钟、大林协钟、大雷钟、行钟、歌钟、走钟、游钟、从钟、歌钟、滕钟等等；在祭祀、会盟、燕飨等各种重大的政治外交场合都应用广泛，而且有了质的飞跃。

春秋时期吉金文学主要铸刻于钟镈等乐器上，吉金文学基本上以四言为主，讲求押韵，句式排列整齐，呈现较强的诗体特征。

（三）战国时期的"礼义"内涵与"论说体"吉金文学出现

战国时期，铭文中不再有"礼仪"字样，而是用"礼义"言礼，礼由形式层面赋予了内容层面的"义"的深度。

战国时期的"礼"不同于西周与春秋时期"礼"的内涵。西周时期铭文中的礼具有严格的政治内涵，礼是君王的政治活动，对臣下的册命、赏赐遵循的行为准则和秩序保障。战国时期王权的斗争，国家间的兼并，利益之实赤裸裸地摆在现实面前。战国时期的铭文，"礼"既不同于西周时期的注重礼的仪式特征，也不同于春秋时期注重外在的威仪形式，战国时期，礼更倾向于注重礼的内在的精神实质。

战国时期的礼，就是指礼的内在含义，即礼义。义为礼之"质"，《管子·五辅》认为，治国以德政，教民以行义，而"德"与"义"又统一于"礼"。而"礼有八经"，就是"上下有义，贵贱有分，长幼有等，贫富有度。凡此八者，礼之经也。故上下无义则乱，贵贱无分则争，长幼无等则倍，贫富无度则失。上下乱，贵贱争，长幼倍，贫富失，而国不乱者，未之尝闻也。是故圣王饬此八礼，以导其民"。此八礼，实质是指封建社会的等级规定。

礼既包括西周时期的尊卑上下的等级制度，又涵盖了礼的伦理道德精神。礼常常和义联系在一起。"义"者，宜也，指事物得其节度之宜。"义是以礼为内容的行为准则，是人们对国家社会的道德义务。"① 用之于人类社会中，义常作为人的道德观念，受到礼的制约。凡是合于礼的各种德行都可以视为义的体现。

礼义包含君臣上下的尊卑等级制度，战国时期人们将礼的内涵扩展提升为"道"的层面，上升到哲学的高度。礼由人间的秩序，扩展为天之道。孔子以前中国有讲吉凶祸福的"天道"观，那是一种原始的宗教思想。然而这一思想在《左传》昭公十八年已被子产的"天道远，人道迩"突破，从"天道"转向"人道"是人类理性进步的必然。礼义更体现为"道"，根植于道，且来源于道，"道"实质就是不以人的意志为转移的客观规律。这样，礼义便具有无可置疑的合理性，更有不可违背的权威性。《管子·心术上》说："义者，谓各处其宜也。礼者，因人之情，缘义之理，而为之节文者也。故礼者谓有理也。理也者，明分以谕义之意也。故礼出乎义，义出乎理，理因乎宜者也。"所以，无论是礼还是义，都是合情合理的，说到底，就是不要违背人间的等级秩序的安排。

礼义还包含了道德的内容。战国吉金文学在对燕国历史事实的反思中，得出"惟德附民，惟义可张"的历史经验教训。铭文继承了《尚书》、《左传》既肯定天命，又重德、重民的观念。《尚书·泰誓》云："民之所欲，天必从之"，《左传·僖公五年》所引《周书》"皇天无亲，惟德是辅"、"黍稷非馨，明德惟馨"，表明上天是世俗道德的本原，也是世俗道德

---

① 池万兴：《〈管子〉研究》，高等教育出版社2004年版，第216页。

的最终、最根本的保证，德行高尚者必然会得到上帝的保佑和赐福，而德行败坏者则必然会被上帝遗弃。

《孔子·里仁》子曰："君子喻于义，小人喻于利。"《孟子·尽心上》孟子云："鸡鸣而起，孳孳为善者，舜之徒也。鸡鸣而起，孳孳为利者，跖之徒也。欲知舜与跖之分，无他，利与善之间也。"《孟子·告子下》更说："为人臣者怀仁义以事其君，为人子者怀仁义以事其父，为人弟者怀仁义以事其兄，是君臣、父子、兄弟去利，怀仁义以相接也，然而不王者，未之有也。"凡此仁义，皆是处理人际关系的准则。

《左传·昭公二十六年》晏子曰："礼之可以为国也久矣，与天地并。君令、臣恭，父慈、子孝，兄爱、弟敬，夫和、妻柔，姑慈、妇听，礼也。君令而不违，臣共而不贰；父慈而教，子孝而箴；兄爱而友，弟敬而顺；夫和而义，妻柔而正；姑慈而从，妇听而婉；礼之善物也。""令"、"恭"、"慈"、"孝"、"爱"、"敬"、"和"、"柔"、"慈"、"听"等，无一不指向内在的道德品质。这里的"礼"更重要的是指礼的内在层面，是指礼义。

战国时期吉金文学长篇大作少见，仅中山王器等几篇，而且多为刻写，一洗以前铸铭的庄重稳健之风。战国时期的吉金文学具有显著的诸子散文的文风，夹叙夹议，有较强的论辩色彩。战国时期的吉金文学形成明显的"论说"文体。如《中山王𬐚壶》与《中山王𬐚鼎》：

《中山王𬐚壶》

唯十四年，中山王𬐚命相邦赒择郾吉金，铸为彝壶，节于禋祀，可法可尚，以飨上帝，以祀先王。穆穆济济，严敬不敢泄荒。因载所美，邵大皇工，祗郾之讹，以警嗣王。唯朕皇祖文、武、桓祖成考，是有纯德，遗训以施及子孙，用唯朕所放慈孝娬惠，举贤使能，天不歝其有愿，使得贤才良佐嗣。以辅相厥身，畲知其忠信也，而专任之邦。是以游夕饮卧，宁又慷惕？嗣竭志尽忠，以佐佑厥辟，不贰其心。受任佐邦，夙夜匪懈，进贤措能，亡有喘息，以明辟光。适遭郾君子噲，不辨大义，不忌诸侯，而臣宗易位，以内绝邵公之业，乏其先王之祭祀；外之则将使上勤于天子之庙，而退与诸侯齿长于运同，则上逆于天，下不顺于人也，寡人非之。嗣曰：为人臣而反臣其宗，不祥莫大焉。将与吾君并立于世，齿长于会同，则臣不忍见也。嗣愿从在大夫，以靖郾疆。是以身蒙单胄，以诛不顺。郾故君子噲、新君子之，不用礼义，不顾逆顺，故邦亡身死，曾无一夫之救，遂定君臣之位，上下之体，休有成功，创辟封疆。天于不忘其有勋，使其老策赏中父，者侯皆贺。夫古之圣王务在得贤，其即得民。故辞礼敬，则贤人至；博爱深则贤人亲，作敛中则庶民俯，呜呼，允哉若言，明察之于壶而时观焉。祗祗翼，邵（昭）告后嗣：惟逆生祸，惟顺生福，载之简策，以戒嗣王。惟德附民，惟义可张，子之子，孙之孙，其永保用无疆。

《中山王𦥑鼎》

唯十四年中山王𦥑作鼎，于铭曰：乌乎，语不悖哉！寡人闻之，与其溺于人也，宁溺于渊。昔者，郾君子会，睿弇夫悟，长为人宗，见于天下早弃群臣，寡人幼童未通智，唯传姆是从。天降休命于朕邦，有厥忠臣嗣，克顺克卑，亡不率仁，敬顺天德，以佐佑寡人，使智社稷之任，臣宗之义，夙夜不懈，以诱导寡人。今余方壮，知天若否，论其德，省其行，亡不顺道。考度唯型。乌乎欣哉！社稷其庶乎？厥业在祗。寡人闻之，事少如长，事愚如智，此易言而难行也。非恁（信）与忠，其谁能之？其谁能之？唯吾老賙是克行之。乌乎！悠哉！天其有刑，于在厥邦，是以寡人委任之邦，而去之游。亡遽惕之虑。昔者，吾先祖桓王、昭考成王，身勤社稷，行四方以忧劳邦家。今吾老賙亲率参军之众，以征不义之邦，奋桴振铎，开启封疆，方数百里，列城数十，克敌大邦，寡人庸其德，嘉其力，是以赐之厥命：虽有死罪及参世，亡不赦，以明其德，庸其功。吾老賙奔走不听命。寡人惧其忽然不可得，惮惮业业，恐陨社稷之光，是以寡人许之谋虑皆从，克有功，智也。诒死罪之有赦，知为人臣之义也，呜呼，念之哉！后人其庸庸之，毋忘尔邦。昔者吴人并越，越人修教备信，五年覆吴，克并之至于今。尔毋大而肆，毋富而骄，毋众而嚣，邻邦难亲，仇人在旁，呜呼，念之哉！子孙孙，永定保之，毋替厥邦。

战国时期的铭文，开始了对人生深沉的理性思考与沉淀。铭文的内容有较强的箴诫与劝勉性质。战国铭文逐渐文辞简约，善用比喻，如战国时期的一件带钩，铭文说："物可折中，册复毋反。"（以钩可系带，比喻折中之德）又说："无怍无悔，不汲于利。"（以钩取之义，诫人不可贪利）又云："宜曲则曲，宜直则直。"（以钩取之义，诫人不可一味曲阿逢迎）《中山王礐壶》更是以历史事实为证据，总结了燕国国乱家亡的历史经验教训，申明治国大义，引以为戒，"明察之于壶而时观焉"(《中山王𗊖壶》)。在《中山王𗊖壶》所总结的治国之道中，以礼法秩序为核心的治国理想，要君臣不失其位，合乎礼法秩序；礼贤授能，要德治，要爱民，从而发出沉重的感慨，这种感慨是在历史事例的评述和道德的训诫中流露出来的。

战国时期的铭文既不同于西周时期铭文的《尚书》体特征，也不同于春秋时期铭文的"诗"体特征。战国时期的铭文，受战国时期散文的影响，出现了早期的"论说体"散文的艺术特征。战国时期铭文叙事真实，论点鲜明，立论深刻，说理透辟，从所议论的历史事实中得出深刻的经验教训，从而使得出的论点深邃宏辟，并具有极强的警示性。战国吉金文学讲究章法布局，结构谨严，层次分明，构思周密，在具体论证过程中，铭文论证层层深入，具有极强的逻辑性和思辨性。铭文善于变换论证手法，同一个历史事实，从不同的角度进行论证。铭文富有强烈的感情色彩，在论述时声情并茂，气势生动，流利通畅，字里行间充满勃勃气势；善于运用历史典故，体现了这一时期诸子散文的艺术风格。散文的语言规范通俗，又有很高的艺术概括能力，可以称得上是古代散文艺术的典范。

在文体上，出现"论说"体散文。在语言上，比起西周时期古奥典雅的语言，战国时期的吉金文学显得平易浅白，通俗流畅。有较强口语化的特征。在结构上，比起西周春秋时期明显的程序化的铭文写作模式，战国时期的铭文，在行文内容结构上似乎打破了过去的那种模式化的写作套式，形式灵活，章法谨饬有度，结构严谨，论证深刻；字句精严，气势流畅，更显得生动活泼。在文体形式上，铭文运用散文化的书写方式，出现了古代散文中的"之乎者也"等语气助词，句子之间更显得通利顺畅，转折连词运用得比较多。在语言上字句通俗简练，善用修辞，辞采多姿，善于运用比喻、韵语、用典、比兴、讽刺、描写等艺术手法。修辞手法的运用，使文章或气势充沛，一泻千里；或章法谨严，句式整饬；修辞的表现手法，使语言丰富多彩，摇曳多姿，句式灵活多变，篇章生动活泼，使文章极富感染力和说服力。形成了"断理必刚，离辞无懦"、"君子秉文，辞令有斐"的风格特征。铭文中的论说文，某些语句的概括极为精练，文意精警，富有韵味，具有格言警句的特点。如《中山王礜壶》："惟逆生祸，惟顺生福。""惟德附民。惟义可张。"《中山王礜鼎》："毋大而肆，毋富而骄，毋众而嚣"，"与其溺于人也，宁溺于渊"。

从西周、春秋到战国时期，是周代礼乐制度建立成熟到衰落灭亡的历史时段，礼乐的兴衰不仅决定了礼器与乐器的历史变化，而且也决定了铸刻于礼器上的吉金文学的表现内容与文体形式的变化。西周礼制的酝酿与成熟，吉金文学中表现的内容是王室的重大礼仪以及以《尚书》体式出现的吉金文学；春秋礼乐盛况及"礼"与"仪"的分离，这一时期宾礼和燕礼是吉金文学表现主要内容并形成较强的"诗"体特征；战国礼制的衰退与礼义内涵的注重，吉金文学表现的礼义的内容并以"论说体"的形式出现。

第三章

《尚书》体文学与吉金文学的叙事艺术

什么是叙事，"叙事"作为一个理论术语，似乎是西方文化的舶来品。其实，古代中国尽管缺少体系周密的叙事学理论著作，然而在中国古代文学发展中，叙述故事类作品也取得了极高的艺术成就。

在古中国文字中，"叙"与"序"相通，叙事常常称作"序事"。就是有顺序地讲事情。最早出现序事一词的是《周礼·春官·宗伯·职丧》，其中说："职丧掌诸侯之丧，及卿大夫、士凡有爵者之丧，其禁令，序其事。"这里讲的是安排丧礼事宜的先后次序。《周礼·春官·宗伯·乐师》又说："乐师掌国学之政，以教国子小舞……凡乐掌其序事，治其乐政。"唐代的贾公彦疏："掌其叙事者，谓陈列乐器及作之次第，皆序之，使不错缪。"这里的"序事"为"叙事"，是指陈列乐器的空间次序和演奏音乐的时间顺序。那时所谓"序事"，表示的是礼乐仪式上的安排，不是今天的文学叙事，但已经考虑了时间和空间的位置和顺序了。叙事作为文学术语的出现，是唐宋间的事情，唐代刘知幾的《史通》特设《叙事》一篇，探讨史书的编撰原则，并认为"夫史之称美者，以叙事为先"①。清

---

① （唐）刘知幾撰，姚松、朱恒夫译诠：《史通全译》，贵州人民出版社1997年版，第317页。

代主张"六经皆史"的章学诚也认为："古文必推叙事，叙事实出史学。"① 可见，最早的文学叙事是蕴涵于历史叙事之中。

中国的文学叙事历史不同于西方，不以规模巨大的史诗开篇。在神话传说还盛行，却没有大规模记录的远古时代，最早的简短的叙事文字是商代卜辞。比如《卜辞通纂》第 375 片："癸卯卜，今日雨，其自西来雨，其自东来雨，其自北来雨，其自南来雨？"占卜的内容、日期都有了，还采取了一种提问式的开放性结尾。青铜器上的吉金文学紧承甲骨卜辞，傅修延在《先秦叙事研究》一书中认为：与甲骨问事相比，吉金文学在叙事上有了较大的进步：一、西周铭文的叙事性大为增强，在铭文中出现了正式的叙事文体。比起甲骨卜辞来，铭文记事已经有了具体的时间、地点、人物、事件，较为完整的事情经过。具有情节因素的萌芽。铭文叙事的事件完整清晰。二、铭文扩大了叙事的规模，提供了比卜辞更多的事件信息。三、铭文中虚构性因素隐约出现，文学性叙事开始萌芽。四、铭文中叙事要素逐渐告别朦胧，对时间空间的表述趋于规范和清晰。五、铭文中记言艺术有突出的发展，重视记言的趋势进一步明显。②

吉金文学比起甲骨卜辞，在叙事上的确是历史的一大进步，从历史的角度看，青铜铭文记事的内容的丰富性和时间跨度的复杂性是甲骨卜辞所无法比拟的。人们将《尚书》看做上古的历史，然而，吉金文学的历史记事与《尚书》有着

---

① 《章氏遗书补遗·上朱大司马论文》，转引自郭绍虞《中国文学批评史》，上海古籍出版社 1979 年版，第 618 页。

② 傅修延：《先秦叙事研究》，东方出版社 1999 年版，第 51—61 页。

千丝万缕的联系。在文体上形式上，吉金文学的记事有明显的《尚书》体特征；在具体的记叙的事件上，吉金文学的记事内容与《尚书》有惊人的相似。甚至有的学者认为，《尚书》作为周朝的历史档案文件记录，其来源即为周代的金文文献。

　　从文学的角度看，吉金文学的记事尽管篇幅短小，但是却有着鲜明的特征。在叙事手法上，夹叙夹议，运用不同的论证方法；在形象地塑造上，开创了塑形艺术的早期萌芽，注重场景的叙事艺术；在篇章布局上，可谓章法谨严，层次清晰，吉金文学开创了一些经典叙事手法。吉金文学语言凝练，文字典雅，运用多种修辞艺术手法，达到了较高的文学艺术成就。

一　吉金文学的《尚书》体特征

（一）《尚书》的文体分类

　　《尚书》就是上古的书，"'书'的意义就是'君举必书'之'书'，是动词，指史官载笔书写君主的言行"①。《说文解字·聿部》释其义为："书，箸也。从聿者声。"② 后来由史官书写出来的东西也就叫"书"，《荀子·劝学篇》："书者，政事之纪也。"③ 司马迁在《太史公自序》里说："《书》记先

---

① 顾颉刚、刘起纡：《尚书学史》，中华书局1996年版，第4页。
② 许慎撰，段玉裁注：《说文解字注》，上海古籍出版社1981年版，第117页。
③ 王先谦：《荀子集解》，《新编诸子集成》第一辑，中华书局1988年版，第11页。

王之事，故长于政。"① 可见，《尚书》是记载古代君王的政治活动及政治性事件的书。

古人都把《尚书》作为记言的体例，《汉书·艺文志》提出"左史记言，右史记事，事为《春秋》，言为《尚书》"②，刘知幾《史通·六家》云："《书》之所主，本于号令，所以宣王道之正义，发话言于臣下，故其所载，皆典、谟、训、诰、誓、命之文。"③ 这也就是说，《尚书》篇名多从"口"从"言"，《尚书》的记言特征亦由此决定。这是从外在的形式上，将《尚书》看做记言文体。

但是，从记载的内容来说，在实际的写作中，《尚书》记言中有记事，记事中有记言。章学诚认为，"《尚书》典谟之篇，记事而言亦具焉。训诰之篇，记言而事亦见焉。古人事见于言，言以为事，未尝分事言为二物也。"④ "夫史为纪事之书。事万变而不齐，史文屈曲而适如其事，则必因事命篇，不为常例所拘，而后能起讫自如，无一言或遗而或溢也。此《尚书》之所以神明变化，不可方物。"⑤ 也就是说，章氏认为，《尚书》的记事不拘泥于体例，达到"体圆用神"的境界。《尚书》"圆而神"的撰述形式对后世影响很大，司马迁作《史记》，"体圆用神，斯真《尚书》之遗也"⑥。

从记事的角度考察《尚书》的体例，伪孔传《尚书序》提出的尚书的体例要以典、谟、训、诰、誓、命六体为代表，

---

① 司马迁：《史记》，中华书局1959年版，第3297页。
② 班固：《汉书·艺文志》，中华书局1962年版，第1715页。
③ 章学诚：《文史通义·书教上》，中华书局1985年版，第31页。
④ 同上。
⑤ 章学诚：《文史通义·书教下》，中华书局1985年版，第52页。
⑥ 同上。

是具有代表性的观点。宋代林之奇《尚书全解》在《洪范》篇题下说道："《书》之为体虽尽于典、谟、训、诰、誓、命之六者，然而以篇名求之，则不皆系于六者之名，然其体则无以出于六者之外也。"《尚书》六体归纳起来，主要不外是君主出于各种政治目的所发布的讲话、诏令及誓词等。如刘起纡曾解释说："诰是君对臣下的讲话，谟是臣下对君的讲话，誓是君主誓众之词，命为策命或君主某种命词，典载重要史事经过或某项专题史实。"① 刘氏没有解释"训"，"训"其实是《尚书》重要一体。"训"主要是君臣间的训诫语。在以上体例中，诰誓二者可以为《尚书》六体的代表。故《穀梁传》隐公八年说："诰誓不及五帝，盟诅不及三王"，语又见《荀子·大略》，即诰誓乃三王时期尤其是周代号令文辞的主要形式。《文心雕龙·宗经》曰："诏策章奏，则《书》发其源。"② 吕思勉《经子解题》说："《书》之文学，别为一体。后世作庄严典重之文字者，多仿效之。"③《尚书》的文体形式对后世是有深远影响的。

（二）吉金文学的《尚书》体

古人多将吉金文学与《尚书》相比较，对于二者的关系多有论述。阮元云："古器铭字多者，或至数百字，纵不抵《尚书》百篇，而有过于汲冢者远甚。"④ 于省吾云："金文之

---

① 顾颉刚、刘起纡：《尚书学史》，中华书局1996年版，第9页。
② 刘勰著，范文澜注：《文心雕龙注》，人民文学出版社1958年版，第22页。
③ 吕思勉：《经子解题》，华东师范大学出版社1995年版，第12页。
④ 转引自侯外庐《中国古代社会史论》，河北教育出版社2000年版，第219页。

用韵似诗，不用韵似书，可与诗、书鼎足而三。"① "铭辞之长有几及五百字者，说者每谓足抵《尚书》一篇，然其史料价值殆有过之而无不及。"② "以器而言固钟鼎盘盂，以铭而言直可称为《周书》之逸篇。"③对于《尚书》，陈梦家先生认为："近代殷周铭文的研究，古代语文探索，都不能离开《尚书》。"④

吉金文学可以称得上是《周书》之逸篇，此语既包含了钟鼎铭文与《尚书》思想语言风格的一致，也道出了两者在文体上的共同点。明吴纳《文章辨体凡例》云："文辞以体例为先。"⑤汉代孔安国将《尚书》的体例分为六体为典、谟、训、诰、誓、命。唐代刘知幾在《史通·六家》云："《书》之所主，本于号令，所以宣王道之正义，发话言于臣下，故其所载，皆典、谟、训、诰、誓、命之文。"⑥

刘起纡曾解释说："诰是君对臣下的讲话，谟是臣下对君的讲话，誓是君主誓众之词，命为策命或君主某种命词，典载重要史事经过或某项专题史实。"⑦

陈梦家先生从体例角度划分《尚书》篇章为"诰命"、"誓祷"、"叙事"三类，其中将"诰"、"命"归为一类，说明诰命之间的内在联系。他认为，"册命既是预先书就的，在策命时由史官授予王而王授予宣命的史官诵读之，则'王若

---

① 转引自赵英山《古青铜器铭文研究》第一册，商务印书馆（台北）1983年版，第5页。

② 郭沫若：《青铜时代》，中国人民大学出版社2005年版，第235页。

③ 同上。

④ 陈梦家：《尚书通论》，中华书局1985年版，第3页。

⑤ 吴纳著，于北山校：《文章辨体序说》，人民文学出版社1962年版，第9页。

⑥ （唐）刘知幾：《史通》，贵族人民出版社1997年版，第3页。

⑦ 顾颉刚、刘起纡：《尚书学史》，中华书局1996年版，第9页。

曰'以下的命辞乃是王的话"。按照陈梦家的观点,《康诰》全文共出现两个"王若曰",分别位于开头和结尾;文中另出现 11 个"王曰"。据陈先生的观点,则《康诰》为一篇包括了 13 个小节的完整命书。也就是说,诰是通过命来完成的,在具体的策命的过程中,完成诰的内容。陈梦家先生通过对西周钟鼎文的研究,认为西周册命仪式上的训辞内容以赏赐、任命、告诫为主,而册命辞和周诰形式类似,他据此推断西周时期 12 篇诰(排除《盘庚》,增《康王之诰》)与《文侯之命》一样,都是在册命仪式上颁行的,因此称为诰命体。

　　诰命是否真是一体?《周礼·春官·大祝》曰:"(大祝)作六辞,以通上下亲疏远近,一曰祠,二曰命,三曰诰,四曰会,五曰祷,六曰诔。"大祝所掌握的六辞,是在不同的场合,在不同的环境中,用于协调上下、亲疏、远近等人际关系的不同的言语方式。郑玄注云:

　　　　祠当为辞,谓辞令也。命,《论语》所谓"为命,裨谌草创之"。诰,谓《康诰》、《盘庚之诰》之属也……会,谓王官之伯,命事于会,胥命于蒲,主为其命也。祷,谓祷于天地、社稷、宗庙,主为其辞也。诔,谓积累生时德行,以锡之命,主为其辞也。此皆有文雅辞令,难为者也,故大祝官主作六辞。

　　在郑玄所注的周代的大祝所作的六辞中,诰和命是两种不同的文辞。吴讷在《文章辨体序说》中引宋代张表臣《珊瑚钩诗话》云:

　　　　道其常而作彝宪者谓之《典》;陈其谋而成嘉猷者谓

之《谟》；顺其理而迪之者谓之《训》；属其人而告之者谓之《诰》；即师众而誓之者谓之《誓》；因官使而命之者谓之《命》。①

明确地区分了诰命二体。《文心雕龙·祝盟》云：

> 及周之大祝，掌六祝之辞，是以庶物咸生，陈于天地之郊；旁作穆穆，唱于迎日之拜；夙兴夜处，言于祔庙之祝；多福无疆，布于少牢之馈；宜社类祃，莫不有文。

实际上，《文心雕龙》也是将六辞看做六种不同的文体。《文体明辨序》亦曰："夫文章之体，起于《诗》、《书》……《书》体六，今存者三。"② 这"存者三"指的是"诰"、"誓"、"命"，在"诰"、"誓"、"命"三体当中，"诰"体是最重要的，是最能体现《尚书》号令的文体，《尚书》所记之言，主要内容为这些诰体文献中保存了统治者对臣民的训诰之辞。墨子认为"诰"是《尚书》体例的最重要的两个代表之一。"诰"体在《尚书》中所占的篇幅是最多的一类。如《大诰》、《康诰》、《酒诰》、《召诰》、《洛诰》等，实际上像《盘庚》、《梓材》、《多士》等也应属于诰辞一类。《尚书》28篇中，有12篇诰，"诰"体占主要部分。

1. "诰"体吉金文学

在西周金文中，诰命一体的文章比较常见，这类文章通常

---

① 吴讷著，于北山校点：《文章辨体序说》，人民文学出版社1962年版，第12页。

② 徐师曾：《文体明辨序》，人民文学出版社1962年版，第77页。

将君王的谆谆训诫，叮诰（诰），然后是任命、赏赐（命），完整地结合为一体。但是有一部分金文，是分别属于诰体与命体的。诰体与命体应是独立的两种不同的文体。然而，究竟诰体是怎样的一种文体，它的文体特点是什么？

《说文》："诰，告也。"蔡邕《独断》："告，教也。"诰，岳本作"告"。杨公骥先生在《中国文学》中将《尚书》诰辞分为4种。（1）晓谕百官民众之辞。即告众皆知，类似近世公文中的布告。如《盘庚》篇，为盘庚迁都告百官庶民之辞。（2）祭告宗庙神祇之辞。古人于宗庙神祇前有所祈祷或告白，必陈之以辞，如后世祝辞之类。如《武成》为武王伐殷告祭天地山川之辞。（3）人臣劝告君王之辞。一般为贤臣所进忠告之辞，而有关于国计民生者。如《召诰》为召公劝告武王之辞。（4）君王垂诫臣下之辞。似后世公文中的训令，如《康诰》等。同官彼此相告之辞。同官之间相告之语仍不外乎国家大计。如《君奭》是召公告老时周公告谕之辞。

《尚书》诰辞的内容不外乎以敦告、劝诫、祭告、垂训为主。蔡邕在《独断》中论述前古及汉以来的礼制典章、考释名物，将天子令群臣之文分为四类：一曰策书，二曰制书，三曰诏书，四曰戒书（蔡邕撰《独断》，《影印文渊阁四库全书》本，卷上）。《尚书》中的诰体，称其为戒书更为合适。

以敦告、劝诫、祭告、垂训为主的文章，记言必定是其最主要的方式，《尚书》诰体文中最常见的方式为"王曰"。《尚书正义·大诰》云陈大道以诰天下，对"王曰"作了充分的解释，曰："此陈伐叛之义，以大诰天下，而兵凶战危，非众所欲，故言烦重。其自殷勤，多止而更端，故数言'王曰'。大意皆是陈说武庚之罪，自言己之不能，言己当继父祖之功，须去叛逆之贼，人心既从，卜之又吉，往伐无有不克，劝人勉力用心。此时武王初崩，属有此乱，周公以臣代君，天下未察其志，亲弟犹尚致惑，何况疏贱者乎？周公虑其有向背之意，故殷勤告之。"可见，数言"王曰"，是为了殷勤告之。

无论是君王垂诚示下，还是人臣劝告君主，殷勤劝告应是以记言为主要方式的"诰"体的一个重要内容。"诰"文的实质是什么，黄侃在《文心雕龙札记·宗经》中如此概括："《书》之记言，非上告下，则下告上也。寻其实质，此类皆论事之文。"也就是说"诰"体形式上为记言，却为论事之文。是以记言的方式来论述事情。对于一种成熟的记言文体，"王若曰"、"王曰"或"侯曰"，已成为诰体文中最常见的一种外在形式。

然而追溯"诰"体产生初期的甲骨卜辞时代，它的记事方式往往是简略的。

甲骨卜辞中"诰"很少出现，常见"告"字，如"丁未卜，争贞：王告于祖乙"（《合集》1583）等，卜辞中的"告"一般被解释为一种祭名，但也有人认为它是祭祖仪式中的一个部分。① 所谓"诰"，就是"告谕"的意思，无论从口头上或书面的告谕，都可称其为"诰"。在甲骨刻辞中，只有"告"字而无"诰"字，甲骨文字学家认为刻辞中的"告"字即为"诰"字（同上）。如饶宗颐《通考》云："告即诰"。屈万里《甲编考释》云："告，读为诰。"甲骨文中的"告"事之文可以看做诰体最早的萌芽。

甲骨刻辞中出现的"告"字句，大体可分为两类。一类是祭祀时将心愿告知于祭祀对象，如《合集》183："告于大

①　刘源：《商代后期祭祖仪式类型》，《历史研究》2002年第6期。

甲",《合集》17722:"贞,告于祖辛"等。一类是四域诸侯来告事,如《合集》6460正:"贞,王惟侯告从正尸。六月。"陈梦家《殷虚卜辞综述》称凡"侯告"之"侯"皆泛指四域诸侯。姚孝遂《小屯南地甲骨文考释》认为凡称"多方告"、"多白告"、"多田告"者,匀相当于后世所谓"诸侯报告"。甲骨文中受载体所限,没有将四域诸侯所告之事尽陈书之,但"告"这一行为动作本身,已经开始孕育着记言文体。在甲骨刻辞中的"告"的大量运用暗示着最原始的诰体在此时已显露一些萌芽。

李学勤先生以甲骨刻辞中有"王若曰"证明《尚书·商书·汤诰》等篇为商代真实史料,并且举了大量实例证实甲骨刻辞中有诰体。甲骨刻辞中还有多用"王曰"而无"若"字。如:《合集》3297正:"王曰:侯豹毋归",《合集》3297正:"王曰:侯豹往,余不束其合,以乃使归",《合集》24391:"王曰:贞,有兕在行,其左射",《合集》24503:"王曰:贞,毋田",等等,亦都表达了"某某,如何如何"的意思。比较甲骨刻辞中的诰体和《尚书》中的诰体,其内容都是君王垂诫臣下,或者臣子向君王的报告,或者宗庙祭祀时对神的报告。

甲骨文中"诰"的本义是陈述所告之事,"诰"的主体是四方诸侯和祭祀主体等。郑玄释"会"为"会同盟誓之辞",包括战争之"誓",也就是说《尚书》六体中有3种与主持祭礼的大祝有关。那么,这种祭祀方式又何以转化为周代最常见的一种文体形式,成为"太祝"所掌握的六辞之一,成为《尚书》中最常用的文体形式呢?从发生的文化背景看,它的诞生与宗庙祭祀过程有密切关系。

日本学者白川静认为甲骨文金文中的"若"字,像一个长发者仰天而跪，双手举起，做祈求状。表示一个人在祭祀时向神祈祷。那么是否可以这样理解，在王祭祀的过程中，大祝将王所祷告之词记录下来，铸之于鼎，垂诫后世。

商代金文中，出土于河南安阳小屯殷墟的《四祀一其卣》，开篇记载"乙巳，王曰：'尊文武帝乙宜。'"这可以看做金文中最早的记言。

确切地说，西周金文中第一篇诰辞应属成王时代的《何尊》，在《何尊》中，首次出现"王诰宗小子于京室"：

> 唯王初迁宅于成周，复禀武王礼福自天，在四月丙戌，王诰宗小子于京室，曰，昔在尔考公氏，克逑文王，肆文王受兹大命。唯武王既克大邑商，则廷告于天，曰，余其宅兹中国，自之辪民，乌虖，尔有唯小子亡识视于公氏，有爵于天，彻令敬享哉，叀王龏德，欲天训我不敏。王咸诰，何赐贝卅朋，用作 公宝尊彝。唯王五祀。

康王时代的《大盂鼎》，鼎铭长 360 多字，说者每与《尚书·酒诰》相比。全文分为四个部分，以"王曰"为标志。

> 佳九月，王在宗周，令盂。
> 王若曰："盂，丕显文王受天有大令，在武王嗣文乍邦，辟厥匿，匍有四方，畯正厥民。在雩御事，叔酉无敢酖，有柴蒸祀，無敢醻，古天异临子，保先王，匍有四方。我闻殷述（坠）令，惟殷边侯、田，雩殷正百辟，率肆于酉，古丧师。已！女妹辰又大服，余佳即朕小学。女勿𢦏余乃辟一人，今我佳即井禀于文王正德，若文王令二三正。今余佳令女盂，召荣敬雝德巠，敏朝夕入谏，亯

奔走，畏天畏。"

王曰："𩁹！令女盂井乃嗣且南公。"

王曰："盂，廼召夾死嗣戎，敏趩罚讼，夙夕召我一人烝四方，雩我其通省先王受民受疆土。易女鬯一卣，衣、市、舄、车、马。易乃且南公旂，用狩。易女邦嗣四伯，人鬲自驭至于庶人六百又五十又九夫；赐夷嗣王臣十又三伯，人鬲千又五十夫，□□迁自厥土。"

王曰："盂，若敬乃正，勿废朕令。"盂用对王休，用乍祖南公宝鼎。惟王二又三祀。

《大盂鼎》中，全文分四小节，每一小节由"王曰"领起，第一小节是告诫盂要汲取殷王朝灭亡教训，勿湎于酒。昭告统治者要以史为鉴，敬德保民。第二小节是告诫盂要效法祖上南公。第三小节是对盂的功绩进行赏赐。第四小节是再次告诫盂不忘祖命，克己守正。我们看到，《大盂鼎》中所表述的内容与《尚书·酒诰》是一致的，《酒诰》中说：

王若曰："明大命于妹邦。乃穆考文王，肇国在西土。厥诰毖庶邦庶士越少正、御事，朝夕曰："祀兹酒。"惟天降命，肇我民，惟元祀。天降威，我民用大乱丧德，亦罔非酒惟行。越小大邦用丧，亦罔非酒惟辜。

"文王诰教小子有正有事，无彝酒。越庶国，饮惟祀，德将无醉。惟曰我民迪小子，惟土物爱，厥心臧。聪听祖考之彝训，越小大德，小子惟一。

妹土嗣尔股肱，纯其艺黍稷，奔走事厥考厥长。肇牵车牛，远服贾，用孝养厥父母。厥父母庆，自洗腆，致用酒。庶士有正越庶伯君子，其尔典德朕教。尔大克羞耇惟君，尔乃饮食醉饱。丕惟曰，尔克永观省，作稽中德。尔尚克羞馈祀，尔乃自介用逸。兹乃允惟王正事之臣，兹亦惟天若元德，永不忘在王家。"

王曰："封！我西土棐徂邦君、御事、小子，尚克用文王教，不腆于酒。故我至于今克受殷之命。"

王曰："封，我闻惟曰，在昔殷先哲王，迪畏天，显小民，经德秉哲，自成汤咸至于帝乙，成王畏相。惟御事厥棐有恭，不敢自暇自逸，矧曰其敢崇饮？越在外服，侯、甸、男、卫邦伯，越在内服，百僚庶尹惟亚惟服宗工，越百姓里居，罔敢湎于酒。不惟不敢，亦不暇。惟助成王德显，越尹人祇辟。

"我闻亦惟曰，在今后嗣王酣身，厥命罔显于民，祇保越怨不易。诞惟厥纵淫泆于非彝，用燕丧威仪，民罔不蠠伤心。惟荒腆于酒，不惟自息乃逸，厥心疾很，不克畏死。辜在商邑，越殷国灭无罹。弗惟德馨香，祀登闻于天，诞惟民怨。庶群自酒，腥闻在上，故天降丧于殷，罔爱于殷，惟逸。天非虐，惟民自速辜。"

王曰："封，予不惟若兹多诰。古人有言曰：'人无于水监，当于民监。'今惟殷坠厥命，我其可不大监抚于时？"

予惟曰：汝、劼毖殷献臣、侯、甸、男、卫；矧太史友内、内史友越献臣百宗工；矧惟尔事，服休、服采；矧惟若畴：圻父薄违，农父若保，宏父定辟；矧汝刚制于酒。

"厥或诰曰：'群饮。'汝勿佚。尽执拘以归于周，予其杀。又惟殷之迪诸臣，惟工乃湎于酒，勿庸杀之，惟教之，有斯明享。乃不用我教辞，惟我一人弗恤，弗蠲乃事，时同于杀。"

　　王曰："封，汝典听朕毖。勿辩乃司民湎于酒。"

　　在《大盂鼎》与《尚书·酒诰》中，除了语言上的一简一繁外，其基本的思想内容与文体形式是完全相似的。整篇文章充斥着王的咄咄训诰。

　　第一，《大盂鼎》与《尚书·酒诰》有共同的天命观与历史意识，其核心思想是敬天保民，要汲取殷王朝灭亡教训，勿湎于酒。昭告统治者要以史为鉴，敬德保民；第二，《大盂鼎》与《尚书·酒诰》中共同塑造了伟大文王与贤明周公形象，文王是受天承命，周公是建制立国；第三，《大盂鼎》与《尚书·酒诰》中有共同的礼制思想；第四，《大盂鼎》与《尚书·酒诰》都采取了记言体样式：以王的训诰之命为叙事方式；第五，《大盂鼎》与《尚书·酒诰》中充满了尊孝祖考与虔敬祖先的孝祖情怀。不仅《大盂鼎》铭文与《尚书·酒诰》思想意识相似，而且文体都用"王若曰"的排比形式，展开君王的训诰之辞。

　　诰体吉金文学《何尊》与《尚书》中的《召诰》记述了相同的历史事件，尽管《何尊》简练，《召诰》繁复，但两者的记言形式与思想内容是基本相同的。成王迁洛是西周历史大事，两文中都记述了成王的祭天礼仪、祭祖礼仪，记述了庄重的礼典场面。特别指出了周朝受天大命，以德配天，敬天保民的必要性。礼典仪式后成王进行了赏赐。需要指出的是，西周吉金文学与《尚书》文章看似冷静客观，实际上字里行间却流溢着浓重的情感色彩，情真意切，语重心长。如《召诰》与《何尊》：

《召诰》

惟二月既望，越六日乙未，王朝步自周，则至于丰。

惟太保先周公相宅。越若来三月，惟丙午朏，越三日戊申，太保朝至于洛，卜宅。厥既得卜，则经营。越三日庚戌，太保乃以庶殷攻位于洛汭。越五日甲寅，位成。

若翼日乙卯，周公朝至于洛，则达观于新邑营。越三日丁巳，用牲于郊，牛二。越翼日戊午，乃社于新邑，牛一，羊一，豕一。越七日甲子，周公乃朝用书，命庶殷侯、甸、男邦伯。厥既命殷庶，庶殷丕作。

太保乃以庶邦冢君出取币，乃复入，锡周公，曰：

"拜手稽首，旅王若公，诰告庶殷越自乃御事：呜呼，皇天上帝改厥元子，兹大国殷之命。惟王受命，无疆惟休，亦无疆惟恤。呜呼，曷其奈何弗敬！

"天既遐终大邦殷之命，兹殷多先哲王在天。越厥后王后民，兹服厥命。厥终智藏瘝在。夫知保抱携持厥妇子，以哀吁天，徂厥亡出执。呜呼！天亦哀于四方民，其眷命用懋。

"王其疾敬德，相古先民有夏，天迪格保，面稽天若，今时既坠厥命。今相有殷，天迪格保；面稽天若，今时既坠厥命。今冲子嗣则无遗寿耇。曰其稽我古人之德，矧曰其有能稽谋自天？

"呜呼！有王虽小，元子哉！其丕能諴于小民！今休。王不敢后用，顾畏于民碞。

"王来绍上帝，自服于土中。旦曰：其作大邑，其自时配皇天。毖祀于上下，其自时中乂。王厥有成命治民，今休。王先服殷御事，比介于我有周御事，节性，惟日其迈。王敬作所不可不敬德。

"我不可不监于有夏，亦不可不监于有殷。我不敢知曰，有夏服天命，惟有歷年，我不敢知曰，不其延，惟不敬厥德，乃早坠厥命。我不敢知曰，有殷受天命，惟有歷年。我不敢知曰，不其延，惟不敬厥德，乃早坠厥命。今王嗣受厥命，我亦惟兹二国命，嗣若功。

"王乃初服。呜呼！若生子，罔不在厥初生，自贻哲命。今天其命哲，命吉凶，命历年。知今我初服，宅新邑，肆惟王其疾敬德。王其德之用，祈天永命。其惟王勿以小民淫用非彝，亦敢殄戮，用乂民，若有功，其惟王位在德元。小民乃惟刑用于天下，越王显。

"上下勤恤，其曰，我受天命，丕若有夏历年，式勿替有殷历年。欲王以小民受天永命。"拜手稽首曰："予小臣，敢以王之雠民百君子，越友民，保受王威命明德。王末有成命，王亦显。我非敢勤，惟恭奉币，用供王能祈天永命。"

《𤷒尊》

佳王初鄩宅于成周。复口珷王丰禩自天，才四月丙戌，王喜宗小子于京室，曰，昔才尔考公氏克逨文王，肆玟王受兹大令。佳珷王既克大邑商。则廷告于天。曰余其宅兹，中或自之辥民。乌乎，尔有唯小子亡戠。现于公氏有劳于天副令。苟喜戋。叀王弅德谷天。顺我不每。之部王咸喜𤷒易贝卅朋，用乍口公宝尊彝。佳王五祀。

2. "誓"体吉金文学

"誓"体在《尚书》中很重要，"誓"主要是军队出兵前的宣誓之词。《尚书》中最重要的誓词是《牧誓》，《尚书》中其他"誓"体文章有《甘誓》、《汤誓》、《费誓》等篇，当然也包括《秦誓》这类自我反省立誓的文章。《尚书·牧誓》

主要是当时史官对武王牧野誓师时的记载，文章铺排了武王征商的军事场面，极为感人。在吉金文学中，军队出师之前，要庄重誓师，鼓舞士气，发号施令，君王号命、统率者施令语气，都铿锵有力。如《禹鼎》，在禹率师征讨鄂侯驭方之前，禹慷慨陈词，首先陈明战争的正义性，陈明先祖及武公如何恭行天命，勤于政事，然而鄂侯驭方侵伐国土，使国家蒙难。所以，必须出师抵御，维护领土和尊严。接着，陈述厉王的态度和决心，必须狠狠打击鄂侯驭方，要"勿遗寿幼"，使他们全军覆灭。《禹鼎》的誓师之词，并不冗长，但却从"勿遗寿幼"四字将厉王的作战决心、厉王的凶狠残暴勾勒得性情毕现。

　　《禹鼎》（时代：西周晚期）
　　禹曰：丕显趄趄皇祖穆公，克夹绍先王奠四方，肆武公亦弗退忘朕圣祖考幽大叔、懿叔，命禹肖朕祖考政于邢邦。肆禹亦弗敢悫，惕恭朕辟之命，乌乎哀哉！用天降大丧于下国，亦唯鄂侯驭方率南淮夷、东夷广伐南国东国，至于历内。王廼命西六师、殷八师曰："戡伐鄂侯驭方，勿遗寿幼。"肆师弥怵匄匿，弗克伐鄂。肆武公廼遣禹率公戎车百乘、斯驭二百、徒千，曰："于□朕肃慕惠西六师、殷八师，伐鄂侯驭方，勿遗寿幼。"雩禹以武公徒驭至于鄂。敦伐鄂，休获厥君驭方。肆禹有成，敢对扬武公丕显耿光，用作大宝鼎，禹其万年子子孙孙宝用。

　　然誓命之词精心周密者莫如《班毁》，《班毁》是王出师之前的誓师之词。在出师之前，王首先授命毛公，赐予毛公以王位，并赐予四方的军队，命其统率各方国的军队征伐东国，然后语重心长地命令吴伯和吕伯用他们的军队保护毛公，并再三命令毛公的军队，跟随毛公征伐并护卫毛公。文章精简，但出师前王周密的部署，细心的安排，对毛公的爱护呵护之情跃然纸上，可以称得上"誓"体铭文中的典型。

《班毁》

惟八月初吉，在宗周。甲戌，王令毛伯更虢城公服，粤（屏）王位，作四方亟，秉繁、蜀、巢令。锡铃、勒。咸，王令毛公以邦冢君、徒驭、戋伐东国肩戎。咸，王令吴伯曰："以乃师左比毛父。"王令吕伯曰："以乃师右比毛父。"遣令曰："以乃族从父征，徥城卫父身。""三年静东国，亡不眃天威，否畀屯陟。公告厥事于上：惟民亡徥才彝沬天令，故亡。允才（哉）！显惟敬德，亡攸违。"班拜额首曰："乌呼！不杯乿皇公，受京宗懿釐，毓文王王姒圣孙，登于大服，广成厥工（功）。文王孙亡弗怀井（型），亡克竟厥剌。班非敢觅，惟作昭考爽益（谥）曰大政，子子孙孙多世其永宝。"

3. "命"体吉金文学

"命"就是"命令"，就是王发号政令或指令命臣下做某事，如《文侯之命》。《尚书》中的"命"体文学，典型的只有《文侯之命》一篇，而吉金文学中"命"体篇章占百分之七八十，最典型的如《毛公鼎》，与《文侯之命》在内容与形式上都十分相近。

《毛公鼎》

王若曰：父厝，不显文武，皇天引厌厥德，配我有周，应受大命，率怀不廷方，亡不闬于文武耿光。惟天詷集厥命，亦唯先正口辥厥辟，爵董大命，肆皇天亡罙，临保我有周，不巩先王配命。（旻）天疾畏（威），司余小子弗伋，邦詥害吉？䎦䎦四方，大从不静。乌乎！趩余小子圂湛于囏，永巩先王。

王曰：父厝，〔今〕余唯肇经先王命，命女辥我邦我家内外，惷于小大政，雩朕位，虩许上下若否雺四方。死母（毋）童余一人在位，引唯乃智，余非庸又闻，女毋敢妄宁，虔夙夕惠我一人，雒我邦小大猷，毋折缄，告余先王若德，用印邵皇天，䵃☐大命，康能四国，俗（欲）我弗作先王忧。

王曰：父厝，雺之庶出入事于外，敷命敷政，钪小大楚赋。无唯正闻，引其唯王智，廼唯是丧我国。历自今出入敷命于外，厥非先告父厝，父厝舍命，毋又敢瞉敷命于外。

王曰：父厝，今余唯䵃先王命，命女亟一方，函我邦我家。女颥于政，勿雒建庶〔民〕☐。毋敢龚薰，龚薰廼孜（侮）鳏寡。善效乃友正，毋敢湎于酒。女毋敢坠在乃服，☐夙夜，敬念王畏不睗。女毋弗帅用先王作明刑，俗（欲）女弗以乃辟函于囏。

王曰：父厝，已曰及兹卿事寮大史寮于父即尹，命女黐䵃公族，雺三有嗣、小子、师氏、虎臣雺朕亵事，以乃族干（扞敌）王身，取𧵂卅寽，锡女秬鬯一卣、裸圭瓒宝、朱市、悤黄、玉环、玉琮、金车、缚较、朱器函靳、虎冟、熏里、右厄、画轉、画輴、金甬、道（錯）衡、金童（踵）、金豙、涑㙛、金簟弼（笫）、鱼菔、马四匹、攸勒、金☐、金膺、朱旂二铃。锡女兹关，用岁用政

（征）。毛公厝对扬天子皇休，用作尊鼎，子子孙孙永
宝用。

《文侯之命》

王若曰：父义和，丕显文武，克慎明德，昭升于上，
敷闻在下。惟时上帝，集厥命于文王。亦惟先正，克左右
昭事厥辟，越小大谋猷罔不率从。肆先祖怀在位。

呜呼！闵予小子嗣，造天丕愆，殄资泽于下民，侵戎
我国家纯，即我御事，罔或耆寿俊在厥服，予则罔克。
曰："惟祖惟父，其伊恤朕躬。呜呼！有绩予一人永绥在
位。父义和，汝克绍乃显祖，汝肇刑文武，用夹绍乃辟，
追孝于前文人。汝多修，扞我于艰，若汝予嘉。"

王曰："父义和，其归视尔师，宁尔邦。用赍尔秬鬯
一卣，彤弓一，彤矢百，卢弓一，卢矢百，马四匹，父往
哉！柔远能迩，惠康小民，无荒宁，简恤尔都，用成尔
显德。"

在《毛公鼎》和《文侯之命》中，君王的谆谆训诰贯通
全篇，先是陈述祖先圣德，天降大命，先祖开基创业，接着述
说周朝面临的危机，父厝和文侯都是身兼重任，要勇承祖业，
勤政爱民，最后是君王赏赐。君王的发号施令坦荡道来，似双
目直视受述者，体现了率真硬朗的上古之风。《文侯之命》与
《毛公鼎》两者共同的特点是形成了册命文学的写作模式。

"命"体在《尚书》中不为主要篇幅，在吉金文学中却占
有大量比重，如：

《宜侯夨殷》：唯四月，辰在丁未，王省武王成王伐
商图，诞省四国图。王卜于宜，入土，大飨。王令虞侯夨

曰：□侯于宜。赐□鬯一卣，商瓒一□，彤弓一，彤矢百，旅弓十，旅矢千。锡土：厥川三百□，厥□百又廿。厥宅：邑卅又五，□□百又四十。锡在宜王人□又七姓，锡七伯，厥□□又五十夫，锡宜庶人六百又□六夫。宜侯矢扬王休，作虞公父丁尊彝。

《师虎毁》：唯元年六月既望，甲戌，王在杜应，各于太室。井伯内右师虎即位中廷，北向。王呼内史吴曰："册命虎。"王若曰："虎，馘先王既令乃祖考事，啻官嗣左右戏繁荆。今余惟帅型先王令，令女更乃祖考，啻官嗣左右戏繁荆，敬夙夜勿废朕令。锡女赤舄，用事。"虎敢拜稽首，对扬天子不显鲁休，用作朕烈考日庚尊簋，子子孙孙其永宝用。

《牧毁》：唯王七年十又三月既生霸，甲寅，王在周在师汙父官，各大室，即位，公□□入右牧，立中廷，王呼内史吴册令牧。王若曰："牧，昔先王既令女作嗣士，今余唯或鼓改，令女辟百僚。有问吏□廼多乱，不用先王作型，亦多虐庶民。厥讯庶右譬不型不中，廼侯之以今□司匐厥罪召故。"，王曰："牧，女毋敢[弗帅]先王作明型。雩乃讯庶右譬，毋敢不明不中不型，乃甫政事，毋敢不尹□不中不型。今余惟䶣熹乃命，锡女秬鬯一卣、金车、萆较、画轜、朱虢函靳、虎冟、熏里、旐、余[马]四匹、取饙五乎。敬夙夕勿废朕令。"牧拜頴首，敢对扬王不显休，用作朕皇文考益伯宝尊簋，牧其万年寿考，子子孙孙永宝用。

《大克鼎》克曰：穆穆朕文且师华父，息□厥心，宇静于猷，淑哲厥德，肆克龚（恭）保厥辟龚王，谏辪王家，惠于万民，柔远能迩，肆克□于皇天，顼于上下，得屯亡啟，锡釐无疆，永念于厥孙辟天子。天子明哲，顈孝于申，经念厥圣保且师华父，勋克王服，出内王令，多锡宝休。不显天子，天子其万年无疆，保辥周邦，畯永四方。

王在宗周，旦，王各穆庙，即位，蘦季右善夫克入门，立中廷，北向。王呼尹氏册令善夫克，王若曰："克，昔余既令女出内朕令，今余惟䲷喜乃令。锡女叔市参同中悤。锡女田于埜，锡女田于渒，锡女井家□田于塍，以厥臣妾，锡女田于康，锡女田于匽，锡女田于陠原，锡女田于寒山，锡女史小臣、需篇鼓钟，锡女井微人□斁，锡女井人奔于量。敬夙夜用事，勿废朕命。"克拜頴首，敢对扬天子不显鲁休，用作朕文祖师华父宝鬺彝，克其万年无疆，子子孙孙永宝用。

吉金文学册命篇章比例最多，不再一一列举。

西周中晚期后，吉金文学册命内容的文章急剧增多，并形成模式化的写作，这与册命制度的成熟有密切关系。另外，周人的矜功思想使得他们将封赏铸于器物上，以维护他们在家族中的地位和权力。

二　吉金文学与《尚书》的历史意识

吉金文学不仅与《尚书》有着相似的文体特征，而且，也具有相同的思想意识。《尚书》包括《夏书》、《商书》、《周书》，其中以《周书》为主体。

《尚书》所表达的是"古代统治者的政治观点、政治思想，先秦儒家用来作为传授门徒的教材，于是《尚书》成为儒家的政治哲学和道德说教的教科书"①。正如《尚书序》中所说："讨论坟典，断至唐虞以下迄于周。举其宏纲，撮其机要，足以垂世立教，典、谟、训、诰、誓、命之文凡百篇，所以恢宏至道，示人主以轨范也。故帝王将相假《书》以安邦定国，工商士民假《书》以修身待物。"《商书》各篇反映商代统治者强烈的天命思想和强烈的祖先崇拜，以及用强暴的刑戮手段进行统治。"尊神、尚鬼（人死为鬼，指祖先崇拜）、重刑"就成为商代的治国纲要。对商朝的灭亡，西周人常常惊恐于天命的无常，历史的无情。西周初年，《周书》诸诰就深刻总结历史经验，提出了以前代为戒和垂鉴后代的历史意识，一部《周书》其内在的精神主要是政治哲学和为君之道。实现王朝长治久安的具体措施即"敬天"、"明德"、"慎罚"、"保民"，吉金文学为"周书之逸篇"，西周时期的金文文献中所表达的历史意识与《尚书》是完全一致的。

　　"小邦周"打败"大邑商"，政治上的胜利并不代表思想文化上的彻底征服，如何从心理上征服殷商旧民是西周建国统治者忧虑的内在问题。一方面，殷商王朝的覆灭为周人提供了宝贵的历史经验，影响了西周统治者的思维定式和统治方式。"有命自天"、"天命靡常"，周人既尊崇天命意识到"天命靡常"，因此产生了深切的忧患意识，这种敬畏忧患使周人意识到若要天命永保，唯有以德配天，敬德保民，以德治国。另一方面，周人以天命佑护作为有效的思想武器，说明上天所以赐周天命，是由于商人失德，而周人的行为，使其获得上天的佑护，取代了殷王朝，承受天命。这样一来，以德治国的思想在周朝统治中占据了中心的地位。

---

　　① 刘起釪：《尚书研究要论》，齐鲁书社2007年版，第225页。

在周初诸诰中，这种思想俯拾即是。如：

> 《大诰》："不敢替上帝命。天休于（文）王，兴我小邦周，文王惟卜用，克绥受兹命。天明畏，弼我丕丕基。"
>
> 《康诰》："惟命不于常！道善则得之，道不善则失之。"
>
> 《酒诰》："惟天命肇我民，惟元祀。"
>
> 《召诰》："皇天上帝，改厥元子，兹大国殷之命。"
>
> 《多士》："昊天大降丧于殷，我有周佑命，将天明威，致王罚，殷命终于帝。"
>
> 《君奭》："天降丧于殷，殷既坠厥命，我有周既受。"
>
> 《文侯之命》："丕显文武，克慎明德，昭升于王，敷闻在下，惟时上帝集厥命于文王。"

可知周人以为其立国，乃因文王武王之明德、慎罚，昭闻于上帝，而上帝降周人以"革殷"之令，周人以为殷之丧邦为上天主意，而非周人敢革殷之命。至于铭文更有相类之记述，亦以为周之得国为上天所命，文王武王秉承天命而灭殷。

> 《大盂鼎》："丕显文王，受天有大令。"
>
> 《毛公鼎》："丕显文武，皇天弘厌厥德，配我有周，应受大命。"

既然天命之不易，就要求每个人采取敬畏、谦恭的态度，用道德伦理来约束自己的行为。"敬"是忧患的意思，《广雅·释诂一》："畏，敬也。"《释名·释言语》："敬，警也，恒自肃警也。"在金文文献中，随处可见这种对天命的警惕，虔敬地恭守大命，谨慎敬业，维护社稷的稳定。

《大盂鼎》：享奔走，畏天畏。

《大克鼎》：敬夙夜用事，勿法朕命。

《伯晨鼎》：用夙夜事，勿法朕命。

《恒殷》：用事，夙夕勿法朕命。

《毛公鼎》：圈夙夜，敬念王畏不赐。

《师虎簋》：敬夙檀勿废朕令。

天命不可懈怠，要虔敬天意。要敬夙夜，要"飨奔走，畏天威"。要夙夕恪敬，不可像殷人那样失去天的佑护，失德，失去政权。天仅授命有德者，因此君子要敬德、敬事，否则违背天命会影响贵族阶级的统治。《国语·周语》云："敬，所以承命也。恪，所以守业也。恭，所以给事也。俭，所以足用也。以敬承命则不违，以恪守业则不懈，以恭给事则宽于死，以俭足用则远于忧。"《左传·襄公二十五年》子产曰："政如农功，日夜思之，思其始而成其终，朝夕而行之，无越思，如农之有畔，其过鲜矣。"要想功业久远，就要虔敬天命而无丝毫懈怠。在敬天的同时，还要明德。

周朝人既然为自己取得政权作出了合法性的说明，在思想理论上找到了武器，那么周朝人要用"疾敬德"、"克明德慎罚"，取代商朝的"不敬厥德"。周朝统治者一方面以"以德治国"作为政治理念、政治原则和指导思想，毕竟"天道远，而人道迩"（《左传·昭公十八年》）。所以，"敬天"的同时，需要"敬德"、"保民"。德"在甲骨文中从"彳"，从"直"，无"心"符，取直视前方行走之义。它是指人的具体行为，本无善恶之意。在周代金文中，德却绝大多数有了"心"符，有了伦理的含义。研究者认为，"德"字这一字形的改变，对我们理解其含义的变化至关重要。《周礼·地官·师民》："敏德以行本。"郑注："德、行，内外之称。在心为德，施之为行。"此将德和行作了区别，把外在的行为解说为人心的作用，外在的"德行"，发展为内在的"德性"。这样，"德"字就由直视行走的原始本义，演化为表示伦常关系的道德规范。周初出现的"德"字，就有许多是作为抽象的道德规范被使用的。在《尚书·周书》的许多篇章里，周人统治者反复强调敬德、明德、秉德、用德，有德与无德是关系国家存亡的大问题。如《召诰》："王其疾敬德"、"王敬作所，不可不敬德"；《无逸》："皇自敬德"；《君奭》："其汝克敬德"；等等。而在金文文献中，这种"敬德"的思想亦是反复演奏的母题。

《何尊》："（唯）王恭德裕天，训我不敏。"

《大盂鼎》："今我佳即井㘩于文王正德。"

《井人女钟》：

井人妄曰："厥淑文祖皇考，克哲厥德，屯用鲁，永终于吉。"

《梁其器》："泐其曰：丕显皇祖考。穆穆翼翼，克哲厥德，龕臣先王，㝬屯亡愍。"

《史墙盘》："曰古文王。初盩龢于政，上帝降懿德大甹。匍有上下，合受万邦。"

《王孙诰钟》："敬事楚王，余不畏不差，惠于政德。"

另外，还要慎重采取刑罚制度，从实践上对"德政"思想进行具体的实施。"明德慎罚"最早见于《康诰》："惟乃丕显考文王，克明德慎罚。"在《多方》篇中又有"罔不明德慎罚"一语。金文中并没有明确的"明德慎罚"词语，但这一刑罚思想在铭文中亦有体现。

西周铜器《牧簋》铭文中就有"不中不刑"的说法，意谓不公正则不用刑。"中刑"的观念反映了周人追求司法公正的价值取向，它体现了一种明德慎罚的精神。《牧簋》铭文是关于周恭王册封一个叫牧的贵族担任官职的一篇命辞，在这篇命辞中，周王反复告诫牧在司法审判中一定要做到"不中不刑"，就是刑罚不适中就不要施行。否则，滥刑无辜必然导致引发"民乱"的结果。现将原文摘录一段：

　　王若曰："牧，昔先王既令女作嗣士，今余唯或寝段，令女辟百僚。有同拉口延多乱，不用先王作型，亦多虐庶民。厥讯庶砾勃扎不中，延侯之以今口司匐厥罪召故。"王曰："牧，女毋敢［弗帅］先王作明型。雩乃讯庶有削毋敢不明不中不型，乃甫政事，毋敢不尹口不中不型。"

这段铭文翻译成白话为：

　　周王说："牧啊！过去先王曾命你做司士，现在我要改命你去管理群僚。如果有邪恶的官吏心怀阴谋，就会闹出许多乱子。如果不按先王制定的刑法定罪量刑，就会祸害百姓。一些司法官吏如讯、庶右、邻等就没做到这一点，他们判案不公正、量刑不适中……"周王又说："牧

啊！你不能不按先王制定的刑法去断狱，你的属官讯、庶
右和邻等也不能不协助你谨慎公正地判案，使刑法适中。
你要熟习政事，不能不整治那些执法不公、量刑不中的
官吏。"

周人之所以将"中刑"这一尺度作为重要的司法原则来
推崇，其与"明德"的思想原则是一脉相承的。不仅如此，
对于初犯或偶犯还采取减免的办法。如《朕匜》铭文中有关
赎刑的记载：

今我赦女义便女千、蠓罶女。今大赦女，便女五百、
罚女三百守。

本来应该鞭打你一千下，现在我再次大赦你，减为五百
下，罚你三百守。对牧牛的判决，由原来的一千下改为五百
下，减免刑罚，在西周的刑法史上是有意义的。同时，它也贯
彻了周代统治者的德治思想。无论是敬天还是敬德，还是慎
罚，最终的目的都是"保民"，即保有民众的支持，当然这也
是顺应历史发展的举措，对于稳定社会，协调民心利益，是有
积极意义的，而最终的目的无外乎永久地保有周代的统治。保
民就要爱民，就要施惠于民，《康诰》云："不敢侮鳏寡，庸
庸，祗祗，威威，显民。"意为不要忽视怠慢鳏寡孤独之人，
要任用可用之人，尊敬可敬之人，畏惧可畏之事，从而光显民
众。《毛公鼎》中亦云无欺鳏寡，如：

女颢于政，勿雕建庶［民］口。毋敢龚薰，龚薰延
孜（侮）鳏寡。（《毛公鼎》）

女毋弗帅用先王作明刑，俗（欲）女弗以乃辟函于

囏。（《毛公鼎》）

惠于万民，柔远能迩，辑克口于皇天，顼于上下，得

屯亡敃，易厘无疆，永念于厥孙辟天子。（《大克鼎》）

同时代的诸多鼎铭又多云"惠于万民"，普施恩惠于万民，尚德爱民已如阳光一样普照周原辽阔大地，使周代建国之初就出现了成康盛世，两周运命绵延八百年之久。

三 吉金文学中的经典叙事手法的运用

吉金文学的篇幅并不长，但是在简短的篇幅中却能叙述完整的历史事件，并达到较高的叙述技巧。

（一）文简义宏、清晰晓畅的叙事艺术

吉金文学叙事完整清晰，或按照历史事件的发生顺序进行叙述，或按照事件发生的内在联系进行叙述，条理分明，层次清晰，结构谨严。在记言铭文中，也能进行有条不紊的论述，叙议结合，在义正词严的训诰过程中亦能以理服人，论理深入透辟。吉金文学的叙事，受载体的限制和表述思想的局限，形成了一些模式化的叙事方式。如叙述史迹的吉金文学，如《墙盘》、《逨盘》；记载君王诰命的记言体吉金文学，如《大盂鼎》、《毛公鼎》、《大克鼎》等；西周中晚期的册命铭文；再如某些铭文的固定模式，这些都构成了吉金文学特殊的叙事模式，并对后代文学产生了深远的影响。

1. 吉金文学不同于甲骨卜辞，对事件的表述有了明晰的时间、地点，并且能够简单的叙述事件的大要，叙述能以事件

发生先后顺序进行，有一定的时序性，这种手法深刻地影响了《春秋》的历史叙事。

以事件发生的先后顺序进行叙事，完整地叙述事件的整个过程，这是铭文叙述事件最常用的一种叙述方式。如西周时期讲述祖先史绩的铭文，如《史墙盘》、《逨盘》以及燕飨铭文等叙事体文字，如《鄂侯驭方鼎》等。

《史墙盘》

曰古文王，初鏊和于政，上帝降懿德大甹，匍有上下，迨受万邦。翻翻武王，遹征四方，达殷畯民，永丕巩狄，虘長伐夷廒。宪圣成王，左右绶緞刚鲧，用肇戬周邦。㣤哲康王，兮尹意疆。宏鲁邵王，广敝楚荆，惟寏南行。祇覝穆王，井帅宇海。醴寕天子，天子圞屢文武长烈，天子眉无匃，蕲邔上下，丞狱桓慕，昊昭亡哭。上帝司夏亢保，授天子绾令，厚福，丰年，方蠻亡不䢻见。青幽高祖，在微靁处，雩武王既戋殷，微史烈祖廼来见武王，武王则令周公舍圖于周俾处，扇重乙祖，遜匹厥辟，远猷腹心，子㢤悉明。亚祖祖辛。龡敓子孙，繁猶多犛，齐角蠁光，义其祀。寰犀文考乙公，遽趏鼉屯，无諫农啬，戉历惟辟。孝友史墙，夙夜不坠，其日蔑曆，墙弗敢取，对扬天子，丕显休令，用作宝障彝。烈祖文考弋宝授墙尔麟福，怀猶录，黄耇，弥生，龕事厥辟，其万年永宝用。

其大意为：

话说古代的文王，他一开始的时候便能使治协和，没有纷争。在天上的神于是降赐他美德,使他治理的地方安定。文王普遍获得上帝和人民的喜悦和拥戴,他的德治遍及四方,他确配治理天下万邦。武王为威武刚毅的国君,他征讨四方,既克服了殷朝又抚育百姓。他的武功征服了长久与周人为敌的虐和微这些殷属小国,巩固了州人的边防,此外他又征伐夷人,扬威东域。成王是光明圣哲的君主,他有忠耿的大臣为之处理国政,所以他的功业与周邦并列。渊智的康王,曾为人民分居,使百姓生活安定。伟大嘉美的昭王,曾远历荆楚之地,到达南方去狩猎。穆王是恭敬光明的君主,他的教诲是治国安民的典型。当今天子处事谨慎持重,为人光明磊落,既威武又具谋略。能继武王的功烈,国家安定,祝愿天子长寿,厚福丰年,长承神佑。

墙的高祖最先居于微,当周武王克服殷朝后,乃来觐见武王,武王授命周公为微史在周卑之地建立处所。史墙的乙祖是个既勇且仁的长者来辅其国君,是国君的好臣子。亚祖祖辛乃一精明能干的先祖,他使子孙繁衍,家族繁茂多福,如此光明灿烂的先祖,实当永远享受祭祀。文考乙公天性闲雅,是个通明而又浑厚敦笃的人。史墙祈望农作丰登,于先祖的德业早晚不敢违失,时常自勉,不敢有所废坏,以此扬显天子的美命,故造此宝彝,光显的祖父和美善的父亲,予我华盛的官服,使我福禄茂盛。愿我长寿百岁,俾能奉侍国君,所铸此器,可留存万年之久。①

---

① 参见黄然伟《西周〈史墙盘〉铭文释义》,《殷周史料论集》,三联书店(香港)有限公司1995年版,第369—379页。

吉金文学的叙事技巧已比较成熟，《史墙盘》先后讲述了周初六王和微史家族的祖先的光荣业绩，叙述起来，以时间为序列，赞美了文王、武王、康王、穆王的历史功绩，然后又以时间次序叙述了微史家族高祖、烈祖、乙祖、亚祖、文考乙公几位祖先对西周王朝的历史贡献，以历史上西周六王的历史功绩来衬托自己家族始祖追随西周王朝的历史过程，从而暗示自己的家族对周朝的历史贡献。《史墙盘》在叙述时以历史年代为序，叙述起来层次分明，有条不紊，使人对西周的历史一目了然。

吉金文学简约记载历史，《春秋》亦是记事史纲。二者同属于官方叙事，而且记事都简洁凝练。一者铸于青铜，一者书于竹册。吉金文学记事体主要在西周时期，与《春秋》经书形成的历史时代紧密相连，二者是否有内在联系？

刘节在《中国史学史稿》中谈到："依我们的研究，《春秋》的记事方式与殷墟卜辞的方式有很多相同之处；同时，彝铭中的记事形式也有与《春秋》中的记事形式相同。因此，我们可以说中国古史籍的记事方式在殷代卜辞与周代彝铭里都可以找到根据。"[①] 记事最主要的是时间、地点、人物三要素，吉金文学中清晰的对时间、地点、人物事件的记述，必定影响《春秋》的叙述方式。叙事依时序进行，按照时间的自然秩序来安排记事使《春秋》开创了编年体叙事的先例，而这种叙事方式的源头可以上溯到吉金文学。在吉金文学中，中国历史叙事第一次明晰地出现了按照时序进行有条不紊的叙述。而这种叙述方式在记述历史的简约性和时序性上直接影响着《春

① 刘节：《中国史学史稿》，中州书画社1982年版，第16页。

秋》的历史叙事，从而依时叙述将历史上孤零零不相联系的历史事件镶嵌在时间的网络之中。

2. 吉金文学中的"诰"体文学，整篇的叙事方式是以记言为主的君王训诫之词，文体的外在形式为"王若曰"或"人物曰"的重叠，这种记言的体例和方式影响了中国古代记言体史书的发展。吉金文学中的记言篇章，如《毛公鼎》：

王若曰：父厝，不显文武，皇天引厌厥德，配我有周，应受大命，率怀不廷方，亡不闬于文武耿光。惟天甾集厥命，亦唯先正口辥厥辟，爵董大命，肆皇天亡昊，临保我有周，不巩先王配命。敃（旻）天疾畏（威），司余小子弗伋，邦甾害吉？劂劂四方，大从不静。乌乎！趯余小子圉湛于喜，永巩先王。

王曰：父厝，[今] 余唯肈经先王命，命女辥我邦我家内外，忝于小大政，曻朕位，虢许上下若否霉四方。死母（毋）童余一人在位，引唯乃智，余非庸又闻，女毋敢妄宁，虔夙夕惠我一人，雝我邦小大猷，毋折缄，告余先王若德，用印邵皇天，灩圅大命，康能四国，俗（欲）我弗作先王忧。

王曰：父厝，霉之庶出入事于外，敷命敷政，虿小大楚赋。无唯正闻，引其唯王智，廼唯是丧我国。历自今出入敷命于外，厥非先告父厝，父厝舍命，毋又敢耦敷命于外。

王曰：父厝，今余唯灩先王命，命女亟一方，圅我邦我家。女颥于政，勿雝建庶 [民] □。毋敢龚薰，龚薰廼孜（侮）鳏寡。善效乃友正，毋敢湎于酒。女毋敢坠在乃服，圉夙夜，敬念王畏不赐。女毋弗帅用先王作明刑，俗（欲）女弗以乃辟函于艱。

　　王曰：父厝，已曰及兹卿事寮大史寮于父即尹，命女
艤𤭖公族，雩三有嗣、小于、师氏、虎臣雩朕亵事，以乃
族干（扞敔）王身，取𫢣卅乎，锡女秬鬯一卣、祼圭瓒
宝、朱市、恩黄、玉环、玉瑔、金车、绠𫐉、朱噐圅斳、
虎㡆、熏里、右厄、画轉、画轀、金甬、造（错）衡、金
童（踵）、金豙、涑𢆡、金簟弼（笰）、鱼箙、马四匹、
攸勒、金□、金膺、朱旂二铃。锡女兹关，用岁用政
（征）。毛公厝对扬天子皇休，用作尊鼎，子子孙孙永
宝用。

　　《毛公鼎》通过一系列"王曰"这样的排比句式，将君王
之命，对臣属的殷切属命表达得淋漓尽致。这种记言的体例，
如章学诚在《文史通义·书教上》所云："古人事见于言，言
以为事，未尝分事言为二物也。"[1] 章氏此语极精辟地道出了
这种记言体吉金文学的特点。而这种记言方式对《尚书》、
《国语》的影响是显而易见的，《左传》、《战国策》所记行人
的优美辞令要以此为源头。这种记言体史书，周亡后遂废不
行，然章学诚在《文史通义·书教中》中却坚持记言体的独
特功用，曰"至如论事章疏，本同口奏；辩难书牍，不异面
论；次于纪传之中，事言无所分析，后史恪遵成法可也"[2]。
就这种文体而言，到春秋时期还有人在刻意模仿，如《左
传·僖公十二年》记载周惠王对齐桓公之使者管仲说："舅
氏！余嘉乃勋！应乃懿德，谓督不忘。往践乃职，无逆朕

---

① 章学诚：《文史通义·书教上》，中华书局 1985 年版，第 31 页。
② 章学诚：《文史通义·书教中》，中华书局 1985 年版，第 40 页。

命!"甚至在整个漫长的封建社会中,各个朝代的皇室文告,亦几乎都在模仿这种文体。

3. 西周册命制度实行的时间是西周中期和晚期,张光裕先生在《雪斋学术论文集》中详细地列述了56篇较完整的册名铭文,所说的较完整,是说整个册命典礼时对时间、地点、王位、受册命者及辅佑者的部位,皆备载者。① 据陈汉平《西周金文册命制度研究》认为,册命金文已形成了模式化。册命铭文实际上是周人对册命礼仪场景的记录,记录了完整的礼仪程式。而仪式强调的又是各个动作环节组合起来的完整。礼仪过程的程式化记录,最集中体现在册命的场景,这使得吉金文学中出现了场面叙事的最早雏形,开创了场景艺术描写的先河。陈汉平先生据80篇铜器铭文比较研究,得出一完整之册命金文,如赏赐铭文,基本模式为:

佳王某年某月月相辰在干支,王在某(地),旦,王各于某(地),即右。某(人)右某(人)入门,立中廷,北向。史某受王命书,王命傧史某册命某。王若曰:某,由于某种原因,余册命女嗣某事。易女秬鬯、服饰、车饰、马饰、旂帜、兵器、土田、臣民,取证徵某某,敬夙夕用事,勿废朕命。某拜首稽首,受册,佩以出。反入堇章。敢对扬天子丕显休命。用作朕皇且皇妣皇考皇母宝尊彝。用祈眉寿万年无疆,通录永令灵冬,子子孙孙永宝用。

册命铭文的格式主要包括时间、地点、受册命者、册命辞、称扬辞、作器、祝愿辞等内容。西周晚期册命格式最为完备,除了上述基本部分外,还有记录王位、授册、宣命、受册、返纳瑾璋于王等部分,在册命辞里又有命官、赏赐、勉励

---

① 张光裕:《雪斋学术论文集》,艺文印书馆(台北)1989年版,第2页。

3 个内容。如《颂鼎》铭：

惟三年五月既死霸甲戌，	时间
王在周康邵宫，	地点
旦，王格大室，即位。	王位
宰引右颂入门，立中廷。	傧相及受命者
尹氏授王命书，	授册
王呼史虢生册命颂。	宣命
王曰："命汝官司成周贮廿家，	命官
监司新寤，贮用宫御。	
锡汝玄衣、黹纯、赤巿、	赏赐　册命辞
朱黄、銮旂、攸勒，	
用事。"	勉励
颂拜稽首，受命册，佩	受命
以出，	
返纳瑾璋	纳瑾璋
颂敢对扬天子丕显鲁休，	称扬辞
用作朕皇考龚叔、皇母龚	作器
姒宝尊鼎，	
用追孝，祈匄康嫚、纯祜、	祝愿辞
通禄、永命，颂其万年眉寿	
无疆，雷（令）冬（终），子子孙孙	
永保用之。	

张光裕对整个册命仪式进行过程作了概说，我们可以清晰地了解册命的整个场面：

（1）在册命当天的绝早，天子便来到册命的地方——宫、庙或应，天子及大臣们先为册命典礼作准备工作；当将明未明之际——但（昧爽），天子便登临太室，在堂上户牖之间，背着斧依南面而立；天子的右侧站着宣读命书的史官。

（2）天子命傧——右者出，陪伴在受册命者之右；他们从右入门，入门后，走到太室之前的庭中，在庭中中心的位置朝北而立，这时右者仍陪于受命者的右侧。

（3）天子在堂上南面册命，首先把预先写在简册上的"命书"，由掌管的史官，交由天子过目，而该"命书"是放在"中"或"箧服"上的；天子乃命其右侧的史官，负责宣读命书，于是该史官便朝着南方，对站在庭中心的受册命者大声宣读王命，通常册命的内容，是任命和赏赐。

（4）命书宣读完毕，受册命者便行拜稽首的大礼，感谢王恩。

（5）受册命者行拜稽首礼后，便从西阶升堂，准备接受"命书"；宣读命书的史官遂把命书放回原来的中或箧服上，然后面对面，（一东一西——受命者东面，史官西面）由史官代替天子把该命书交给了受册命者。

（6）受册命者接过命书后，受册命者还要折回来，双手奉着璋，从门的右侧进门行觐见之礼；也应当是走到廷中，坐下，把璋莫放地上，莫放的时候，要用系在璋上的穗子来垫着。然后行拜稽首的大礼。

（7）天子的傧者便引领着受册命者谒见天子，受册命者双手捧璋，升堂致命，北面把璋呈上给天子。

（8）受命者遂升堂，在西阶下稍东的位置，朝北行拜稽首的大礼。傧者又领着他再升堂，西阶上北面行拜礼。这觐见的手续便完成了。随着受命者的引退，整个以册命为主，觐见为辅的册命之典才告完满的结束。①

吉金文学中册命金文的这种模式在传世文献中亦有所见，郭沫若认为，如《诗经》的"《大雅·江汉》之篇与存世《召伯虎簋》之一，所记乃同时事。《簋铭》云：'对扬朕宗君其休，用作朕剌祖譖公官殷。'《诗》云：'作召公考，天子万寿。'文例相同，'考'乃'簋'之假借字。是则《江汉》之诗实亦《簋铭》之一也②"。如《召伯虎毁》与《大雅·江汉》：

《召伯虎毁》

隹六年四月甲戣，王在莽。譖伯虎告曰，"余告庆。曰公乓责，用狱諫为伯，又肙又成。亦我考幽伯幽姜命"。余告庆余吕邑讯有嗣余典勿敢封。令余既讯有嗣曰厦命余既一，名典獻伯氏则报璧珊生。对扬朕宗君其休，用作朕剌祖譖公官毁。其万年子子孙孙宝用。亯于宗。

《诗经·大雅·江汉》

江汉之浒，王命召虎："式辟四方，彻我疆土。匪疚匪棘，王国来极。于疆于理，至于南海。"王命召虎，来旬来宣："文武受命，召公维翰。无曰予小子，召公是似。肇敏戎公，用赐而祉。釐尔圭瓒，秬鬯一卣。告于文人，赐山土田。于周受命，自召祖命。"虎拜稽首，"天

---

① 张光裕：《雪斋学术论文集》，艺文印书馆（台北）1989年版，第29页。
② 郭沫若：《青铜时代》，中国人民大学出版社2005年版，第240页。

子万年!"虎拜稽首:"对扬王休,作召公考。天子万寿!明明天子,令闻不已。矢其文德,洽此四国。"

再如《左传·僖公二十八年》,晋文公"献楚俘于王……乙酉,王享醴,命晋侯宥。王命尹氏及王子虎、内史叔兴父策命晋侯为侯伯。赐大辂之服、戎辂之服、彤弓一、彤矢百、旅弓矢千、秬鬯一卣、虎贲三百人"。

册命吉金文学史官代宣王命的场景,纲要性的记述,开创了一种简单的场景叙述,后世的官府文诰,多采用这种模式,如"奉天承运,皇帝诏曰……"除了册命铭文外,有些吉金文学也同样注重场面艺术,在具体的场景氛围中,说话者符合其地位身份,注重题旨,注重说话者的语境,人物在特定的情景中的语言来表达人物的感情、展示人物的心态。如:

《师袁毁》

王若曰:师袁,叀淮夷繇我臣,今敢博厥众叚反工吏,弗速我东国。今余肇令女率齐师、曩、釐、僰、口、左右虎臣正(征)淮夷,即贲厥邦兽曰冉、曰口、曰铃、曰达。师袁虔不坠,凤夜厥(将)事,休既有工(功),折首执讯,无谋徒驭,瞰孚(俘)。瞰士女羊牛,孚吉金。今余弗叚组。余用作朕后男瞰尊簋,其万年子子孙孙永宝用享。

这是宣王命令师寰讨伐淮夷出发前的战争动员军令。行文造句,非常符合说话者的语境。首先,"王若曰:师袁,叀淮夷繇我臣,今敢博厥众叚反工吏,弗速我东国"。阐明了行兵的原因:南方的淮夷,过去是给我国纳田赋的旧臣,今日竟敢广泛逼迫民众，背叛君王。背叛君王，就是背叛上帝的事。接着给战争定性："今敢博厥众殴反工吏"，最后，发出命令，铲除敌人酋长："今余肇令女率齐师、真、麓、焚、口、左右虎臣正（征）淮夷，即蚩厥邦兽曰冉、曰口、曰铃、曰达。"

这些文字简约的场面描写，孕育了后世场景描写艺术。

4. 有些吉金文学在具体的写作中先要追述祖宗创国的功德，然后再叙述自己要效仿先王，辅保天子的心志，以及光大祖业的宏愿。这样的叙述手法成为吉金文学的一种模式化写作方式。如：

《叔向父禹殷》："余小子司朕皇考，肇帅井先文祖共明德，秉威仪，用𧸫𧸫莫保我邦我家，作朕皇祖幽太叔尊簋，其皇在上，降余多福繁釐，广启禹身，勔于永命，禹其万年永宝用。"

《㳋其钟》："㳋其曰：丕显皇祖考。穆穆翼翼，克哲厥德，震臣先王，𢗎屯亡愍。㳋其肇帅井（型）皇祖考。秉明德，虔夙夕，辟天子。（之部）天子肩使㳋其身邦君大正。用天子宠蔑㳋其历，㳋其敢对天子丕显休扬，用作朕皇（下缺）……"

《虢叔旅钟》："虢叔旅曰：丕显皇考惠叔，穆穆秉元明德，御于厥辟，旅敢肇帅井皇考威仪，淄御于天子，皇考其严在上，翼在下……"

《瘨钟》（甲）："瘨曰：丕显高且亚且文考。克明乓心，足尹龠乓威义，用辟先王，瘨不敢弗帅且考，秉明德。阙夙夕，左尹氏皇王对瘨身楙易佩。敢乍（前文人）宝慈龢钟、用追孝鼙祀。之部，邵各乐大神。其陟降严祐鬟妥厚多福、其龡龡黛黛，受余屯鲁。通禄永令。眉寿需冬，痪其万年，永宝日鼓。"

《晋公𬭎盙》："晋公曰：我皇祖𤤫（唐）公，□受大命，左右武王。□□百蛮，广𤔲四方。至于大庭，莫不来王……公曰：余𬭎令小子，敢帅井先王，秉德戲戲。智燮万邦。谏莫不日頧覺。余咸畜胤士。作冯左右。保持王国。刺羃𤥨伢，攻雔者否乍元女。縢盙四酉。□□□□，虔弆盟𠮷。□龠□皇卿，智亲百𫎇。𬭎令小子，整辞尔容，宗妇楚邦。乌昭万年。晋邦佳翰，永𢉜宝。"

《秦公钟》："秦公曰：我先祖受天命，赏宅受国。烈烈邵文公、静公、宁公不坠于上，邵（昭）合（答）皇天，以虩使蛮。公及王姬曰。余小子，余夙夕虔敬朕祀。以受多福。克明有心，鏊和胤士。咸畜左右，趫趫允义，翼受明德，以康奠协朕国，𥂤百蛮，具即其服。（之部）作厥和钟，𫢋音鳙鳙雍雍，以宴皇公，（东部）以受大福，屯鲁多釐，大寿万年。秦公其畯在立，𫐐受大命。（真部）眉寿无疆，匍有四方。（阳部）其康宝。"

《番生𣪘盖》："丕显皇且考，穆穆克晢（哲）厥德，伢在上，广启厥孙子于下，勖于大服。番生不敢弗帅井皇且考不坏元德，用𤔲𤔲大命，（屏）王立（位），虔夙夜，溥求不譬德，用谏四方，柔远能迩。"

《师克盨》："丕显文武，膺受大令（命），匍有四方……"

这样的写法与《诗经》中的某些篇章十分相似，如：

《大雅·文王》："仪刑文王，万邦作孚。"
《周颂·桓》："桓桓武王，保有厥土，于以四方。"

《大雅·大明》:"有命自天,命此文王,于周于京。
缵女维莘,长子维行,笃生武王。保右命尔,燮伐
大商。"

《大雅·韩奕》:"韩侯受命,王亲命之,缵戎祖考,
无废朕命。夙夜匪懈,虔共尔位。朕命不易,榦不廷方,
以佐戎辟……以先祖受命,因时百蛮。"

这种写法的共同特点是追述祖先的功德,或言有命自天,
为王业之基,或言祖上不朽功德。无论是秉承天命还是后世功
绩,其实质是赞美祖先,以先祖的名望光耀门楣,昭示自己承
继祖业的现世功业。这种"慎终追远"的叙事模式,对后世
的纪传以及史传文学都产生巨大的影响。同样,与史传相关的
文章,包括碑诔等也常应用这种模式,溯祖成为史传体例中必
不可少的一个组成部分。如《史记·夏本纪》载:

夏禹,名曰文命。禹之父曰鲧,鲧之父曰帝颛顼,颛
顼之父曰昌意,昌意之父曰黄帝。禹者,黄帝之玄孙而帝
颛顼之孙也。①

"由于诞生时没有出现灵异的记载,史家不得不上溯其先
祖直至攀附名昭天下的黄帝,并以其作为黄帝玄孙的世系来抬
高身世。"② 在追溯神圣先祖后,要表白自己秉承祖业的心志、
心愿以及自身的功业成绩,最后再赞颂时王的恩德和称美

---

① 司马迁:《史记·夏本纪》,中华书局1982年版,第49页。
② 郭骥:《〈崧高〉、〈蒸民〉体例分析》,中国诗经学会编:《诗经研究丛
刊》第7辑,第117页。

祝愿。

5. 春秋时期的铭文，基本上已经程式化。其具体模式为：

唯几月初几（时间），（人物），择其吉金，自作龢钟，用享以孝于伯皇祖文考，用宴用喜，用乐嘉宾及我倗友（用享嘉宾朋友），子子孙孙，永保鼓之（保佑子孙）。如：

《徐王子旃钟》：唯正月初吉元日癸亥，徐王子旃择其吉金，自作龢钟，以〔敬〕盟祀，以乐嘉賓倗友诸贤兼以父兄庶士，以宴以喜，中韓且扬，元鸣孔皇，其音啻啻，闻于四方，韹韹熙熙，眉寿无期，子子孙孙，万世鼓之。

《沇儿钟》：唯正月初吉丁亥，徐王庚之淑子沇儿，择其吉金，自作龢钟，中韓且旟，元鸣孔皇，韹韹熙熙，眉寿无期，子子孙孙，万世鼓之。

（二）剀切质直的论证艺术

吉金文学的许多篇章已形成了严密的论事说理的结构，已经运用多种立论方式进行论证，叙事说理有极强的说服力，吉金文学的论证技巧和论证方法达到了较圆熟的境界。

1. 以史论证的不可辩驳性

吉金文学善于运用历史事实，进行论证。《大盂鼎》中用殷亡于酒之鉴，告诫盂应以殷为戒："我闻殷述（坠）令，惟殷边侯、田，雩殷正百辟，率肆于酉，古丧师。"勉励盂要"召荣敬雝德巠，敏朝夕入谏，宣、奔走，畏天畏"。《大盂鼎》以大殷邦兴亡的史实，谆谆告诫盂戒酒的历史意义，强而有力地说明了戒酒的重要政治作用，论据充分而又具有震撼力。戒酒不仅成为周初政令，而且成为周朝的世代国训，成为周朝统治者礼制转变的一个重要标志。西周后期的《毛公鼎》云："善效乃友正，毋敢酗于酒。"《尚书·酒诰》是周公晓谕康叔在卫国实行戒酒令的文诰，从历史的经验教训中总结戒酒的重大政治意义。《诗经·大雅·荡》："咨女殷商，天不湎尔以酒。"可见周人对酒误国事认识之深，戒酒已成为西周统治者的一贯国策。

再如战国吉金文学《中山王䁐鼎》与《中山王䁐壶》，篇中多处引证郾君子噲身死亡国为天下笑的史实："适遭郾君子噲，不辨大义，不忌诸侯，而臣宗易位，以内绝邵公之业，乏其先王之祭祀；外之则将使上勤于天子之庙，而退与诸侯齿长于运同，则上逆于天，下不顺于人也，寡人非之。"（《中山王䁐鼎》）"郾故君子噲、新君子之，不用礼义，不顾逆顺，故邦亡身死，曾无一夫之救。"（《中山王䁐壶》）以及历史上"吴人并越，越人修教备信，五年覆吴"等历史教训，来告诫后人，"尔毋大而肆，毋富而骄，毋众而嚣，邻邦难亲，仇人在旁"。

在上述诸篇中，作者在阐述事理时，都以不可辩驳的历史史实为作者立论依据，文章以理服人，鞭辟入里。

2. 运用正反对比论证

正反论证，是将同一事物的两个侧面或不同事物的不同方面作对比，从而在比较的过程中得出正确的结论。在《中山王䁐壶》中，用本国贤相司马赒与燕国的相邦子之作对比，由于两国运用了不同的臣相，所以导致了不同的国运。司马赒与子之完全是两种不同的治国与行为方式，一个是竭志尽忠，不贰其心；一个是为人臣而反臣其宗，不顾逆顺。如《中山王䁐壶》所述：

唯朕皇祖文、武、桓祖成考，是有纯德，遗训以施及子孙，用唯朕所放慈孝嬺惠，举贤使能，天不歝其有愿，使得贤才良佐㜅。以辅相厥身，奋知其忠信也，而专任之邦。是以游夕饮卧，宁又慷惕？㜅竭志尽忠，以佐佑厥辟，不贰其心。受任佐邦，夙夜匪懈，进贤措能，亡有喘息，以明辟光。适遭郾君子礜，不辨大义，不忌诸侯，而臣宗易位，以内绝邵公之业，乏其先王之祭祀；外之则将使上勤于天子之庙，而退与诸侯齿长于运同，则上逆于天，下不顺于人也，寡人非之。㜅曰：为人臣而反臣其宗，不祥莫大焉。将与吾君并立于世，齿长于会同，则臣不忍见也。㜅愿从在大夫，以靖郾疆。是以身蒙单胄，以诛不顺。郾故君子礜、新君子之，不用礼义，不顾逆顺，故邦亡身死，曾无一夫之救，遂定君臣之位，上下之体，休有成功，创辟封疆。天于不忘其有勋，使其老策赏中父，者侯皆贺。

作者叙述燕国的历史经验教训，从而顺理成章地得出结论。并再一次强调作器的目的，进而从历史是非中提出治国论点："夫古之圣王务在得贤，其即得民。故辞礼敬，则贤人至；博爱深则贤人亲，作敛中则庶民俯"，"惟逆生祸，惟顺生福，载之简策，以戒嗣王。惟德附民，惟义可张"。

又如《中山王礜鼎》：

唯十四年中山王作鼎，于铭曰：乌乎，语不悖哉！寡人闻之，与其溺于人也，宁溺于渊。

昔者，郾君子会，觊弅夫悟，长为人宗，见于天下早弃群臣，寡人幼童未通智，唯传姆是从。天降休命于朕邦，有厥忠臣巂，克顺克卑，亡不率仁，敬顺天德，以佐佑寡人，使智社稷之任，臣宗之义，夙夜不懈，以诱导寡人。今余方壮，知天若否，论其德，省其行，亡不顺道。考度唯型。乌乎欣哉！社稷其庶乎？厥业在祗。寡人闻之，事少如长，事愚如智，此易言而难行也。非恁（信）与忠，其谁能之？其谁能之？唯吾老巂是克行之。乌乎！悠哉！天其有刑，于在厥邦，是以寡人委任之邦，而去之游。亡遽惕之虑。

昔者，吾先祖桓王、昭考成王，身勤社稷，行四方以忧劳邦家。今吾老巂亲率参军之众，以征不义之邦，奋桴振铎，开启封疆，方数百里，列城数十，克敌大邦，寡人庸其德，嘉其力，是以赐之厥命：虽有死罪及参世，亡不赦，以明其德，庸其功。吾老巂奔走不听命。寡人惧其忽然不可得，惮惮业业，恐陨社稷之光，是以寡人许之谋虑皆从，克有功，智也。诒死罪之有赦，知为人臣之义也，呜呼，念之哉！后人其庸庸之，毋忘尔邦。

昔者，吴人并越，越人修教备信，五年覆吴，克并之至于今。尔毋大而肆，毋富而骄，毋众而嚣，邻邦难亲，仇人在旁，呜呼，念之哉！子孙孙，永定保之，毋替厥邦。

行文中连续用了三个"昔者"，用以与现在作一系列对比。首先，用从前"燕国用人不当遭致灭国身亡"的历史教训与现在忠臣巂竭忠尽智的扶助。其次，从前我年幼时司马巂忠心耿耿，现在吾已年长，可是司马巂一如既往，使社稷无后顾之忧。再次，从前是我的先祖身勤社稷、忧劳邦家，现在却是忠臣巂为我率军征战，开疆辟土，建功立业。最后，用历史上的越国与吴国肆强做大形成鲜明比照。历史上吴国曾灭掉越国，可越国养精蓄锐，五年内灭掉骄傲自大的吴国。

在一些列正反对比与历史事实的不可辩驳的论证中，得出历史的结论，心中要牢记啊，"尔毋大而肆，毋富而骄，毋众而嚣，邻邦难亲，仇人在旁，呜呼，念之哉！子子孙孙，永定保之，毋替厥邦"。

（三）字里行间浓郁的深情

周人将赫赫功勋、将自己的世俗燕飨铸成铭文，一方面，将功名昭之于世，另一方面，他们又流露出浓重的对祖先的虔敬情怀，对功名的执著追求，对赫赫战功的无比自豪，更有燕享歌舞时的欢快之情。在铭文中蕴涵着周人丰富的现世情感，饱含着周人炽热的人间情怀。

没有任何一个时代的人们像西周时期那样对先祖充满了赤诚的虔敬情怀。在西周金文中祭祖已成为最普遍仪式，周人受到赏赐要祭祖，出征前后要祭祀祖先，取得功勋要祭祖，燕飨歌舞时更不忘祭祀祖先。无论是天子贵族，工侯将相都虔诚地祭享先祖，表达着自己对先祖的诚挚情怀。在他们眼中，祖先的英灵不朽，"其濒在帝廷陟降"（《邝簋》）。《诗经·大雅·文王》："文王陟降，在帝左右。"陟降，犹言上下。《毛传》："言文王升接天，下接人也。"《孔疏》："文王升则以道接事于天，下则以德接治于人。常观察天帝之志，随其左右之宜，顺其所为，从而行之。"在帝左右的文王要保佑自己的国家永远太平，保佑自己的子孙恪承天命，创立万世基业，保佑自己的子孙多子多福。

他们敬仰祖先建立的功业，崇尚祖先开疆扩土，创下的丰功伟绩。在他们心目中，祖先伟大（丕显皇祖考），他们要以祖先为榜样（番生不敢弗帅井皇且考，不丕元德），崇敬祖先创国之基业，敬谨地从事于治理国家，使祖业发扬光大，祖先功业道德一切都令人景仰，要虔夙夜，敬夙夕，要朝夕恪勤，不坠先祖的伟大德业。

祖先有不朽的功德，先祖有美好的明德，有威严的威仪，穆穆秉元明德，能用道德创造我国家的基础。"丕显皇且考穆穆克哲明德"（《番生簋》），先祖可以保佑子孙后代，可以保佑国家的政治前途，保佑君王的身体。

他们既要继承祖先的遗志，又要向祖先尽孝道。先祖既是人间效仿的榜样，又是人间福寿的佑护者。总之，先祖的功业，令人艳羡，先祖的德行，令人景仰，先祖对子孙的庇护，更令子孙感恩，忠孝祖考与虔诚敬祖情怀是西周金文中最强烈的情感表达。

在《毛公鼎》中，君王如慈父一般谆谆告诫，从先祖创业的艰辛，天佑周邦的不易，王朝面临的困境，深切而语重心长地敦告父厝担负重任，勿忘使命，虔敬天命。君王一面发号施令，一面情深意长，晓之以理，动之以情。一个以心忧社稷的君王之天下为公的赤诚情怀，一览无遗。

《班簋》铭文中，时王为了让毛公辅弼王室，做四方的表率，立功建业，命令毛公出征讨伐东国。在出征前，王令吴伯曰："以乃师左比毛父。"王令吕伯曰："以乃师右比毛父。"遣令曰："以乃族从父征，段城卫父身。"王下令吴伯和吕伯做毛父的左翼和右翼，护卫毛父，并要求部下保卫毛父的人身安全，可见王对毛父的关爱之情。毛父也没有辜负王的厚爱，果然经过 3 年的苦战，平定了东域，取得了军事上的成功，并且，毛公委婉地告诫时王，东国的灭亡，是因为国政不修，昧于天命，没有敬德保民，所以要想功业显赫，只有虔敬修明德政，不违背上天的命令。毛公用东国的历史教训来警示时王，从而，作为臣子体现了自己对时王的忠诚尽职之情，又表现了对家国社稷的责任和历史意识。

在《中山王䁖鼎》铭文中，作者饱含深情，声情并茂地颂扬了司马赒这一光辉形象。文章情文并茂，作者一言三叹，使文章充满极强的感情色彩和深切的感染力。"寡人闻之，事少如长，事愚如智，此易言而难行也。非恁（信）与忠，其谁能之？其谁能之？唯吾老赒是克行之。"（《中山王䁖鼎》）能得到这样的千古忠臣，实乃社稷之幸事、国家的福祚。"乌乎欣哉！社稷其庶乎？"

春秋时期的宴飨铭文，似西周时期虔敬的祭天、祭祖的情怀已经淡化，人的主体意识的觉醒使人开始更多地关注现实的人间世界，关注自我，如《黿公剑钟》："以乐其身，以宴大夫，以喜诸士，至于万年，分器是持。"这是人类社会发展史上的重大飞跃和进步，是觉醒了的人性开始关注自身。燕飨的对象不再是天子王臣，而是职位地位并不显赫的大夫、诸士，是世俗生活中亲密的朋友嘉宾。这里没有礼仪的具体程序，没有西周时人的面目表情紧张，庄严肃穆，而是开怀畅饮，燕飨赋诗，是喜庆的场面，热闹的歌舞乐声，是在欢乐祥和的场景中，尽享人世的欢乐，尽情体验世俗人生的欢乐情怀。如：

穆穆龢钟，用宴以喜，用乐嘉宾大夫及我倗友。（《郮子钟》）
以［敬］盟祀，以乐嘉宾倗友诸贤，兼以父兄庶士，以宴以喜。（《徐王子旃钟》）
以恤其祭祀盟祀，以乐大夫，以宴庶士。（《黿公华

钟》)

　　用宴以喜，用乐父兄诸士。(《子璋钟》)

　　用享以孝于佋皇祖文考，用宴用喜，用乐嘉宾及我倗友。(《齐鞄氏钟》·春秋晚期)

　　春秋时期的铭文，出现大量的燕乐场景，燕乐的对象发生了变化，享宴的主体不是天子王臣，不是遵循一定礼仪秩序的飨燕，而是自己、嘉宾、家里父兄、朋友诸士。最高的官员是大夫，是自作龢钟，钟声高扬，悠扬四方，宴会上觥筹交错，载歌载舞。此时，人们早已忘记森严的礼的等级，人们更多的沉浸在世俗的欢声笑语中，世俗人生的欢乐情怀是主体最深刻的体验。人们更注重个体的生存状态，个体的生命价值和人间享乐。

　　吉金文学在款款记事细密论理的过程中，字里行间流露出人物深挚的情感。君臣和睦、礼敬、亲爱之情，至尊君王殷殷辅臣之情，士大夫宴饮欢畅之情，在记言叙事中烘托出浓郁的情韵。吉金文学虽历史记事较多，但蕴情已成为其内涵的明显特征。

(四) 简洁明晰的塑形艺术

　　宋代学者吕大临在《考古图》序言中就认识到了吉金文献的文学共性："观其器，诵其言，形容仿佛，以追三代之遗风，如见其人矣。"①

　　吉金文学尽管体裁短小，但字琢句雕，言简意丰，在有限的篇幅中刻画了许多生动鲜明的人物形象，这些形象声情并

──────────

　　①　参见宋吕大临著《考古图》。

茂，如历目前。在上古文学中，甲骨卜辞中我们很难见到明晰的形象，而吉金文学中的形象塑造艺术，是最早的鲜明生动的有个性的形象刻画，也许可以看做上古塑形艺术的起源。

1. 铭文中的君王形象

(1)《毛公鼎》中的宣王形象

吉金文学以记言为主，在人物的语言里，仍然能感受到人物的音容笑貌。在《毛公鼎》铭文中，尽管作器者是毛公，然而通篇出现的却是宣王的训诫之词，透过这些诚挚肺腑的语言，我们可以看到一个励精图治、具有雄才大略的贤明之君的形象。

宣王循循善诱，首先陈述了周朝立国的原因，由于先祖有德，先前的文武百官，辅弼君王，勤勉于王命，所以皇天降命。也就是说，德治和勤勉是周朝的立国之本。紧接着陈述自己的处境，自己对国家前途命运的担忧，国运不祚，四方纷扰，动乱不定，感到惶恐忧患。在这样的国家秩序背景下，宣王对父厝委以重任。要父厝担当起国家的重任，治理国家的内政外交。治理政事要尽职尽责，不得苟且偷安，要忠于君王，要朝夕虔敬，要忠心不贰，不得藏奸。要尊重上天的意愿，要爱护臣民，不中饱私囊，不欺辱鳏寡，规正下属，不贪酒不懈怠，用先王的规范要求自己，不使君王陷入困境。通过宣王的训诫，我们看到一个圣主贤君的统治者的形象，一个生逢乱世，却极力想扭转乾坤，尽心治国的君主。历史上，由于宣王的勤奋治国，的确出现了短暂的宣王中兴的历史局面，而经过金文《毛公鼎》的确证，我们更加确信宣王是一位贤明之君。

(2)《大盂鼎》中的康王形象

在《大盂鼎》中的康王也是一位贤能之君，他训诫盂要有殷鉴意识，要虔敬天命，要敬和长德，要效法先祖，要朝夕勤于入谏，辅助君王，处理赏罚讼狱之事，要辅佐君王君临四方，协助先王的制度治理臣民，治理疆土。通过他的训诫之词，我们也可以看到历史上的康王是一个有政治头脑，并不昏庸的君王。

（3）中山三器中的中山王形象

在中山三器中，屡屡提及先祖先王，着力刻画中山王西的德行昭著（先王之德，弗可复得），慈爱百姓，忠敬爱民，体恤下民，减轻刑罚，王勇武英健，有将帅风度（于彼新野，其会如林）。在《中山王鼎》、《中山王壶》中，王䅩不断地进行历史反思与经验的总结，是位明哲智贤之君。

2. 吉金文学中的将领形象

吉金文学中塑造了一系列的将领形象，尽管这些形象比起后世文学作品中的形象还略显单一，但在上古时期的文学画苑中，这是最早的文学形象。

《虢季子白盘》中的虢季子白形象："丕显子白，将武于戎功，经维四方。搏伐猃狁，于洛之阳。折首五十，是以先行。趩趩子白，献馘于王。"英勇善战的子白，在战场上驰骋四方，英勇杀敌，征伐猃狁，获辉煌战功，维护正常的秩序，维护邦国的纲纪，这正是民族英雄的光辉形象。《不其簋》中的不其形象主要是通过虢季子白的叙述和赞美声中写出，"宕伐猃狁，多折首执讯"，说明不其出色的指挥才能，并且，连虢季子白这样杰出的将领都大加赞美："女休"（你真是一位好将领啊）！可见不其的军事才能。同时，还用了一个细节描写，写出了不其的足智多谋，机智勇敢：猃狁大兵追赶，不其诱敌深入，然后突然发起反攻，奋勇搏杀，最后大获全胜，得到君王的丰厚的赏赐，这是一个多么智勇双全的军事统帅！

《禹鼎》中的穆公与武公形象：历史上周朝征服东南夷用

兵，前后有两次：第一次，是周穆王十七年派将领率领军队征伐东南夷，最后平服徐州一带夷族而班师；第二次为周宣王初年，周宣王之父厉王无道，被人民驱逐流亡于彘，由周召二公主政，史称共和，在这期间，边区蛮夷多数叛国不听命令，所以宣王初继位即派兵征服四方。如《御批历代通鉴辑览》卷二所记载，命秦仲征西戎，遣尹吉甫伐猃狁，命方叔征荆蛮、召虎平淮夷，王亲伐徐戎。记述此次征伐有关的器物，有《兮甲盘》、《师寰簋》、《召伯虎簋》等。《师寰簋》中的师寰为周宣王时大将，有人认为师寰就是方叔。方叔之征蛮荆，《诗经·小雅·采芑》篇有云："蠢尔蛮荆，大邦为仇，方叔元老，克壮其犹。方叔率止，执讯获丑。戎车啴啴，啴啴焞焞，如霆如雷。显允方叔，征伐猃狁，蛮荆来威。"《召伯虎簋》中的召伯虎，即召穆公，历史记载是周厉王之臣。厉王无道，被百姓赶走，逃于彘，国家行政大权，由周定公召穆公共立太子靖辅国摄政，史称周召共和，共和执政凡14年，厉王死在彘，太子正式就王位，即周宣王。所以召伯虎是周宣王之重臣。《诗经·大雅·江汉》："经营四方，告成于王，四方既平，王国庶定，时靡有争，王心载宁。"宣王封赏召伯虎，如诗云："釐而圭瓒，秬鬯一卣，告于文人，赐山土田。于周受命，自召祖命。"所谓"赐山土田"，即封赏之邑地也。

3. 春秋铭文中小国国君——蔡侯形象

蔡侯，据《史记·管蔡世家》云："楚平王初立，欲亲诸侯，故复立陈、蔡侯。""乃求蔡景侯少子庐，立之，是为平侯。"蔡虽复国，但受制于楚，实际上是楚国的附庸国。铭文中的蔡侯就是蔡平侯，由《蔡侯盘》等铭文可知，蔡国原来"肇佐天子"，曾经服侍王室，"敬佩吴王"，蔡国对吴国也是持敬慎的态度。"吴为楚之敌国，为蔡东国，亦须敬对之。"

"佐佑楚王"又可看出蔡侯的附属地位。

蔡国处于楚国与吴国的地势与政治夹缝之中，艰难地生存。一面要敬事楚王，一面要嫁女于吴王。蔡侯的形象代表着春秋时期小国国君形象。在《蔡侯尊》、《蔡侯盘》、《蔡侯钟》、《蔡侯镈》之中，我们更能感受到一个小国国君蔡侯的卑微地位。其中尊与盘内容相同，钟与镈内容一致。

《蔡侯尊》：元年正月初吉辛亥，蔡侯申虔恭大命，上下陟祜，敫敬不惕，肇佐天子，用作大孟姬滕彝缶。禋享是台，祗盟尝宫，祐受无己，斋嘉整肃，抚文王母，穆穆亹亹，恩害诉旤，威仪游游，灵颂托商，康谐穆好，敬配吴王，不讳考寿，子孙蕃昌，永保用之，千岁无疆。

《蔡侯钟》：唯正五月，初吉孟庚。蔡侯曰：余唯末小子，余非敢宁望，有虔不易，佐佑楚王。窟窟为政，天命是逛，定均庶邦，休有成庆。既聪于心，延中厥德。均子大夫，建我邦国。为令祗祗，不愆不忒。自作歌钟，元鸣无期，子孙鼓之。

在以上诸铭中，蔡侯诚惶诚恐地表明自己的立场和臣服心态。他虔敬地接天命，地位卑微，从不敢荒废政事而求得安逸，他对楚王恭敬之心从未有改变，竭心尽力地辅佐楚王，为政不怠，遵奉天命，安定调均地相处，称美得到的盛福。明察于心，和顺为德。敬慎地施行政令，没有过失也没有差错。在如此谦恭的陈述中，蔡侯的弱小身份、拘谨的心态一览无遗。而更可悲的是为了生存，一面恭卑谨慎地伺候楚王，一面要将自己的长女配给吴王。蔡侯的长女大孟姬庄敬嘉善，端正严肃，遵循文王之母大人，举止尊严而又和善可亲，聪明善良，欢欣舒畅，尊贵的仪表非常之惬意，美好的容貌秀丽而明朗，康乐和好，相配吴王。铭文言辞工美流畅，然而在庄重典雅的文辞丽句中，我们却可以深切地感受到一个弱小侯国国主蔡侯可怜的处境，夹缝中艰辛生存的卑微形象。

4. 铭文中的臣相——司马赒

在战国时期代表性铭文中，塑造了一个中山国贤相司马赒的光辉形象，与燕国不仁不义的子之形成了鲜明的对比。据《战国策·中山》记载，司马赒曾"三相中山"。在《中山王西鼎》、《中山王西壶》、《蚉壶》中都有司马赒的事迹写照。在渐次深入的描画中，一个忠诚于社稷、竭忠尽智、能征善战、运筹帷幄、谦恭大义的臣子形象浮现于我们面前。在历史与现实、古与今的清晰的历史事实的评述中，既赞叹了忠肝义胆的令人可歌可泣的司马赒贤相的形象，又彰告历史传之千古中国社会奉为楷模的"忠义"的宝贵品质。司马赒又是刚直不阿、英勇杀敌的武将："今吾老赒亲率参军之众，以征不义之邦，奋桴振铎，开启封疆，方数百里，列城数十，克敌大邦。"（《中山王䲜鼎》）"惟司马赒断谓战怒，不能宁处，率师征燕，大启邦宇，（鱼部）方数百里，惟邦之干。"（《中山王䲜壶》）

司马赒，中山国的贤相，辅弼三代君王，却不骄功自大，仍然谦恭不已，竭智尽忠。不肆意妄为，严于律己。燕王为报答司马赒的功劳，对其若触犯法律的后世子孙要免除死罪，司马赒却拒绝了。

司马赒在三篇铭文中同时出现，塑造了一个"鞠躬尽瘁，死而后已"的千古贤相。他伸张正义，刚正不阿，疾恶如仇，竭忠尽智，有勇有谋，忠肝义胆的光辉形象垂照青史。

5. 春秋政臣群像——王子午、王孙遗、王孙诰

春秋铭文中刻画了一批政臣形象，如王子午、王孙遗、王孙诰等。作器者大多是王臣贵族，如《王孙遗者钟》的主人公是楚国的楚庄王之子公子追舒，曾任楚国令尹。《王子午鼎》中的王子午是楚共王时令尹子庚。《王孙诰钟》中的王孙诰亦是王室后裔。

据《左传》记载，子庚在楚共王时曾任司马，指挥过庸浦之战，大败吴师，俘虏了公子党。《左传·襄公十三年》：吴侵楚，养由基奔命。子庚以师继之。养叔曰："吴乘我丧，谓我不能师也，必易我而不戒。子为三覆以待我，我请诱之。"子庚从之，战于庸浦，大败吴师，获公子党，为楚国立下大功。次年，楚令尹子囊伐吴归来而卒，临终时遗言告诉子庚："必城郢！"后来子庚继任令尹，率申息之师驻守北疆，一向以稳健谨慎著称。铭文前半部是说明制作此鼎的目的用途，后大半部分其实是一首颂诗，歌颂令尹子庚的功绩，所描写的令尹子庚的形象，与史料记载的相符。

《王子午鼎》

正月吉日丁亥，王子午择其吉金，自作𩰬彝醻鼎，用享以孝我皇且文考，用祈眉寿，函靐趌屖，敀斯趑趑，敬乓盟祀，永受其福。余不畋不差，惠于政德，淑于威仪，阑阑兽兽，令尹子庚，殹民之所亟，万年无諆，子孙是利。

在《王孙遗者钟》、《王孙诰钟》等铭文中，也分别塑造了王孙遗、王孙诰等贵族王臣形象。这些贵族多夸耀自己的政绩，标树自己的政治形象。

《王孙遗者钟》

佳正月初吉丁亥，王孙遗者择其吉金，自做龢钟。中翰且扬，元鸣孔皇。用享台孝，于我皇且文考，用蕲眉寿。函嘼屖，敡龏趩趩，肃恝圣武，惠于政德，淑于威义，诲猷不飤。阑阑龢钟，用匽台喜，用乐嘉宾父兄，及我朋友。余恁佁心，延永余德。龢湎民人，余專匋于国。趩趩趡趡，万年无诅。某万孙子，永保鼓之。

《王孙诰钟》

正月吉日丁亥，王孙诰者择其吉选用美金，自作龢钟。中翰且扬，元鸣孔皇。有严穆穆，敬事楚王。余不畏不差，惠于政德，淑于威仪，恭舒迟。敡龏趩趩，肃恝圣武，闻于四国，恭厥盟誓，永受其福，武于戎功，诲猷不飤。阑阑龢钟，用匽台喜，以乐楚王、诸侯嘉宾，及我父兄、诸士，趩趩趡趡。万年无诅。永保鼓之。

在王子午、王孙遗、王孙诰他们自我评价的政治形象中，这些臣子大多夸耀自己杰出的政绩，良好的政德，夸耀自己天下为公的情怀，肯定自己忠于君王、忠于社稷的忠诚，肯定自己忠于职守、没有过失的功劳显赫的政绩，自己能够广施仁爱、谦和上下的政治品德，突出自己个人的聪明智慧、文韬武略，战场上的赫赫军功；自己对楚王的忠诚不贰，对国家的爱国之情。他们既有文韬武略，又有优雅从容的君子风度，是德智兼备、文武全才的政臣形象。可以看出，铭文所竭力表彰和凸显的是忠于社稷忠于人民的"忠臣"形象，这也正是传统儒学中对忠臣的最高赞誉。

（1）谦恭礼让，敬事楚王——礼的内在精神

西周时期，尊卑上下的等级秩序是礼最强调的，凡是违

逆尊卑秩序的会被认为是不守礼。所谓"王命诸侯，名位不同，礼亦异数，不以礼假人。"(《左传·庄公十八年》)"礼"规范了社会的等级秩序，诸侯、卿大夫、庶民有严格的等级区别，人类有了贵贱、尊卑、长幼、远近、男女、内外的差别。在现实生活中用复杂的礼仪象征人与人之间的等级差别，用具体严格的礼仪规则所蕴涵的象征意义实现人世的秩序化。

春秋时期，是"礼"的观念发生重大变化的历史时期。春秋时期，礼由西周时期的政治等级意义而逐渐被注入了道德伦理的内涵。文献记载中一方面仍然强调礼的政治核心地位，"礼，国之干也；敬，礼之舆也"，"夫礼，国之纪也；国无纪，不可以终"，"为国以礼"；另一方面不断赋予礼以伦理的内涵。"礼所以观忠信仁义也。"(《左传·昭公二十五年》)"礼，无毁人以自成。"(《左传·昭公十二年》)"忠信，礼之器也。卑让，礼之宗也。"(《左传·昭公二年》)"礼乐，德之则也。德义，礼之本也。"(《国语·周语下》)"孝，礼之始也。"(《左传·文公二年》)"让，礼之主也。"(《左传·襄公十三年》)"恕而行之，德之则也，礼之经也。"(《左传·隐公十一年》)"君子贵其身，是以有礼。""礼，身之干也。"(《左传·襄公十三年》)"礼，人之干也。"(《左传·昭公七年》)

敬、忠、信、让、恕等都与礼有了密切的关系。礼具有道德的意味。"礼是春秋时期道德的根本，贯穿于所有德行。"(《诸子百家兴起的前奏——春秋时期的思想文化》，黄开国、唐赤蓉著)礼作为一般的道德，忠、信、仁、义、卑、让都被包含在其中，礼与仪的分离，意味着人们认识到，礼有其内在的精神实质，其中以敬、让的精神属性为礼的本质。

"敬"是礼实行的根本和保障，内史过曰："敬，礼之舆也。不敬，则礼不行。"（《左传·僖公十一年》）孟献子曰："礼，身之干也；敬，身之基也。"（《左传·成公十三年》）曾子曰："晏子可谓知礼也已，恭敬之有焉。"（《礼记·檀弓下》）可见，敬是判断一个人是否懂礼的基本标准。王子午、王孙遗就标榜自己知礼守礼，谦恭礼让，严格遵守等级秩序，恪守职责，奉事楚王。

另外，不仅行为规范遵守礼法，而且要发自内心的恭敬，虔诚。《论语·阳货》载孔子云："礼云礼云，玉帛云乎哉？乐云乐云，钟鼓云乎哉？"礼的外在形式并不重要，重要的是内心的虔敬。不仅虔敬，而且要礼让。君子曰："让，礼之主也。"（《左传·襄公十三年》）晋叔向曰："忠信，礼之器也；卑让，礼之宗也。"（《左传·昭公二年》）王子午等人，可谓知礼守礼。《左传·僖公三十三年》："秦师过周北门，左右免胄而下，超乘者三百乘。"对秦师这种轻慢不敬的态度，王孙满预言："秦师轻而无礼，必败。""轻则寡谋，无礼则脱。入险而脱，又不能谋，能无败乎？"后来果然大败而还。春秋时期，礼不仅成为决定两军胜负的关键性因素，而且成为衡量士君子内在的最根本的价值尺度。

（2）"惠于政德"——仁的内在要求

所谓"惠"，就是惠爱，就是爱民，即仁的品格。政德，政令德业。"惠于政德"，即在政令德业方面广施惠爱。春秋时期，孔子发展了礼的内涵，将仁注入了礼的观念中，礼由外在的行为规范变为内在的自觉追求。孔子《论语·学而》对"仁"的解释是"仁者，爱人"，是一种超越血缘亲情的人与人互爱的普遍感情。"仁"是"礼"的内在的基础与内涵，《论语·颜渊》："克己复礼为仁。一日克己复礼，天下归仁焉。"

所谓"惠于政德"，是说自己不仅虔诚敬事楚王，更重要的是仁爱下民。春秋时代"仁"是衡量人的品行人格的重要标准，《左传·僖公八年》："宋公疾，太子兹父固请曰：'目夷长且仁，君其立之！'公命子鱼。子鱼辞曰：'能以国让，仁孰大焉？臣不及也，且又不顺。'遂走而退。"目夷不但年长，最关键的是他的仁德，一个人仁德到能谦让国家的地步，还有比这更仁德的吗？可见其爱人的境界。

（3）"海獭不飤"，"不愆不忒"——智的文化修养、勇的英雄气度

"海獭不飤"是说自己谋划极为稳当，是赞赏自己的聪明才智、远虑深谋。智能，是春秋时期君子的人格构建的重要组成部分之一，《论语·子罕》曰："君子道者三，我无能焉：仁者不忧，知者不惑，勇者不惧。""海獭不飤"是说自己肃敬、贤智、圣明、勇健，表达了同样的含义。

春秋时期，铭文中开始较多地出现了"贤"、"智"、"哲"、"圣"等名词，如：

> 《叔之仲子平钟》："铸其游钟，以乐其大酋圣智恭良。"
> 《王孙遗者钟》："余□恭□，畏忌□，肃悊圣武，惠于政德，淑于威义，海獭不飤。"
> 《徐王子旃钟》："以乐嘉宾倗友诸贤兼以父兄庶士，以宴以喜。"

《仪礼·乡射礼》："司射复位，释获者遂进取贤获，执以升自西阶，尽阶，不升堂，告于宾，若右胜，则曰右'贤'于左，若左胜，则曰左'贤'于右，以纯数告，若有奇者亦

曰奇。若左右均，则左右皆执一以告，曰左右均。"

　　这里对"贤"作了最好的注解，"贤"是指善射者，这是最早的意义。春秋时期，"贤"开始成为人类的智能评价的词语，"贤"包含了"贤明"、"贤智"、"智哲"等智性的含义。"贤的标准在孔子是道德情操，在墨子是智慧理性。"① 然而后人所评价的孔子弟子三千，贤者七十二人。恐怕"贤"不仅指道德意义，更包含智能含义。"贤"、"智"、"哲"这样智性的评价在春秋时期出现是有其深刻的时代社会背景的。从孔子开始便产生了古代中国哲人的"贤"者理论。

　　王国维指出："周人嫡庶之制，本为天子诸侯继统法而设，复以此制通之大夫以下，则不为君统而为宗统，于是宗法生焉。"② 在宗统制之下，社会上的统治阶级人物的标准是血族传统，而不是智愚或贤不肖，而春秋时期，周天子政权的下移，王官之学渐散为百家之学，国民百姓逐渐拥有受教育的权利，统治阶级逐渐开始尚贤。贤者，既包括人的品性、智慧，又包括人的知识、能力。

　　《论语·公冶长》中，孔子评价子产"有君子之道四焉：其行己也恭，其事上也敬，其养民也惠，其使民也义"。

　　"不畏不差"，"不愆不忒"——没有差错，没有失误。作为臣子，忠于君主、惠爱百姓的内涵还体现在处理政务的公正性上。"所谓'公'在《左传》、《国语》一类的礼学经典中都包含两层意义：一是以国君为代表的'公室'，二是以百姓为内涵的国家。从礼学的角度看，以'公室'为核心的观念

---

① 侯外庐：《中国古代社会史论》，河北教育出版社2000年版，第298页。
② 王国维：《王国维论学集》，云南出版集团公司、云南人民出版社2008年版，第5页。

直接反映了周礼的等级精神，而以'百姓'为核心的观念则是对维系社会安定从而维系礼制的思想的间接反映。"① 《国语·赵宣子论比与党》一篇记录了赵盾对韩厥执法无私的高度赞赏：宣子召（韩厥）而礼之，曰："吾闻事君者比而不党。夫周以义举，比也；举以其私，党也。夫军事无犯，犯而不隐，义也。吾言女于君，惧女不能也，举而不能，党执大焉！事君而党，吾何以从政？"忠于君主、忠于社稷基本一条就是要秉公执法，要公正办事，无偏无私。这种立朝为公的精神既是礼制体制下臣子遵守的法范，又是千年以来中国政治所倡导的执政理想。

（4）"淑于威仪"——从容自信的君子礼容

威仪，容止礼节。古代贵族要学习威仪。《周礼·地官·保氏》教国子（贵族子弟）以"六艺"（礼、乐、射、御、书、数），又教以"六仪"：一曰祭祀之容，二曰宾客之容，三曰朝廷之容，四曰丧纪之容，五曰军旅之容，六曰车马之容。仪也包括容，即一个人在行礼中的各种表情。"仪"也称为"容"，《史记·儒林传》记载："今独有士礼，高堂生能言之。而鲁徐生善为容。孝文帝时，徐生以容为礼官大夫。"② 可见，威仪是贵族阶级教育的一部分。春秋时期，礼与仪的分离，仪成为礼的一种象征。一个人采用什么样的礼仪形式，以及行礼时有着怎样的仪表容颜，往往可以成为判断其品德行为的根据，所以，礼仪也可以象其德。

威仪是君子重要的行为表现，孔子曰："君子无众寡，无小大，无敢慢，斯不亦泰而不骄乎？君子正其衣冠，尊其瞻

---

① 勾承益：《先秦礼学》，巴蜀书社 2002 年版，第 255 页。
② 司马迁：《史记》，中华书局 1959 年版，第 3126 页。

视，俨然人望而畏之，斯不亦威而不猛乎？"（《论语·尧曰》）子夏曰："君子有三变：望之俨然，即之也温，听其言也厉。"（《论语·子张》）周代宗法封建国家产生以后，国家制度渐趋完善，礼仪道德建设日渐完备，统治阶级阶层不同而有不同的礼制，天子、诸侯、大夫，都有与他们地位等级相当的衣、冠、车、服、饰物、饮食器用，这些都是威仪的表现。

由这条材料可以看出，所谓"威仪"也是"象"，既象其地位身份，也象其品德。根据"威仪"——即外在的礼仪形式，基本可以判断一个人在社会上的地位和等级。威仪不仅对普通个人，即使是天子，也同样重要，《礼云·经解》云："天子者，与天地参，故德配天地，兼利万物，与日月并明，明照四海而不遗微小。其在朝廷，则道仁圣礼义之序；燕处，则听雅颂之音；行步，则有环佩之声；升车，侧有鸾和之音。居处有礼，进退有度，百官得其宜，万事得其序。诗云：'淑人君子，其仪不忒。其仪不忒，正是四国。'"可见，天子的礼仪关系到国家安定，庶民幸福。那么，贵族的礼仪，观吉凶祸福，也是自然。《诗经》中有不少文字涉及贵族统治阶级的外在仪容，而且还对这种仪容表达了特别强调的倾向。例如："敬慎威仪"、"威仪抑抑"、"威仪卒迷"、"抑抑威仪"、"淑慎尔止，不愆于仪"、"令仪令色，小心翼翼"。《大雅·假乐》、《大雅·抑》、《大雅·民劳》、《小雅·青青者莪》等诗，记载周天子的威仪。《小雅·湛露》："恺悌君子，莫不令仪。"平易近人的君子，都有美好的威仪。"淑人君子，其仪不忒。其仪不忒，正是四国。"（《曹风·鸤鸠》）君子举止没有差错，四方诸国都会敬为楷模。

"春秋所强调的君子修养中，既有内在的道德风范，也有外在的威仪风采，所谓'古之为享食也，以观威仪，省祸福也'。钟鸣鼎食，宴饮之乐，显示着主人优越的地位，也显示着不同凡响的威仪。"①

春秋时期的政臣，他们效忠君王，勤于职守，仁惠爱民，他们有杰出的军事才能，又有从容自信的君子礼容，春秋吉金文学中所刻画的正是春秋时所推崇的谦谦君子形象。

四　庄重典雅的语言艺术

（一）凝练生动的语言艺术

人们习惯于将文学观念的成熟界定在魏晋时代，其实，在先秦时期，人们已经开始文饰语言，开始自觉地修饰语言，孔子云，"言之无文，行而不远"，主张"辞达而已矣"。《诗经》中的二雅，成熟于西周中晚期。西周时期，王室公文的撰写者为史官，今天通过文献我们可以看到史官的文化涵养和艺术水平。铭文语词典雅，用字凝练，字蕴句酌，含义精深，言简意赅，一字千金。

史官或书写者在进行写作时，受到青铜载体的限制，礼器上的写作，要讲求一定的书法艺术和语言艺术；另外，似乎也唯有这种庄重典雅的书写才能够表达对祖先的崇敬、对功业的颂扬、对周王赐命的敬意。

吉金文学是铸在青铜礼器上的文学书写，语言庄重凝练，形成古奥典雅的语言风范，形成西周雅言。

1. 形象生动，准确传神的语言艺术

清代袁枚谓："一切诗文，总须字立纸上，不可字卧纸

---

① 傅道彬：《诗可以观》，《文学评论》2004 年第 5 期，第 113 页。

上。人活则立，人死则卧：用笔亦然。"① 所谓"字立纸上，"就是准确传神、栩栩如生的意思。吉金文学用语凝练，言约意丰，形象传神。

《宗周钟》："南或及子敢陷虐我土"，此文"陷虐"即陷虐之意，此二字用得十分生动而准确，正是由于南国小子在沦陷区内对周室臣民像虎狼一样肆虐，才激起周王的震怒，下令"勿遗寿幼"。"陷虐"一词将南淮夷的凶狠残暴形神毕现。再如《师酉簋》："邑人虎臣"，是说国人有威武如虎之臣，《诗经·鲁风·泮水》："矫矫虎臣"，矫矫然有威武如虎之臣。一个"虎"字就将臣子的威武勇猛神态写出。如《不娶毁》："羞追于西"，"羞"，铭文与甲骨文同，象以手持羊之形。《说文》："羞，进献也。从羊，所以进也；从丑，丑亦声"②，"羞"的本义为祭祀时进献牺牲，引申为进取之称。《广雅》直云："羞，进也。"在这里指军队奋勇杀敌的意思。

西周晚期著名青铜器《虢季子白盘》铭文云："丕显子白，将武于戎功，经维四方，搏伐猃狁，于洛之阳。"

"经维"，经，织物的纵线；维，结物的大绳。经维连用，与经籍中"经纬"、"经营"等词意近，有治理规划之意，古人常以"经维"比喻治理。《诗经·小雅·六月》云："猃狁孔炽，我是用急，王于出征，以匡王国。"所谓"以匡王国"义同于铭文中的"经纬四方"，可知"经维"亦可以解释为"匡济"。"武于戎功"句的"武"、"搏"字写出了子白在战

① 袁枚：《随园诗话补遗》卷五，人民文学出版社1960年版，第683页。
② 许慎撰，段玉裁注：《说文解字注》，上海古籍出版社1988年版，第745页。

场上作战的英勇神态。

《班毁》："三年静东或，亡不畏天威，否奥屯陟。公告厥事于上：'为民亡徝才彝斈（昧）天令，故亡。允才（哉）！显惟敬德，亡攸违。'"毛公把平定东域之事报告周王，并说："东国的野民真笨拙呀！长期昧于天命，所以灭亡。确实呀！要想功业显赫，只有虔敬修明德政，勿违天命。"这段话是毛公在向周王汇报敌人在战争中所以失败的教训，并且对其进行经验总结，并从反面委婉地告诫周王应该修德政，遵天命。作者将这两句话铸在铭文上，一个精明且言语得体的毛公形象就浮出水面。吉金文学讲究炼字，如《不娶毁》中，虢季子白赞美不娶，仗打得好，"弗以我车函于艱"，是一种委婉含蓄的说法，借"车函于艱"来说没有使我军溃败。

《多友鼎》："搏于郗……或搏于龚……追搏于世……乃辄追于杨冢。"几处地方进行的激烈战斗，文中仅一个"搏"字来描写，可见战争的激烈程度。

2. 人物语言的咄咄气势

由于记言铭文多为训诰铭文，一般说是上级对下级的训斥，所以铭文大多为命令式，气势夺人，咄咄逼人，如《大盂鼎》、《毛公鼎》、《大克鼎》等。《毛公鼎》铭中周王的诰语如百川决海，一泻千里，酣畅淋漓。其中，各个训诰内容逻辑层次衔接紧密，每一段话，周王都晓之以理，动之以情，陈说利害，谆谆教导，恩威并重，鞭辟入里。一个心系社稷、爱民如子、励精图治的贤君明主形象跃然纸上。

《大盂鼎》铭文中，康王对盂的训诰，语气强硬，气势咄咄逼人，"女勿余乃辟一人"、"今余隹令女盂，召荣敬雝德巠，敏朝夕入谏，亯奔走，畏天畏"。王曰："廿！令女盂井乃嗣且南公。"王曰："盂，谏召夹死嗣戎，敏越罚讼，夙夕召我一人烝四方，霁我其遹省先王受民受疆土……"先后用了一连串的命令句式，口气斩钉截铁，毫无回旋余地。再如：《毛公鼎》中，接连用了四个"王曰：父厝"，形成强有力的排比句式，更衬托出君王至高无上的尊严，以及发号施令的不可动摇性。人物的语言字里行间气势逼人，命令斩钉截铁。

铭文语言气势充沛，有的铭文并没有写王曰，或人物曰等句式，但字里行间仍然可以感受得到写作者的口气和声音。如《默钟》：

> 王肇遹省文武勤疆土。南或（国）及子敢陷虐我土。王敦伐其至，戬（扑）伐厥都。及子延遣间来逆邵王，南夷东夷具见，廿又六邦。惟皇上帝百神，保余小子，朕默有成亡竞。我惟司配皇天，王对作宗周宝钟。仓仓恩恩，熊熊雍雍，用邵各不显祖考先王。先王其严在上，戫戫彙彙，降余多福，福余顺孙，参寿惟琍，默其万年，畯保四国。

3. 人物语言的个性化

吉金文学中人物的语言具有极强的个性化特征，通过个性化的语言，展示人物形象。如《训匜》：

> 惟三月既死霸，甲申，王在荥上宫。伯扬父廼成赘曰："牧牛！叔乃可湛，女敢以乃师讼，女上郯先誓。今女亦既又御誓，薄格啬睦训，宇亦兹五夫，亦既御乃誓，女亦既从辞从誓。弋可，我义便（鞭）女千、懞𪑩女。今女赦女义便女千、懞𪑩女。今大赦女，便女五百、罚女三百乎。"

伯扬父廼或事牧牛誓曰:"自今余敢嫛乃小大事?""乃师或
以女告,则致乃便千、懻黜。"牧牛则誓。乃以告吏坭,吏
智于会。牧牛辞誓成,罚金。训用作旅盉。

此篇吉金文学的后半部分对话尤其传神,意思为:按照你
所犯的罪,应该抽你一千鞭,处你墨刑;现在我宽恕你一些,
鞭刑照旧,墨刑改为黜退,我现在干脆大大地宽恕你,只鞭打
五百下,罚铜三百寽。

这篇铭文记述牧牛和他的上司打官司,牧牛先违背了誓
言,于是法官连吓带哄地对牧牛宣布他的判决,通过这段富于
个性色彩的话,一个精明狡猾的讲究审判技巧的法官形象呈现
目前。

(二) 含蓄委婉,辞约义丰的修辞艺术

一般意义上认为,中国的文学语言修辞艺术肇始于先秦诸
子散文,然而修辞思想却可以上溯到甲骨文金文时期,在这一
时期,尽管人们还没有自觉的文学观念,先民还没有独立的文
学意识去创作文学产品,然而从大量出土的甲骨文金文文献
中,我们仍然可以看到在记录先民占卜、祭祀等大量的文献
中,古代史官的深厚的文化修养,这些文献的创作有着较强的
实用目的,但我们发现他们运用语言的能力已达到极高的水
平。在金文中,修辞现象已经不是个别现象,而是存在于整个
金文文献中。古代先民对语言的重视已非我们今天所想象,他
们的语言艺术成就为后世提供了宝贵资源。

大量的修辞手法的运用,使并非出于文学创作目的的金
文,显现出较强的文学特色,或者我们有理由说,这就是人类
早期的文学。后世的修辞手法,我们在金文中基本都能找到,

如比喻、押韵、排比、描写、对偶、炼字等。

1. 比喻

吉金文学中，比喻辞格的运用，使吉金文学显示出浓郁的文学色彩。

"王对作宗周宝钟，仓仓恩恩，戠戠雍雍，用邵各丕显且考先王，先王其严在上，敱敱橐橐，降余多福。"（《默钟》）其中，"仓仓恩恩，戠戠雍雍"是形容钟声的浑厚沉宏，"敱敱橐橐"是形容气势昌盛。"南国小子陷虐我土"（《默钟》），"陷虐"是说南蛮像狼一样凶狠地侵犯我国土。

《虢季子白盘》："经维四方"，其中"经维"属于运用比喻；"经维"本义是"网之大绳"，句中把它比喻为"经营治理"之意。"经维四方"即规划治理四方。

"牧牛，豐乃可湛！"湛，读为甚。湛，指水极为深厚，这里指牧牛的行为过分，也用水过深的湛来比喻牧牛行为的过头，竟敢与自己的上司争讼，并背叛自己先前的誓言。

战国铭文文辞简约，善用比喻，为了更形象地说明事物的道理，如战国时期的一件带钩，铭文说："物可折中，册复毋反。"（以钩可系带，比喻折中之德。）又说："无怍无悔，不汲于利。"（以钩取之义，诫人不可贪利。）又云："宜曲则曲，宜直则直。"（以钩取之义，诫人不可一味曲阿逢迎。）

或者运用比喻，对事物的场面作出描绘，"于彼新野，其会如林"（《䢆螚壶》），在新野之地，会盟的人多得像丛林一样。

2. 描写

吉金文学善于运用不同的手法进行描写。

形象描写，在《虢季子白盘》中，"丕显子白，将武于戎功，经维四方"，文中"丕显"是描写子白的勇武形象。

　　心理描写，在《毛公鼎》中，毛公云，"余小子圉湛于
囏，永巩先王"。中的"囏"字，本指前行而后顾的样子，在
这里是形容宣王欲有所作为而又顾虑、担心的心理。"永巩先
王"，是在先王面前感到惶恐。

　　语言描写，如在《禹鼎》铭文中，王乃命西六师、殷八
师曰："敢伐鄂侯驭方，勿遗寿幼。"

　　动作描写，如《默钟》："南国小子陷虐我土，王敦伐其
至，戮伐厥都。"

　　形态描写，如《逨盘》："趞趞。""趞趞"，表示威武的样
子。《虢季子白盘》："趞趞子白"；《秦公簋》："刺刺趞趞"，
"趞趞"通"桓桓"。《尚书·牧誓》："勖哉夫子！尚桓桓，如
虎如貔，如熊如罴。"《尔雅·释训》："桓桓，威也。"《诗
经·鲁颂·泮水》："桓桓于征"，《传》："桓桓，威武貌。"

　　3. 用不同的叙事手法刻画人物

　　同样是叙写战争，《多友鼎》、《禹鼎》、《不嬰簋》的叙事
方式是不同的。《多友鼎》是逐次叙述一场场战役，如搏于
郗……或搏于龏……追搏于世……乃辗追于杨冢，将战争的胜
利与将领的能征善战，具体体现在一次次战争的成果之中；而
《禹鼎》是用了衬托的方式，先写战争的失败，再写禹率军的
成功，将禹的卓越的军事才能通过对比体现出来；而《不嬰
簋》中，不嬰的高超的指挥才能是在虢季子白的盛赞中，虢季
子白自身是西周宣王朝名将（如《虢季子白盘》），从他的视
角去夸耀不嬰，更凸显了"不嬰"的英勇善战、顽强勇敢。
《虢季子白盘》是通过直接描写写出虢季子白名将形象。可
见，同样题材的铭文，同样是写将领的军事才能，同样写他们
的骁勇善战，不同的盘铭却有不同的叙事艺术。这就可以看出
西周史官成熟的文学笔法。

4. 排比

"锡女田于埜，锡女田于渖，锡女井家口田于曾，以厥臣妾，锡女田于康，锡女田于医，锡女田于陆原，锡女田于寒山，锡女史小臣、雷管鼓钟，锡女井微人口路，锡女井人奔于景。"（《大克鼎》）

"厌于皇天，顼于上下，得屯亡敝，易厘无疆。"（《大克鼎》）

"王赐乘马，是用佐王。赐用弓，彤矢其央。赐用钺，用征蛮方。"（《虢季子白盘》）

"今女亦既又御誓，亦既御乃誓，女亦既从辞从誓。"（《训匜》）判词从这句开始，连续用了三个"亦既"，庄重地表达了法官对案犯牧牛宣判时的威严。

"故辞礼敬，则贤人至；博爱深，则贤人亲；作敛中，则庶民俯。"（《中山王䚉壶》）

"尔毋大而肆，毋富而骄，毋众而嚣，邻邦难亲，仇人在旁。"（《中山王䚉鼎》）

"以内绝邵公之业，乏其先王之祭祀；外之则将使上勤于天子之庙，而退与诸侯齿长于运同。"（《中山王䚉壶》）

"则上逆于天，下不顺于人也。"（《中山王䚉壶》）

5. 敬谦词语的运用

敬谦词语的运用，其本身就是一种修辞手段。敬语的运用，一个突出的修辞功能，就是含蓄委婉。而含蓄委婉，就潜藏着礼敬色彩。谦语的运用，它的作用，就是礼敬对方。"佳上帝百神保余小子"（《宗周钟》）中的"小子"是指小辈，是指周王自谦之辞。"余唯末小子"（《蔡候钟》）中的"小子"是谦辞，犹言小辈。"白父"是对"子白"的敬称，属于敬谦辞格的运用。

6. 衬托

《班毁》王令吴伯曰："以乃师左比毛父"，"以乃师右比毛父"。从作者的意图看，是借周王一连串的命辞来反衬出自家主人的重臣地位和赫赫声威。

在《史墙盘》铭文中，作者称颂了周代历代君王，历数了他们的文治武功，同时表明自己先祖的功勋业绩，列写先王的目的是为了衬托自己家族的前辈对周王朝的卓越贡献。

7. 叠音叠韵字

《宗周钟》中的"宗周"即为叠音联绵词，叠字连用的技巧，如"穆穆鯀钟，用匽台喜"、"闌闌鯀钟，用匽台喜"、"闌闌兽兽"、"兟兟趄趄，万年无諆"增强了宴享欢乐的气氛和感受。《虢季子白盘》："趄趄"，是运用叠字修辞来表示威武的样子。

8. 炼字

"王肇通省文武堇疆土"（《宗周钟》）其中的"肇"、"堇"均为炼字。"肇"表示谨慎的意思，而"堇"表示勤勉、努力的意思。"将武于戎功，经维四方。博伐猃狁，王孔加子白义。"（《虢季子白盘》）"武"、"博"、"孔"、"宝"属于炼字。"敦伐其至，（扑）伐厥都"，其中"敦"、"扑"都属于炼字。

9. 用典

用典作为一种修辞手法，主要包括两个方面：一是化用历史故事，一是化用历史文献中的句子。

"与其溺于人也，宁溺于渊。"（《中山王譽鼎》）化用了《大戴礼记·武王践阼》中的句子："盥盘之铭曰：与其溺于人也，宁溺于渊。溺于渊，犹可游也；溺于人，不可救也。"

"穆穆济济"（《中山王譽壶》）化用了《礼记·曲礼下》："天子穆穆，大夫济济"这样的句子。

"于彼新土，其会如林"（《舒蛮壶》）化用了《诗经·大雅·大明》："殷商之旅，其会如林"这样的句子。

10. 对偶

惟逆生祸，惟顺生福。

惟德附民，惟义可张。

11. 灵活多样的句式

铭文在具体的写作过程中，特别注重用句式的变换来表达不同的感情。在《班毁》铭文中，周王已明令毛公率众出征，连左右偏师及其将领均已指定，只待一声号令，大军即将出征：

《班毁》

佳八月初吉、才宗周。甲戌。王令毛伯更虢䢔公服。卥王立，乍四方亟。秉緐蜀巣，令易铃鞑。咸，王令毛公。以邦冢君土驭人伐东或痟戎。咸。王令吴伯曰，以乃䏤左比毛父。王令吕伯曰，以乃䏤右比毛父。趩令曰，以乃族从父征，徝䢔。卫父身。三年静东或，亡不成。哟天畏，否矢屯陟，公告乓事于上。（曰）唯民亡。徝哉，彛悉天令，故亡。允哉，显唯敬德，亡逌违，班拜䭫首曰，乌虖，不杯皇公，受京室懿釐，毓文王王咎圣孙，隔于大服，广成乓工，文王孙亡弗褱井，亡克竞乓剌，班非敢觅，唯乍邵考。爽盆曰大政。子孙多世其永宝。

从开头到结束，写周王的命令用"王令"、或用"令"、或用"遣令曰"、或用"令曰"，措辞随文而异，错落有致，是重复而不显得重复，可见作者立意的巧妙。文章结构谨严，措辞富于变化。

《兮甲盘》："淮夷旧我員晦人，毋敢不出其員其责。其进人、其贾，毋敢不即師即市。敢不用令，则即井扑伐。其惟我者侯百生，厥贾毋不即市，毋敢或入蛮宄，则亦井。"这一段文字，"毋敢……敢不……不即……毋敢……"通过灵活多样的句式，通过周朝王者的语气，将南淮夷臣属周王、必须朝贡的地位和处境写了出来。

第四章

吉金韵语与周代的诗体文化

　　锡德尼在《为诗辩护》中写道："诗是一切人类学问中的最古老、最原始的；因为从它那里，别的学问曾经获得它们的开端。"[①] 意大利的学者维柯在他的伟大著作《新科学》一书中，把诗看做上古文化的灵魂，他将古人的智慧称之为"诗性的智慧"，在他看来古人是以诗性的目光来打量和认识这个世界的。在他们眼中，世界是诗性的，他们以丰富的想象力，诗性的文字来表达他们对诗意盎然的世界的理解。然而，在人类的懵懂时期，早期的歌唱往往是韵文的形式。顾炎武先生指出，"五经中多有用韵"，"古人之文，化工也，自然而合于音，则虽无韵之文，而往往有韵"[②]。王昆吾在《中国韵文的传播方式及其体制变迁》中也论述到："文学的起源可以归结为韵文的起源。最早而具有审美意义的语言活动是歌唱，韵文便是歌唱的产物……最早的文学工作者，是用韵文记诵历史的巫师或瞽矇。"[③] 朱光潜先生在《诗论》中亦云，"诗歌的起

---

　　① 锡德尼：《为诗辩护》，人民文学出版社1998年版，第37页。
　　② 顾炎武：《日知录·卷二十一·五经中多有用韵》，甘肃民族出版社1997年版，第910页。
　　③ 王昆吾：《中国韵文的传播方式及其体制变迁》，《中国社会科学》1996年1期。

源不但在散文之先，还远在有文字之先"，"人类在发明文字之前已经开始唱歌跳舞，已有一部分韵语文学活在口头上"，"诗早于散文，现在人用散文写的，古人多用诗写"①，"中国最古的书大半都掺杂韵文，《书经》、《易经》、《老子》、《庄子》都是著例"②。由此可知，韵文是世界上最古老的歌唱，它是先民诗情的自然表达。文化的起源是以韵文的形式开篇的，中国早期文字记载都具有浓厚的诗性色彩。如人类最早的甲骨文字，仍然可以使我们清晰地感受到祖先在求事问卜时，是用工整的韵律和整齐的文体形式来表达他们心中的疑问。如：

> 壬旦至食日不雨？壬旦至食日其雨？食日至中日不雨？食日至中日其雨？中日至郭兮不雨？中日至郭兮其雨？（《小屯南地甲骨》第 624 片）
>
> 东方曰析风曰协，南方曰因风曰凯，西方曰介风曰彝，北方曰宛风曰役。（《甲骨文合集》14294 片）

整齐排比的句式，抑扬顿挫的旋律，流畅清晰的表述，押韵的和谐，可见古人天然的音韵美感，原始诗歌的韵律尽管不如后代诗歌的韵律精工，但它确实表明早期人类表达思想时不自觉的诗性思维方式。"原始民族用以咏叹他们的悲伤和喜悦的歌谣，通常也不过是用节奏的规律和重复等最简单的审美的形式作这种简单的表现而已。"③ 我们的祖先无论是对自然

---

① 朱光潜：《诗论》，三联书店 1984 年版，第 111、114、189 页。
② 同上书，第 218 页。
③ 格罗塞：《艺术的起源》，商务印书馆 1984 年版，第 176 页。

的求事问卜，还是表达人类的哲学智慧和历史事件，都不自觉地借助了韵文的形式。

上古时期表述哲学思想的《易经》中亦有大量韵语的生动歌唱，如《震》卦辞"震来虩虩，笑言哑哑。震惊百里，不丧匕鬯"[①]。意思是当大的震动来临时，若事前有准备，心里无私念，即使震动令人恐惧（震来虩虩），也还能谈笑自若（笑言哑哑），即使震惊百里那样的大震，手中的祭祀的酒匙也不会掉落（"震惊百里，不丧匕鬯"），会镇定而从容。卦辞本身就是一首很好的四言诗，不仅形神兼备，而且栩栩如生。同时记载上古历史的《尚书》中亦有大量的韵语，作于西周的《尚书·洪范》篇较为明显，如"无偏无陂，遵王之义。无有好作，遵王之道。无有作恶，遵王之路。无偏无党，王道荡荡。无党无偏，王道平平。无反无侧，王道正直"。四言成句，韵律整齐，读来朗朗上口。

闻一多先生在《中国上古文学史讲稿》中谈到："诗之产生本在有文字以前，当时专凭记忆以口耳相传，诗之有韵及整齐的句法，不都是为着便于记诵吗……无文字时专凭记忆，文字产生以后，则用文字记载以代记忆，故记忆之记又孳乳为记载之记。记忆谓之志，记载亦谓之志……一切记载皆谓之志，而韵文产生又必早于散文，那么最初的志（记载）就没有不是诗（韵语）的了。"[②] "我们不能不承认原始民族的抒情诗含有许多叙事的元素，他们的叙事诗也时常带有抒情或戏曲的性质。"[③] 这些论点非常符合古人的创作实践，中国青铜时代

---

① 高亨：《周易大传今注》，齐鲁书社1988年版，第317页。
② 《闻一多全集》第1卷，三联书店1982年版，第185—186页。
③ 格罗塞：《艺术的起源》，商务印书馆1984年版，第175页。

的吉金文学以韵文的形式记载历史，非常鲜明地体现古人以韵语歌唱的这一特点。

一　吉金韵文的成熟

这里所说的'韵文'是指诗、词、曲、赋、民间歌谣和一切押韵的文字。而"韵语"则是指夹杂于散文中零散的有韵的语句。

殷商时期的吉金文学数量寥寥，周代吉金文学韵语蔚为大观，对此成因古人作出解释，《左传·襄公二十五年》曰"言之无文，行之不远"。"此何也？古人以简策传事者少，以口舌传事者多，以目治事者少，以口耳治事者多。故同为一言，转相告语，必有愆误，是必寡其辞，协其音，以文其言，使人易于记诵，无能增改；且无方言俗语，杂于其间，始能达意，始能行远。此孔子于《易》所以著文言之篇也。古人歌、诗、箴、铭、谚语，凡有韵之文，皆此道也。"① 然而钱基博先生认为，"惟声律之用，本于性初，发之天籁。故古人云文，化工也，多自然而合于音，则虽天籁之文而往往有韵，苟其不然，则虽有韵之文而时亦不用韵，终不以韵而害意也"②。

鉴此认为，吉金文学中的韵语，一方面是人的天然的审美需要，人的内在的天然的乐感，是人的内在心理节奏与外在的语言节奏相契合的产物；另一方面是人们在逐渐用韵的过程中

---

① 阮元：《揅经室集·揅经室三集》卷二，中华书局1993年版，第605页。

② 钱基博：《现代中国文学史》，上海书店出版社2004年版，第12页。

积累了大量的审美经验，逐渐地自觉地注重对语言形式美的追求，开始有意识地"文饰"语言。吉金文学中用韵的逐渐规律化的过程，是吉金韵语逐渐走向成熟的历史过程，使以记述历史为主的吉金文学，有了诗的外衣。

为了考察吉金韵文的发展轨迹，我们选择了西周早期、中期和晚期的有代表性的韵文数篇，以及春秋时期的吉金文学20篇。通过考察，可以知晓吉金韵文的成熟是在春秋时期，西周时期吉金文学整体上呈现出由杂言韵语向四言韵语发展的态势。

西周早期的吉金文学，就有很多作品以韵文的形式存在，如有代表性的《利毁》、《大丰毁》、《小臣谜毁》、《班毁》、《矵尊》等。这些韵文句式长短不一，大都句尾押韵，用韵并不规则。还有一类散文中杂有四字韵语，如《大盂鼎》、《不寿簋》等。早期的韵语是典型的散体韵。西周中期，出现了《史墙盘》这样四言韵语较为成熟的作品，虽然单篇卓立，但影响了其后吉金文学的发展，预示了吉金文学其后的文学走向。西周中晚期，吉金文学韵律的成熟，出现了个别的句式相对规整的四言体诗，如《虢季子白盘》。春秋时期，吉金文学几乎以四言句式为主，基本篇篇押韵，押韵整齐，讲求韵律，标志着吉金文学由早期的韵语完成了向"诗体"韵文的转变。同时，春秋时期吉金诗文的成熟，也标志着人类由早期的原始艺术向古典艺术的转变。

（一）西周时期由杂句韵语向四言韵语的发展

西周早期的吉金文学，我们选取武王、成王时期的《利毁》、《天亡毁》、《小臣谜毁》、《矢令毁》、《班毁》、《矵尊》等篇韵文，这些韵文用韵成熟，押韵都非常频繁而熟练。句式

三、五言不等，如：

《利毁》

珷征商。佳甲子朝岁鼎。克。馘㪍又商。辛未，王才寓𠁩。易又事利金，用乍䝙公宝障彝。

《天亡毁》

乙亥王又大丰，王凡三方。王祀㪉天室降天亡尤王。衣祀㪉王不显考文王，事喜上帝。文王监在上。不显王乍相。不龢王乍唐，不克三衣王祀。丁丑，王卿大圆，王降，亡助爵复觵，佳朕又庆，每扬王休㪉障皀。

《小臣谜毁》

叡、东夷大反，伯懋父以殷八师征东夷。唯十又一月，遣自𤔲𠁩。述东降，伐海眉。雪耒复归。才牧𠁩。伯懋父承王命易师達征自五齵贝。小臣谜篾厤，眔易贝。用乍宝尊彝。

《矢令毁》

佳王于伐楚伯在炎。佳九月既死霸丁丑，作册矢令障图于王姜。姜赏令贝十朋，臣十家，鬲百人。公尹白丁父兄于戍，戍冀嗣乞。令敢扬皇王宝。丁公文报，用顄后人亯，佳丁公报，令用弃辰于皇王，令敢长皇王宝。用作丁公宝毁。用障史于皇宗，用卿王逆造。用餃寮人，妇子后人永保。

《班毁》

佳八月初吉、才宗周。甲戌。王令毛伯更虢𫝀公服。𫟒王立，乍四方亚。秉緐蜀巢，令易铃轊。咸，王令毛公。以邦冢君土驭人伐东或㾓戎。咸。王令吴伯曰，以乃𠁩左比毛父。王令吕伯曰，以乃𠁩右比毛父。趙令曰，以

乃族从父征，徒戡△。卫父身△。三年静东或，亡不成
△。𦥑天畏△，否矢屯陟△，公告氒事于上△。（曰）唯
民亡△。□徒哉，彝悉天令，故亡△。允哉，显唯敬德，
亡遒违△，班拜𩒻首曰，乌虖，不坏皇公，受京室懿釐
△，毓文王𡖷圣孙，隔于大服△，广成氒工，文王孙亡弗
褱井，亡克兢氒剌△，班非敢觅，唯乍邵考。爽盆曰大
政。子孙多世其永宝。

《𤞷尊》

隹王初鄢宅于成周。复□珷王丰禋自天，才四月丙
戌，王𡙕宗小子于京室，曰，昔才尔考公氏克逨文王，肆
玟王受兹大令。隹珷王既克大邑商。则廷告于天。曰余其
宅兹△，中或自之舖民。乌乎，尔有唯小子亡哉△。眂于
公氏有劳于天副令。苟𪉗𢦏△。叀王𡙕德谷天。顺我不每
△。之部王咸𦖮𤞷易贝号卅朋，用乍□公宝尊彝。隹王五
祀△。

　　据陈梦家《西周铜器断代研究》及吉金文学所记述的内
容，《利毁》、《天王毁》属于武王时器，《小臣𧫿毁》、《𤞷
尊》和《矢令毁》、《班毁》属于成王时器。[1]我们发现，这
些西周早期的器铭押韵普遍，韵律铿锵，朗朗上口。《利
毁》、《天王毁》、《小臣𧫿毁》几乎句句押韵，《矢令毁》后半
部分几乎句句用韵，而《班毁》与《𤞷尊》韵律复杂，形成
一文多韵。西周早期这些有韵的散文，押韵成熟，韵律多
样，句式也呈现出长短不一的特色，是西周早期韵律优美的
散文作品。

———————————

　　①　陈梦家：《西周铜器断代》，中华书局 2004 年版，目录。

　　吉金文学的韵文句式至康王时开始发生变化，在散语为主的文体中开始出现了零星的、较为规整的四字韵语。如康王二十三年《大盂鼎》铭文：

　　　　隹九月，王在宗周，令盂。王若曰："盂，丕显文王受天有大令，在武王嗣文乍邦，辟厥匿，匍有四方，畯正厥民。在雩御事，酉无敢酖，有崇蒸祀，无敢酖，古天异临子，保先王，匍有四方。我闻殷述（坠）令，惟殷边侯、田，雩殷正百辟，率肆于酉，古丧师。已！女妹辰又大服，余隹即朕小学。女勿尅余乃辟一人，今我隹即井禀于文王正德，若文王令二三正。今余隹令女盂，召荣敬雝德巠，敏朝夕入谏，宦奔走，畏天畏。"王曰："丿！令女盂井乃嗣且南公。"王曰："盂，廼召夹死嗣戎，敏趚罚讼，夙夕召我一人烝四方，雩我其遹省先王受民受疆土。易女鬯一卣，衣、市、舄、车、马。易乃且南公旂，用狩。易女邦嗣四伯，人鬲自驭至于庶人六百又五十又九夫；赐夷嗣王臣十又三伯，人鬲千又五十夫，□□迁自厥土。"王曰："盂，若敬乃正，勿废朕令。"盂用对王休，用乍祖南公宝鼎。惟王二又三祀。

　　这段铭文，虽仍以散语为主体，但其中出现了明显的韵句，如"嗣文乍邦，辟厥匿，匍有四方"（邦属东部，方属阳部，东阳合韵）、"保先王，匍有四方"（阳部）、"夹死嗣戎，敏趚罚讼"（戎属冬部，讼属东部，冬东合韵）、"若敬乃正，勿废朕令"（耕部）这种韵散相间的语体，在同时代的其他铭文，如《不寿簋》（昭王）亦有反映。而到了共王时的《史墙盘》，铭文韵语零星出现的情况发生了很大的变化：

曰古文王，初整和于政，上帝降懿德大甹，匍有上下，迨受万邦。髟围武王，通征四方，达殷畯民，永丕巩狄，虘髟伐夷废。宪圣成王，左右绶毇刚鲧，用肇彻周邦。㝬哲康王，兮尹意疆。宎鲁邵王，广敝楚荆，惟窎南行。祇覣穆王，井帅宇诲。醴宁天子，天子圙屖文武长烈，天子眉无匄，襄邶上下，亟狱桓慕，昊昭亡旲。上帝司夏尤保，授天子绾令，厚福丰年，方纞亡不钒见。青幽高祖，在微霝处，雩武王既匌殷，微史烈祖疨来见武王，武王则令周公舍圙于周俾处，屌重乙祖，逊匹厥辟，远猷腹心，子扅愬明。亚祖祖辛。褱彔子孙，繁猎多孷，齐角冀光，义其祀。害犀文考乙公，遽越髦屯，无谏农啬，戉历惟辟。孝友史墙，夙夜不坠，其日蔑历，墙弗敢取，对扬天子，丕显休令，用作宝障彝。烈祖文考弋宝，授墙尔麟福，怀猎录，黄耇，弥生，龕事厥辟，其万年永宝用。

整理后为：

曰古文王，初整和于政，上帝降懿德大甹，
匍有上下，迨受万邦。
髟围武王，通征四方，
达殷畯民，永丕巩狄，虘髟伐夷废。
宪圣成王，左右绶毇刚鲧，用肇彻周邦。
㝬哲康王，兮尹意疆。
宎鲁邵王，广敝楚荆，惟窎南行。
祇覣穆王，井帅宇诲。
醴宁天子，天子圙屖文武长烈，

天子眉无匃，戁邲上下，

亟獄桓慕，昊昭亡奊。

上帝司夏尢保，授天了绾令，厚福丰年，方巒亡不敡见。

青幽高祖，在微霝处。

䢉武五既匃殷，微史烈祖廼来见武王，

武王则令周公舍圖于周俾处。

肃真乙祖，遆匹厥辟，

远猷腹心，子飈悉明。

亚祖祖辛。毓毓子孙，

繁猎多牭，齐角龏光，义其祀。

害屖文考乙公，遽越辪屯，

无諫农𡱂，戉历惟辟。

孝友史墙，夙夜不坠，

其日蔑历，墙弗敢取，

对扬天子，丕显休令，

用作宝障彝。

烈祖文考弋宷，

授墙尔龢福，怀猷录，

黄耇弥生，龕事厥辟，

其万年永宝用。

　　可知，在这段吉金文学中，四言韵语已成为全文的主体，不但在使用频率上大大增加，篇幅也明显加长，而且用韵手法远较《大盂鼎》成熟。

　　而西周晚期的《虢季子白盘》，整首诗运用了押韵。押韵朗朗上口，读来字句铿锵。四言诗体在西周后期宣王十二年铜器《虢季子白盘》铭文中得到了充分的发展和体现。其铭云：

唯十又二年正月初吉丁亥，虢季子白作宝盘。

丕显子白，将武于戎功，经维四方，

搏伐猃狁，于洛之阳。

折首五百，执讯五十，是以先行。

趄趄子白，献馘于王。（阳部）

王孔加子白义。（无韵）

王格周庙，宣榭爰乡。

王曰白父，孔明又光。

用赐乘马，是用佐王。

赐用弓，彤矢其央。

赐用钺，用征蛮方。

子子孙孙，万年无疆。（阳部）

　　这段铭文体现了非常规整的押韵原则，在形式上与西周中后期的《诗经》中之《雅》诗非常接近。以上分析非常清晰地展现了西周吉金韵语由散语句式向四言句式的发展历程。吉金文学韵语的增多同时也意味着句式的规整化发展。按时代先后顺序排列的铭文，在表明用韵吉金文学的发展状况时，也非常直观、清楚地体现了吉金韵语向吉金韵文发展变化的历史轨迹。西周时代出现的吉金文学韵语的发展及吉金韵文的个别篇章，为春秋时期吉金韵文的成熟奠定了基础。

　　朱光潜先生写道："诗和音乐一样，生命全在节奏。节奏就是起伏轻重交替的现象……西文诗的节奏偏在声上面，中文诗的节奏偏在韵上面。"[1] 吉金文学正是以朗朗声韵、顿挫起

---

① 朱光潜：《朱光潜全集》第3卷，安徽教育出版社1992年版，第236页。

伏的较强的韵律和节奏感，展示了中国上古时期诗性文体的艺术流变过程。

（二）东周时期吉金文学的特征

春秋战国时期，吉金文学以四言为主，出现了较强的诗化特征，用韵成了最通常的现象，几乎每篇铭文都有韵。而且韵律精工、严格，节奏整齐。吉金文学是比《诗经》文本还要早的韵文形式，《诗经》文本中的韵部在铭文中都能找到。

东周时期吉金文学基本上以四字句的"诗"体为主，除了开头语类似诗序，写作器的时间、制作者、器物名称外，其余部分是用四言韵文写成。东周时期吉金文学基本篇篇押韵，且以四言句式为主，四言韵体已成为吉金文学的主体部分。这是吉金文学的四言诗体的成熟时期。郭沫若在《周代彝铭进化观》中指出："东周而后，书史之性质变而为文饰，如钟镈之铭多韵语，以规整之款式镂刻于器表，其字体亦多作波磔而有意求工。"① 东周时期吉金文学呈现较强的诗体特征，下面选择春秋时期的 20 篇铭文，经整理后，可以看出在语言形式上，春秋时期的吉金文学主要以四言句式为主，他们句式整齐，基本符合《诗经》的韵律，而且用韵呈现较强的规律性特征，他们韵律整齐，读来朗朗上口。春秋时期的吉金文学，标志着吉金韵文的成熟。

1.《庚儿鼎》

惟正月初吉丁亥，

徐王之子庚儿，

---

① 郭沫若：《青铜时代》，中国人民大学出版社 2005 版，第 240 页。

自作趣鋚，用征用行，
用龢用鬻。眉寿无疆。

2.《邾齹尹钲》

隹正月初吉日在庚。

邾齹尹故，自作征坐，

次者父兄。徽至鎗兵。

枼万子孙，眉寿无疆。

皮吉人宫，士余是尚。

3.《子璋钟》

唯正七月初吉丁亥，

群子斨子子璋，

择其吉金，自作龢钟，

用宴以喜，用乐父兄诸士，

其眉寿无期，

子子孙孙，永保鼓之。

4.《郘子钟》（春秋晚期）

唯正月初吉丁亥，郘子盥台，

择其吉金，自作铃钟，

中韓且扬，元鸣孔皇，

穆穆龢钟，用宴以喜，

用乐嘉宾大夫及我倗友，

敳敳趣趣，万年无谋，

眉寿毋已，永保鼓之。

5.《曩伯子宜父盨》

曩伯子宜父作其征盨，

其阴其阳，以征以行，

割（匈）眉寿无疆。

慶其以藏。

6.《齐鎣氏钟》（春秋晚期）

唯正月初吉丁亥，齐鎣氏孙□，

择其吉金，自作龢钟，

卑鸣攸好，用享以孝

于佁皇祖文考，用宴用喜

用乐嘉宾，及我倗友

子子孙孙，永保鼓之。

7.《越王钟》

唯正月王春吉日丁亥，

越王者旨於睗，

择其吉金，自铸龢林钟。

以乐吾家，喜而宾客，

旬台鼓之，凤暮不忒。

顺余子孙，万世无疆，

用之勿相。

8.《徐王子旃钟》

唯正月初吉元日癸亥，

徐王子旃择其吉金，

自作龢钟，以［敬］盟祀，

以乐嘉宾倗友诸贤

兼以父兄庶士，以宴以喜，

中韄且扬，元鸣孔皇，

其音謍謍，闻于四方，

韹韹熙熙，眉寿无期，

子子孙孙，万世鼓之。

9.《沈儿钟》

唯正月初吉丁亥，

徐王庚之淑子沇儿，

择其吉金，自作龢钟。

中且𩵦，元鸣孔皇。

孔嘉元成，用盘歔喜，

龢会百生，

惄于威仪，惠于明祀，

吾㠯宴以喜，

以乐嘉宾，及我父兄庶士。

龢龢熙熙，眉寿无期，

子子孙孙，永保鼓之。

10.《者减钟》

唯正月初吉丁亥，工𢿫王皮難之子者减，

睪其吉金，自作𪔂钟。

不帛不㠯，不𤅷不凋。

协于我𩵦龠，卑龢卑孚。

用旛眉寿繁釐，于其皇祖皇考。

若罝公寿，若参寿。卑女𪛗𪛗韶韶。

龢龢金金，

其登于上下口口，闻于四旁，

子子孙孙，永保是尚。

11.《郙公华钟》

佳王正月，初吉乙亥。

郙公华睪其吉金，

玄镠赤铸，用铸㠯龢钟，

㠯乍其皇祖皇考曰：

余虩畏忌，怼穆不于㝾㠯身，

铸其龢钟，吕邲其祭祀，盟祀。

以乐大夫，以宴庶士子。

龏为之名，元器其旧，

哉公眉寿，籬邦是保。

其万年无疆，

子子孙孙永保用言。

12. 《郘钟》（春秋晚期）

唯王正月初吉丁亥，

郘黛曰余异公之孙，郘伯之子，

余颉冈事君，余兽圣武。

乍为余钟，玄镠铝，

大钟八肆，其㠯四堵，

乔乔其龙，既旆邕簅。

大钟既悬，玉镶㠯鼓。

余不敢为骄，

我以享孝乐我先祖，

以觞眉寿，

世世子孙，永以为宝。

13. 《莒仲平钟》

惟正月初吉庚午，

簫叔之仲子平，自作铸其游钟，

玄镠鎬镛，为之音，

戬戬雍雍，闻于鸣东。

仲平善设（祖）考，

铸其游钟，

以乐其大酉，圣智恭良，

其受此眉寿，万年无期。

子子孙孙，永保用之。

14.《蔡侯钟》

唯正五月初吉孟庚，

蔡侯曰，余唯末小子，

余非敢宁忘，

有虔不惕，佐佑楚王，

窜窜为政，天命是遄。

定均庶邦，休有成庆。

既切于忌，延中厥德，

均子大夫，建我邦国，

为命祇祇，不愆不忒。

自作歌钟，元鸣无期。

子孙鼓之。

15.《蔡侯尊》

元年正月初吉辛亥，蔡侯申虔恭大命，

上下奔走，虔敬不懈，

辅佐天子，作孟姬彝缶。

禋享是台，祇盟尝啻，佑受毋已。

齐嘉整肃，抚文王母，穆穆亹亹。

恩害欣畅，威仪游游，灵颂托商，

康娱稣好，敬配吴王，

不讳考寿，子孙蕃昌。

永保用之，终岁无疆。

16.《秦公钟》（春秋时期）

秦公曰："我先且受天令，赏宅受国。

烈烈邵文公、静公、宪公，不坠于上。

邵合皇天，以虩使蛮。"

公及王姬曰："余小子，余夙夕虔敬朕祀，

以受多福，克明又心，

整龢胤士，咸畜左右，

趩趩允义，翼受明德，

以康奠协朕国，鍐百蛮，具即其服。

作厥龢钟，愍音鎗鎗雝雝，

以匽皇公，以受大福，

屯鲁多釐，大寿万年。

秦公其畯才立，翰受大命。

眉寿无疆，匍有四方。"

17.《王孙遗者钟》

隹正月初吉丁亥，王孙遗者择其吉金，

自做龢钟。

中翰且扬，元鸣孔皇。

用享台孝，于我皇且文考，

用蕲眉寿。

函龏烁屖，畋趩趩趩。

肃悊圣武，

惠于政德，淑于威义，

诲猷不飤。

阑阑龢钟，用匽台喜，

用乐嘉宾父兄，及我朋友。

余恁伲心，延永余德。

龢汤民人，余專旬于国。

趄趄趣趣，万年无諆。

枼万孙子，永保鼓之。

18.《王子午鼎》

正月吉日丁亥，

王子午择其吉金，自作薦彝醻鼎，

用享以孝我皇且文考，用祈眉寿，

函龏嘂屖，敐尗趯趯。

敬弔盟祀，永受其福。

余不敐不差，

惠于政德，淑于威仪，

阑阑兽兽

令尹子庚，殹民之所亟，

万年无谋，

子孙是利。

19.《吴臧孙钟》

惟正月初吉丁亥。

攻敔中冬我之外孙，坪之子臧孙。

择厥吉金，自作和钟。

子子孙孙，永保是从。

20.《曾子仲宣鼎》

曾子仲宣造（肇）用其吉金，自作宝鼎，

宣丧，用饗其诸父诸兄。

其万年无疆，

子子孙孙，永宝用享。

吉金文学由西周早期的零散用韵，到西周中期的四言体韵式的出现和相对成熟，到西周晚期用韵的逐渐成熟，再到东周时期的"诗"体的成熟，吉金文学韵语的成熟经历了一个漫长的历史时期，而吉金韵文诗体的成熟，也标志着文学早期的自觉文饰意识的成熟。

（三）吉金文学从《尚书》体到"诗"体演化的历史渊源

春秋时期的铭文行文风格为之一变，西周铭文中占主体部分的尊孝祖考、承继王命的内容不见了，体现王者谆谆教诲的"王曰"这种文体也没有了痕迹。春秋铭文有着不同于西周铭文的文化精神，铭文的写作基本上以四言为主，字句押韵，体现较强的诗体特征。西周时期吉金文学的文体呈现韵散结合的特点，句式押韵在文学中并不居于主导地位，有些类似于散文诗，而春秋时期的铭文写作几乎句句用韵，呈现强烈的诗体特征。从西周到春秋，是铭文从《尚书》体到诗体转型的历史时期。

吉金文学何以在春秋战国时期形成成熟的韵语形式？春秋时期吉金文学成熟的韵语样式出现，一方面与礼乐制度的变化有关，另一方面与春秋时期自觉的文饰意识的成熟有关。春秋时期的礼乐大盛促使乐器的繁盛，乐钟、乐镈等乐器飞速发展，钟器铭文是这一时期的主体。钟器的艺术特性、艺术空间限制了钟铭的作者以长篇的形式和规模出现，只能是体裁短小文字洗练的艺术样式。春秋时期人们"尚文"的审美风尚和"尚文"思想理论上的成熟，意味着春秋时期史官艺术创作技巧的成熟，开始自觉地讲求艺术的形式美。

1. 春秋时期"尚文"的审美风尚

吉金文学从叙述记事的历史阶段发展到诗体的艺术形式，与周人"尚文"的审美风尚审美氛围是分不开的。周人尚文风气的发展，质与文的分离，使人们开始讲究形式，注重形式美感。周人所尚之文，含义广泛。在礼乐制度层面，是升降俯仰的行为举止之美；在道德品格方面，是有"文德"；在外交行为中，指言语辞令之美。周人甚至认为，"文"是衡量君子人格的重要标准。

（1）升降俯仰的行为举止之美

周人以礼乐制度建国，由殷人的重视礼仪的内涵开始转向文质并重。朝廷庙堂的声乐，一方面使尊卑等级政治秩序得以贯彻执行，另一方面，弦歌雅乐之声浸润着人的思想情感，濡染着人的精神，人们升降有序，言行有节。《礼记·乐记》云：乐由中出，故静；礼自外作，故文。周公建国后，"作礼乐以文之"，制作礼乐的目的，是以修文教来治理天下。周初制礼作乐，到西周中期已建立了较为完备的礼乐体制。

柳诒徵先生在《中国文化史》"周之勃兴"一章中指出，周代政治尚文，他说："三教改易，至周而敝。盖文王、周公皆尚文德，故周之治以文为主，"①《礼记·乐记》曾记载周初制礼作乐的情况，孔疏云"周公召公以文德治之，以文止武"，意谓周人打败商纣后，制礼作乐，从而使"文"的风气得以展开。

"制礼作乐"，使礼之质有了"文"的外衣，在庄重典雅的音乐声中，人们升降俯仰，这种礼仪形式，以及雅乐，共同组成礼之文。《礼记·孔子闲居》中，孔子提出了著名的"五至"理论，即"志之所至，诗亦至焉。诗之所至，礼亦至焉。礼之所至，乐亦至焉。乐之所至，哀亦至焉"。"诗之所至，礼亦至焉"，典礼的场合必有诗乐，诗乐必定感人心志，礼由外在的行为规范变为人内心的自觉地追求。

（2）外交辞令之美

春秋时期，外交使节讲求辞令艺术，行人完成政治使命的主要媒介是辞令。唐刘知幾说："古者行人出境，以辞令为

---

① 柳诒徵：《中国文化史》，上海古籍出版社 2001 年版，第 135 页。

宗；大夫应对，以言文为主。"①"言文"为主，是指行人赋诗言志，赋诗唱和，在这里，"诗"是重要的言辞方式。

春秋时期诸侯会盟聘飨，并不直言其志，而是赋诗言志，文采斐然。形成"春秋一场大风雅也"。人们注重修饰自己的言行，形成温文尔雅的举止风度；注重外交中的精神美感和氛围。春秋时期，人们开始重视文饰语言，在朝聘典礼、外交酬酢等场合，文饰语言更显得重要。"诗"在外交场合中，既是诸侯卿士进行沟通的媒介，同时又是文饰语言的重要方式。赋诗者赋诗言志，听诗者听诗观志。诗成为贵族间表达心志的重要手段。行人"赋诗言志"，言语之美，穆穆皇皇。《汉书·艺文志》："古者诸侯卿大夫交接邻国，以微言相感，当揖让之时，必称《诗》以谕其志，盖以别贤不肖而观盛衰焉。故孔子曰'不学《诗》，无以言'也。"春秋时期，一方面是诸侯间的争霸斗争，另一方面，诸侯之间的盟会、朝聘等外交活动很频繁。外交必须长于辞令，辞令中是否有文采至关重要。《左传·僖公二十三年》记载，秦穆公享晋公子重耳，重耳欲令子犯随从，子犯却以"吾不如衰之文"而推让。宣公十二年，晋楚邲之战前夕，楚少宰至晋师进行调和，谦称"寡君少遭闵凶，不能文"，意思是楚王不擅文辞而由少宰来完成君命。"诗"成为贵族内在修养的表现，也是士大夫必备的修养。"登高能赋可以为大夫。"不学无术的庆封，对《相鼠》这样的诗句竟然毫无察觉，成为外交中的笑柄。

"言之文"影响两国的外交，《左传·襄公二十五年》记载孔子的话说："志有之：'言以足志，文以足言。'不言，谁知其志？言之无文，行而不远。晋为伯，郑入陈，非文辞不为

---

① 赵昌甫：《史通新校注》，重庆出版社1990年版，第409页。

功。慎辞也!"《左传》中记载,有许多行人依赖辞令使国家转危为安,如郑子产献捷于晋,就是凭借出色的外交辞令。

(3)"文德"之美

周人注重"文德"政治,在处理重大关系时,"文"更是被推崇有加。《左传·宣公十二年》记载,楚庄王赢得邲之战的辉煌胜利后,不仅反对收集战场上的尸体来筑"京观"以宣扬武威,而且大讲武功七德:"夫文,止革为武。武王克商,作颂曰载戢干戈,载櫜弓矢。我求懿德,肆于时夏。"他从文字构造的角度来解释"武"字,强调必须以"文德"统领武力。

春秋时期的政治运作中,以"文事胜"而著称的代表人物是齐桓公。孔子曾赞齐桓公"九合诸侯,不以兵车"。根据《国语·齐语》记载,当时齐国武备雄厚,但齐桓公并不耀武扬威,使诸侯忧惕畏服。相反,他予诸侯以利、结诸侯以信、待诸侯以忠,致使"大国惭愧,小国附协",时人称之"文事胜矣"。

(4)"文"是君子人格的一个重要标准

言辞之文是衡量春秋时期君子人格的一个重要标准。春秋时期,城市与农村有了分界,居住在城市里的人,称为君子,居住在乡村的人称为小人。《诗经·小雅·瞻彼洛矣》说,"瞻彼洛矣,君子至止,福禄如茨",城市由于有了君子的居住,使城市显得不同凡响。地域的区分导致了文化的差异,城中的君子可以接受良好的教育,城外的小人却不得不为君子提供良好的生活保障。

春秋时期,"学在官府"与"学在私人"导致了士人阶层的崛起,士人构建了君子人格,"君子"一词由阶级地位的差异变为道德评价的内涵。君子不仅要有仁、义、礼、智、信等内在的道德质素，而且讲求"言语之美"，要"出言有章"，"言之文"是君子内在修养的一个重要标志。君子人格其中的一条就是"明昭利以导之文"，即讲究言语的文饰。"文"被看做君子人格的一个审美标准。孔子提出"文质彬彬，然后君子"。君子的标准之一是要有"文"，他说："质胜文则野，文胜质则史。文质彬彬，然后君子。"（《论语·雍也》）"文"这一概念，有两个含义：其一，指人的外表文饰，孔子称赞禹讲究礼仪服饰之美；其二，指与学有关的古代典籍："君子博学于文。"通过学习典籍，提高文化教养。君子之文，包括内在的智慧、道德修养和外表的言行举止、言语服饰两个方面。所以，司马光说："古之所谓文者，乃诗书礼乐之文，升降进退之容，弦歌雅颂之声。"（《答孔文促司户书》，载《温国文正司马公文集》卷六十）文，指人的行为规范所表现的礼仪之美与精神品格。

君子是否具有文采，是被称美的关键要素之一。

《诗经·卫风·淇奥》："瞻彼淇奥，绿竹猗猗。有匪君子，如切如磋，如琢如磨。瑟兮僩兮，赫兮咺兮。有匪君子，终不可谖兮。瞻彼淇奥，绿竹青青，有匪君子，充耳琇莹，会弁如星。瑟兮僩兮，赫兮咺兮。有匪君子，终不可谖兮。瞻彼淇奥，绿竹如箦。有匪君子，如金如锡，如圭如璧。宽兮绰兮，猗重较兮。善戏谑兮，不为虐兮。"

服饰之美与动作举止之美是君子威仪之美的一个重要部分。

《诗经·小雅·都人士》："彼都人士，狐裘黄黄。其容不改，出言有章。行归于周，万民所望。"人士不仅衣着外表华美，内在的修养也不错，"出言有章"。在举止方面，讲究"文"气，"动作有文"（《左传·襄公三十一年》），在进退周旋中显现出翩翩风度。如,《诗经·大雅·民劳》"敬慎威仪";《诗经·大雅·既醉》"威仪孔时","摄以威仪";《诗经·大雅·抑》"敬尔威仪";《诗经·大雅·烝民》"威仪是力"。周书如《顾命》"自乱于威仪";彝铭如《王孙遗者钟》"淑于威仪";《虢书旅钟》"帅井(型)皇考威仪"。值得注意的是,周人认为这种外在的优雅风度和雍容举止必须以内在的德行为依据,《国语·周语下》载周卿单襄公说:

> 夫敬,文之恭也;忠,文之实也;信,文之孚也;仁,文之爱也;义,文之制也;智,文之舆也;勇,文之帅也;教,文之施也;孝,文之本也;惠,文之慈也;让,文之材也。

他将敬让、忠信、智勇、仁义等作为"文"的内在的根本。"文"是以内在的德行为依托的。否则便成为无源之水,浮饰之物。

(5)"言之文"的重要意义

"言之文"影响两国重要的邦交,"言之文"影响个人的尊严荣损,而且影响个人的政治前途。

阳处父被认为是春秋晋国时的贤臣和君子,曾经当过太子的老师,一次他从卫国回来途经一个客栈时,对他仰慕已久的客栈主人赢正是通过阳处父的言而无"文",准确地预测到了他的政治前途。《国语·晋语》记载:

> 阳处父如卫,反,过宁,舍于逆旅宁赢氏。赢谓其妻曰:"吾求君子久矣,今乃得之。"举而从之,阳子道与之语,及山而还。其妻曰:"子得所求而不从之,何其怀

也！"曰："吾见其貌而欲之，闻其言而恶之。夫貌，情
之华也；言，貌之机也。身为情，成于中。言，身之文
也，言文而发之，合而后行，离则有衅。今阳子之貌济，
其言匮，非其实也。若中不济而外疆之，其卒将复，中外
易矣。若内外类而言反之，渎其信也。夫言以昭信，奉之
如机，历时而发之，胡可渎也！今阳子之情慧矣，以济盖
也，且刚而主能，不本而犯，怨之所聚也。吾惧未获其利
而及其难，是故去之。"

周人尚文，"文"已提升到决定人的政治命运的高度。
《左传·昭公五年》记载，春秋后期鲁昭公聘晋，"自郊劳至
于赠贿，无失礼"，女叔齐却批评昭公只是善于表面的礼节仪
式，而不懂得礼的真正内涵。这是春秋贵族尚文的典型表现。

2. 春秋时期"尚文"思想的理论上的成熟

(1) 孔子的文言观

孔子教学"四科"为"德行"、"言语"、"政事"、"文
学"，"文学"指历代文献。孔子对《诗》、《书》等文学典籍与
语言学习是非常重视的。孔子非常重视言语，单独将"言语"
列为一科。"言语"指宾主相对之辞也，指政治、外交、生活中
的应对说辞，各种文书制作。他所说的"辞达而已矣"，即表示
对花言巧语的不满，也反映了对言辞表情达意职能的要求。言
词表情达意不能无文。《诗》被孔子认为是"文"言的重要途
径。"不学诗，无以言。"孔子重视语言的文饰，实质上是重视
文献或文学的形式层面。孔子提倡"质胜文则野，文胜质则史。
文质彬彬，然后君子"。《论语·雍也》在"文"与"质"之
间，孔子并不厚此薄彼，既注重内容又注重形式。孔子所提倡
的是内容与形式两者融合、均衡而理想的状态，是对其正确的

认识。《论语·颜渊》中记载："棘子成曰：'君子质而已矣，何以文为？'子贡曰：'惜乎，夫子之说君子也，驷不及舌。文犹质也，质犹文也。虎豹之鞟犹犬羊之鞟。'"没有了有文采的毛，虎豹和犬羊就没有了区别，用之于文章，"文"是区分文章高下的标准。文者，《说文解字》云："错画也"①，是象文饰之形。用之于语言，就是文饰、文采。《论语·宪问》记载了孔子重视文采的事实。子曰："为命，裨谌草创制之，世叔讨论之，行人子羽修饰之，东里子产润色之。"足见他强调言辞文饰的重要性。

《论语·八佾》记孔子言曰："周监于二代，郁郁乎文哉！"《礼记·表记》云："殷周之文，至矣。"周人尚文崇文，"文"，不仅体现在礼乐制度层面，而且直接标示着人的道德修养和君子人格，人的言行举止。而且体现在周人的外交、社会生活的各个层面。

刘宝楠《论语正义》说："文谓诗书礼乐。"孔子自己以"文"的代表者自居，《论语·子罕》载孔子语："文王既没，文不在兹乎！天之将丧斯文也，后死者不得与于斯文也；天之未丧斯文也，匡人其如予何！"孔子向往从周，"周监于二代，郁郁乎文哉"。"文"成为孔子一生的梦想和目标，"甚矣，吾衰矣，久已不复梦见周公"。周公制礼作乐，成就有周一代彬彬礼乐的文明之治，孔子所推崇的"文"，主要指周代的礼乐制度，但在春秋一世，还应包括历代文献、各种知识、文采、文化修养等。

《左传·襄公二十五年》记郑国大夫子产于对陈国采取军

___

① 许慎著，段玉裁注：《说文解字注》，上海古籍出版社1981年版，第425页。

事行动后受到当时霸主晋国质问时的答辞，措辞婉转而理直气壮，情文并茂，使晋国执政为之折服。孔子从而加以赞叹道"志有之：言以足志，文以足言。不言，谁知其志？言之无文，行而不远。晋为伯，郑入陈，非文辞不为功，甚辞哉!"说明他是充分肯定辞令之美的。

《论语·子罕》颜渊谓："夫子循循然善诱人，博我以文，约我以礼，欲罢不能。"孔子教学的内容，要言之，"子以四教：文，行，忠，信"，"文"被置于四教之首，"修身之文"备受重视，孔子的文饰说，在历代文学批评中源远流长。孔子而后，战国时期儒家学派的继承者孟子也提出"知言"的语言文辞修养道路。荀子是战国后期的儒家大师，孔子的忠诚信徒，他严格要求人们进行文学修习与文采修饰，以为这是转变性情与提高身份的必要途径。《文心雕龙·情采》云："《孝经》垂典，丧言不文，故知君子常言，未尝质也。老子疾伪，而五千精妙，则非弃美矣。庄周云"辩雕万物"，谓藻饰也。韩非云"艳乎辩说"，谓绮丽也。"绮丽以艳说，藻饰以辩雕，文辞之变，于斯极矣。"藻饰和辞采使文字作品充满文学的光辉。

《诗》被孔子认为是"文"言的重要途径。《易传》里有《乾文言》和《坤文言》两篇，"文言"是"文饰语言"的意思。孔子于"乾坤之言"，自名曰"文"，此千古文章之祖也。春秋时代确实已有"文"言的自觉意识。《系辞》云："夫《易》，彰往而察来，而微显阐幽。开而当名辨物，正言断辞，则备矣。其称名也小，其取类也大，其旨远，其辞文，其言曲而中，其事肆而隐。"

孔子教育弟子的首先是"历代文献"，学习历代文献其中就包含了言语辞令之文。孔子认为，言是"志"的载体，

"文"是言之四轮。"言"欲发生作用，只能"文其言"。

（2）春秋时期，人们已形成自觉的文言意识

春秋士人的生活处处都处于《诗》的氛围中，举手投足之间都合于《诗》与礼的节奏。春秋间列国会盟，以诗酬酢，借讽诵旧章而言志，表示对客人的尊崇，显示自己的词采。"言语之美，穆穆皇皇。"

陈骙说："降及春秋，名卿才大夫，尤重辞命，婉丽华藻，咸有古义。"① 春秋时期，人们开始注重言辞的"文饰"，在教学中，"言语"不仅作为独立的一科，而且，"言之文"严重地影响着两国重要的邦交，影响着个人的尊严荣损和个人的政治前途。"言之文"是君子内在修养的一个重要标志，君子不仅要有仁、义、礼、智、信等内在的道德质素，而且讲求"言语之美"，要"出言有章"。君子人格其中的一条就是"明昭利以导之文"，即讲究言语的文饰。

《文心雕龙·明诗篇》说："春秋观志，讽诵旧章，酬酢以为宾荣，吐纳而成身文"②，可见，"文饰"思想在春秋时期已成熟。《文史通义·诗教上》说："观春秋之辞命，列国大夫，聘问诸侯，出使专对，盖欲文其言以达其旨而已。"③ 言辞要表达作家的志向，而且还要有文采，如果没有文采，作品不会广而久之地流传下去。后人的文学实践证明了这一点。

---

① 陈骙著，王利器校点：《文则》，人民文学出版社1960年版，第47页。

② 刘勰著，范文澜注：《文心雕龙注》，人民文学出版社1958年版，第66页。

③ 章学诚：《文史通义·诗教上》，中华书局1985年版，第61页。

二　嘏辞与周代 "颂" 体诗歌

　　吉金文学中的嘏辞是祭祀时祝官在向神灵和祖先祈福祝颂时的用语，《周官·春官》："盖巫以歌舞降神，祝以文辞事神。"《礼记·礼运》："修其祝嘏，以降上神与其先祖。"《说文解字》："嘏字多谓祭祀致福。"①《礼记·礼运》："祝，谓主人之辞告神。"祝官为天子所设，《礼记·曲礼》记载，"天子建天官，先六大，曰大宰、大宗、大史、大祝、大士、大卜，典司六典"。顾颉刚先生解释说，"大祝"主向神祷告。吉金文学中的嘏辞具有祈福和祝颂的意味。

　　周人吉金文学嘏辞中最频繁的用语如 "用祈多福"（《大师父豆》）、"用祈眉寿，多福无疆"（《伯公父簠》）、"用祈眉寿"（《王子午鼎》）、"万年无疆，百世孙子永宝"（《师遽方彝》）、"子孙蕃昌，永保用之，千岁无疆"（《蔡侯尊》）等。嘏辞的使用，极其强烈地表达了周代人的祈求家族兴旺和幸福长寿的心理，其实质是一种强烈的生命意识，是人对肉体生命的渴望和依恋，并渴望福寿长生、子孙繁衍。

　　徐中舒先生在考察金文中的祷词模式时也发现，福与寿这两种人生目标是祈神者最喜欢要求和使用的词。他指出："盖古人以天与祖先，皆具有意志，能赏罚人，言祈匄者，即制器者对于天或其祖先有所祈匄之辞，其辞即对其自身及其子孙有所福也。福为一切幸福之总名，《礼记·祭统》云：'福者备也，备者百顺之名也，无所不顺者之为备。《洪范》分一切幸

---

　　①　许慎撰，段玉裁注：《说文解字注》，上海古籍出版社1981年版，第88页。

福为五类，曰富、寿、康宁、攸好德、考终命，而总名之曰福。故祝嘏之辞，称福必置于并列诸仇语之首或末，以示总挈总束之意。如……‘用匄多福，眉寿无疆，永屯霝冬’——《不其簋》；‘虔敬朕祀，以受多福’——《秦公钟簋》；‘用祀用享，多福滂滂’——《召仲考父壶》；‘用祈眉寿，永命多福’——《姬寏母豆》；‘用匄万年眉寿，永命多福’——《舀壶》；‘用邵乃穆不显龙光，乃用祈匄多福’——《迟父钟》；‘其眉寿多福’——《邾太宰钟》。福为幸福之总名，故上举诸嘏辞，均以多赅之。其在《诗·天保》云‘诒尔多福’、《文王》云‘自求多福’、《大明》云‘聿怀多福’、《载见》云‘绥以多福’、《閟宫》云‘降福既多’，皆是。多之至无逾于百，故又曰百福。其在《诗·楚茨》云‘卜尔百福’、《假乐》云‘千禄百福’、《閟宫》云‘降之百福’，皆是。百犹未足，盈其数则为万，故又曰万福。如：‘不显皇祖，其作福元孙，其万福屯鲁’——《齐夷镈》；‘万福无期’——《箕公壶》。其在《诗·蓼萧》、《采菽》云‘万福攸同’，《桑扈》云‘万福来求’，皆是。曰多，曰百，曰万，皆有数可稽，至于有言大福无疆福者：‘用受大福无疆’——《曾伯陭壶》；‘以降大福……’——《宗妇簋盘匜》；‘弭仲受无疆福’——《弭仲簋》。言大福则非寻常之福，言无疆福则多至不可计矣……其在《诗》则曰景福。”[①] 而这些铭刻在铜器上的祷词句式，用语自然使我们想到《诗经》三颂中的大量祷辞，这些祷辞大部分是祝颂者直接对祖先的祷告，请求赐予福寿长生，表达对幸福的渴求。通过表1可以看到祈求寿

---

① 徐中舒：《金文嘏词释例》，《历史语言研究所集刊》第六本第一分册，1936年3月，第28页。

考与福禄的嘏辞在吉金文学与颂体诗歌中存在的普遍：

表 1

祈求寿考与福禄的嘏辞	吉金文学	《诗经》颂诗
眉寿	《王子午鼎》王子午择其吉金，自作䲹彝酬鼎，用享以孝我皇且文考，用祈眉寿	《鲁颂·閟宫》万有千岁，眉寿无有害 天赐公纯嘏，眉寿保鲁 《周颂·载见》以介眉寿，永言保之
寿考	《牧簋》牧其万年寿考。子子孙孙永宝用	《商颂·殷武》：商邑翼翼，四方之极。赫赫厥声，濯濯厥灵。寿考且宁，以保我后生
黄耇	《师艅毁》艅拜稽首，天子其万年眉寿，黄耇，眈在立（位）	《商颂·烈祖》：绥我眉寿，黄耇无疆
无疆	《曾伯陭壶》：用受大福无疆 《宗妇簋盘匜》：以降大福…… 《大克鼎》：天子其万年无疆	《周颂·烈文》：惠我无疆，子孙保之 《商颂·烈祖》：降福无疆 《鲁颂·駉》：思无疆，思马斯臧 《商颂·烈祖》：申锡无疆，及尔斯所
三寿	《晋姜鼎》：畯保其孙子，三寿是勒	《鲁颂·閟宫》：三寿作朋，如冈如陵
福、禄、福禄	《秦公钟毁》：虔敬朕祀，以受多福 《箕公壶》：万福无期	《周颂·烈文》：烈文辟公，赐兹祉福 《周颂·执竞》：降福穰穰，降福简简 《周颂·丰年》：以洽百礼，降福孔皆 《周颂·载见》：烈文辟公，绥以多福，俾缉熙于纯嘏 《商颂·烈祖》：来假来飨，降福无疆

续表

祈求寿考与福禄的嘏辞	吉金文学	《诗经》颂诗
子子孙孙永保用	《齐鎛氏钟》子子孙孙，永保用之	《周颂·天作》：天作高山，大王荒之。彼作矣，文王康之，彼徂矣，岐有夷之行。子孙保之 《周颂·烈文》：惠我无疆，子孙保之

通过对吉金文学与《诗经》颂诗比较，《诗经》颂诗与吉金文学中的嘏辞在祈祷的意义上是一致的，《诗经》中的语词亦多用"福"、"寿"和"千岁"、"无疆"等这些用来比拟人世幸福的语词，这里虽然没有直接使用"祈"字，但他们对福寿无疆，子孙繁衍的渴求是不言自明的。

今天所见到的对"颂"之含义较早的界定，当推《毛诗序》，曰："颂者，美盛德之形容，以其成功告于神明者也。"这个定义含有三要素：形容、告成、神明。"形容"表明有舞有乐，"告成"表明有歌诗，"神明"则表明诗乐舞用于宗庙及天地山川神祇的祭典。郑玄解说《周礼》中"六诗"之"颂"的概念为："颂之言诵也，容也。诵今之德广以美之。"刘勰《文心雕龙·颂赞》篇云："容告神明谓之颂"，"颂者，容也，所以美盛德而述形容也"，"颂主告神，义必纯美"[1]。可见，颂有其颂美之意，而其中的"神明"应泛指天神、人鬼和地祇。原始祖先在献祭神明之时，歌颂神灵的伟大，先祖的功德，在音乐的节奏中和礼容的表演中，朗诵歌诗，因此，鲁迅先生在研究诗歌起源时曾指出："原始民族对于神明，渐

---

① 刘勰著，范文澜注：《文心雕龙注》，人民文学出版社1958年版，第156—157页

因畏惧而生敬仰，于是歌颂其威灵，赞叹其功烈，也就成了诗歌的起源。"① 考之《周颂》诸诗本身，考之典籍记载，颂诗几乎没有一首不与重大的祭神活动有关。祭祀、诗、乐舞三者合一，可视为颂不同于雅、不同于风的本质特征。周人不仅祈祷福寿，家国的兴旺、亲人的幸福、功德的建立都在祈祷中充分表达，如《鲁颂·閟宫》："鲁侯燕喜，令妻寿母，宜大夫庶士，邦国是有。既多受祉，黄发儿齿……"直接表达对母亲的祝愿，对妻子的祝福，祝愿君臣和睦，国泰民安。又如《小雅·天保》："天保定尔，以莫不兴；如山如阜，如岗如陵，如川之方至，以莫不增。""如月之恒，如日之升；如南山之寿，不骞不崩；如松柏之茂，无不尔或承。"连续使用9个"如"字，为祝颂人君之辞。方玉润《诗经原始》以为此篇是典型的祝颂文字，"祝君福也"②。正如《庄子·天地》所记载："请祝圣人，使圣人寿，使圣人富，使圣人多男子。"

陈子展认为，《诗经》颂诗为"史巫尸祝"之辞，③ 叶舒宪在《诗言祝——咒祝、祈祷与诗的发生》一文中说，"从言说灵信仰的观念背景上加以把握"，《诗经》语汇中出现的这许多'祈'、'祷'、'祐'、'祝'等从'神'（示）旁的字，就其本义而言都是典型的宗教性术语，同远古初民生活中最具有社会性，也与最神圣的宗教礼仪活动有关。④

吉金嘏辞与《诗经·颂》诗中的祈祷、祝祈之辞，这种语言模式可以上溯到早期的原始宗教，是宗教礼仪形式的产

① 鲁迅：《中国小说史略》，齐鲁书社1997年版，第350页。
② 方玉润：《诗经原始》，中华书局1986年版，第338页。
③ 陈子展：《诗经直解》，复旦大学出版社1983年版，第1065页。
④ 叶舒宪：《诗经的文化阐释》，陕西人民出版社2005年版，第46页。

物。如西方学者施特伦在《理解宗教生活》一文中指出："祈祷是使宗教变成实实在在之物的重要途径。我们除了在祈祷中与神交流之外，没有别的方式，因为祈祷本身就是同神交际。如果我们不主动地与神交际，神对我们来说就永远无法成为真实的存在。"①

可见，信仰者们正是通过祷词来确证神灵的存在，强化对神的信仰。所以，作为祝祷词的《颂》诗与同作为韵文的金文祷词，其约定俗成的语言形式早由宗教实践所铸就，从宗教功能上看并没有什么两样。像"多福"、"眉寿"之类祈神之词，无论是铭刻在青铜彝器上，还是书写在庙堂诗歌中，或是唱在嘴里，其借助于语言、文字和乐歌的力量达到宗教目的的信念是一致的。

而从文学角度看，出于宗教祭祀、颂祖目的而铸于器铭上的金文叚辞歌谣，是当时那个时代主要的文学作品，而它们又与原始祭神祭祖乐曲辞，歌诗的内涵、本质一样，都是"美盛德而述形容"，且是"容告神明"的，从这个意义上论之，它们与《诗经》"三颂"具有相同的文化内涵，是属于相同的文化类型，彼此之间具有渊源关系，所以说它们共同孕育了后世的颂体文学。

因此，可以说，刘勰《文心雕龙·颂赞》篇界定"颂"诗为"颂者，容也，所以美盛德而述形容也"和"容告神明谓之颂"，不仅是准确的，而且也是建立在深厚的原始宗教文化积淀基础上形成的对此种文化类型和文体的抽象。

---

① 施特伦（F. J. Streng）：《理解宗教生活》（*Understanding Religious Life*），沃兹沃思出版公司 1985 年版，第 36 页。

三 吉金文学与《诗经》的艺术精神

吉金文学在从《尚书》体到诗体发展演化的历史过程中，在从散语杂句逐渐成熟为押韵整齐的四言韵句过程中，《诗经》对吉金文学的影响是最强烈最持久和最深远的。马银琴在《西周诗史》中探讨了《诗经》的乐歌形式对吉金文学韵律成熟的影响。而事实上，西周后期韵律的基本成熟与春秋时期韵律的完全成熟与《诗》文本的编辑和经典化确立的权威地位是密切相关的。春秋时期的吉金文学完全采用了《诗》文本的韵律方式、语言习惯和表述方式。西周中晚期和春秋时期的吉金文学其用韵规律、句法句式以及其内在的文化精神与《诗经》中的雅颂体诗歌是完全一致的。在这个意义上，吉金文学是独立于《诗经》以外的春秋时期成熟的诗篇，是具有独特韵味的中华民族的上古青铜史诗。

（一）吉金文学与《诗经》用韵的相似性

吉金文学的用韵手法灵活，形式多样，形成较成熟的用韵规律。王力先生这样评价《诗经》的用韵，"《诗经》的用韵，有两个最大的特点，第一是韵式多种多样为后来历代所不及，第二是韵密，其密度也是后代所没有的"①。与《诗经》比照，金文用韵也有两个特点，一是韵式多样，《诗经》中的韵式，吉金文学中都有出现，二是用韵疏散中见紧凑。

金文用韵形式灵活多样，有句尾用韵、句中用韵，有逐句用韵、隔句用韵、不规则用韵、一文多韵，有交韵、抱韵等。

---

① 王力：《诗经韵读·韵例》，上海古籍出版社1980年版，第41页。

1. 句句用韵，如《虽伯子宛父盨》："其阴其阳，以征以行。割眉寿无疆，庆其以藏。"

《牧簋》："牧拜稽首，敢对扬王丕显休，用作朕皇文考益伯宝尊簋。牧其万年寿考，子子孙孙永保用。"

2. 隔句用韵，如《齐镈氏钟》："卑鸣及好。用享以孝。于矧皇祖文考。用匽用喜。"

《仆儿钟》："余义楚之良臣，而□之慈父，余□□儿择吉金、镈铝，以铸和钟，以孝先祖，乐我父兄，饮飤歌舞。孙孙用之，后民是语。"

3. 一文多韵，如《秦武公钟》："秦公曰：我先祖受天命，赏宅受国。烈烈邵文公、静公、宁公不坠于上，邵（昭）合（答）皇天，以虩使蛮。公及王姬曰。余小子，余夙夕虔敬朕祀。以受多福。克明有心，龏和胤士。咸畜左右，趚趚允义，翼受明德，以康奠协朕国，盭百蛮，具即其服。（之部）作厥和钟△，憙音鍴鍴雍雍△，以宴皇公△，（东部）以受大福，屯鲁多釐，大寿万年。秦公其畯在立，龢受大命。（真部）眉寿无疆▽，匍有四方▽。"（△、▽代表不同的韵。）

4. 交韵，两韵相交叉为韵，如《栾书缶》："正月季春，元日己丑，余畜孙书△，已敚其吉金，以作铸缶，以祭我皇祖△，（鱼部）吾以祈眉寿，栾书之子孙，万世是宝。"

5. 抱韵，即一个韵段中，首尾为一韵，中间为一韵。如《伯戏毁》："伯戏肇乍西宫宝。唯用妥神△，襄睰眼前文人△，秉德共屯△，唯匄万年△。子子孙孙永宝。"

（二）春秋时期吉金文学化用了《诗经》的句法和句式

以四言句式为主的春秋时期的吉金文学，语词与《诗经》中基本一致，许多句子化用了《诗经》中的句法和句式。除了前文所列的碻辞与《诗经》语词的比较，这里主要比较春秋时期吉金文学和《诗经》的语词语句用法（见表2）：

表2

吉金文学	《诗经》	注解
《徐王糧鼎》："世世是若。"《篇大史申鼎》："子孙是若。"	《大雅·蒸民》："天子是若。"《小雅·大田》："曾孙是若。"	"是若"为周人吉语，指世代子孙顺顺当当
《沇儿钟》："龢龢熙熙。"	《诗经·执竞》曰："钟鼓锽锽。"	龢龢，锽锽，形容钟声的和谐悦耳
《沇儿钟》"中翰且扬。"《鄀子钟》："中翰且扬。"	《邶风·终风》："终风且暴。"终，犹既也，言既风且暴也。《邶风·燕燕》曰："终温且惠，淑慎其身。"言既温且惠也。《邶风·北门》曰："终窭且贫，莫知我艰。"言既窭且贫也。	中假借为终。终，词之既也
春秋晚期的《配儿钩鑃》："戉于戎攻且武。"	《郑风·叔于田》："洵美且武。"	
《者减钟》："不帛不羍，不濼不彤。"	犹《周颂·清庙》："不显不承。"	不，语词，无实义。这里"不"没有实义
《徐王子㫋钟》："以乐嘉宾。"	《小雅·鹿鸣》："我有旨酒，以燕乐嘉宾之心。"	
《徐韶尹钲》："士余是尚。"	《鲁颂·比宫》："鲁邦是常。"	尚，即经典之是常
《蔡侯钟》："为令芑祈，不愆不忒。"《王子午鼎》："余不畏不差。"	《大雅·假乐》："不愆不忘。"《大雅·抑》："昊天不忒"。	忒，错也
《蔡侯钟》："自作歌钟，元鸣无期。"	《小雅·白华》："鼓钟于宫，声闻于外。"《小雅·鼓钟》："鼓钟将将，淮水汤汤。"	

吉金文学	《诗经》	注解
《王子午鼎》："敳趩。"	《大雅·大明》："小心翼翼。"	趩趩，假借为翼，《尔雅·释训》："翼翼，恭也。"
《曾子游鼎》："惠于烈曲。"	《大雅·抑》："惠于朋友。"	郑玄笺注：惠，顺也
《曾姬无卹壶》："蒿简之无。"	《大雅·皇矣》："四方以无拂。"	吴福及无拂，就是违庆
《虖伯子宎父盨》："眉寿无疆，庆其允臧。"	《鄘风·定之方中》："卜云其吉，终然允臧。"	
《中山王鼎》："惮惮憷憷。"	《大雅·云汉》："兢兢业业，如霆如雷。"	《集韵·业部》："憷，惧也。通作業。"憷憷即業業，惮惮憷憷犹兢兢業業
《中山王鼎》："克顺克俾。"	《大雅·皇矣》："克顺克比。"	慈和遍服曰顺，择善而从曰比
《中山王鼎》："考宅（度）佳型。"	《大雅·皇矣》："爰究爰度。"	度，谋也
《中山王方壶》："进贤措能，亡又息。"	《召南·殷其雷》："莫敢或遑"，"莫敢遑兮。"	息，暇也，遑，暇也
《𣄰蚉壶》："其会如林。"	《大雅·大明》："殷商之旅，其会如林。"	其会如林：盛况如林
《𣄰蚉壶》："四牡汸汸。"	《郑风·清人》："驷介旁旁。"《小雅·北山》："四牡彭彭。"	《广雅·释训》：彭彭、旁旁，盛也
《𣄰蚉壶》："潜潜流涕。"	《小雅·大东》："潜焉出涕。"	潜，涕下貌
《𣄰蚉壶》："子之大辟不义。"	《大雅·板》："民之多辟。"	辟，邪僻
《𣄰蚉壶》："佳司马周断谓战怒。"	《大雅·桑柔》："我生不辰，逢天僤怒。"	《广雅·释诂二》：僤"怒也"

吉金文学	《诗经》	注解
《舒盉壶》：　"佳邦之榦。"	《大雅·崧高》："维申及甫，维周之翰。"	榦，亦作翰，主幹
《晋姜鼎》："宣　我猷，用（召）匹（弼）予。"	《大雅·桑柔》："维此惠君，民人所瞻，秉心宣猶。"	宣猷，宣扬谋划
《栾书缶》："秉德秩秩，知燮万邦。"	《大雅·生民》："德音秩秩。"	秩秩，肃敬之义

　　通过比较，可以看出，春秋时期吉金文学中的用语与《诗经》中的用语是一致的，春秋时期的吉金文学明显地受到了《诗经》的影响，这更从另一个角度说明，吉金文学是春秋时期成熟的诗歌，是《诗经》以外的诗，是记叙历史的诗歌。两者之间是一种同体同源的关系。

（三）春秋吉金文学与《诗经》中的宴饮诗

　　春秋时期为宴饮而作的钟镈等乐器上的吉金文学，主要有四个方面内容：第一，说明了铸钟的时间、人物，铸钟的主要目的；春秋时期的铸钟，主要是王臣之器，而且主要是为了宴饮而铸。第二，描写了钟声的洪亮悠扬，以欢快悦耳的钟声渲染了宴饮的和乐气氛。第三，写出了取悦的对象，主要的燕飨人为嘉宾、父兄、诸士，朋友等。第四，祈福祝愿，祝福子孙永远享用。

　　《诗经》中以描写宴饮为主要内容的作品，我们称之为宴饮诗。《仪礼·燕礼》疏，燕礼有四等："诸侯无事而燕，一也；卿大夫有王事之劳，二也；卿大夫有聘而来，还与之燕，三也；四方聘客与之燕，四也。"宴饮诗是描写诸侯、卿、大夫一级的贵族之间的宴饮礼仪活动。周代统治者把燕飨之礼作为和睦九族、沟通上下、巩固统治秩序的政治手段之一。

我们知道，春秋时期钟镈类吉金文学作品，具有较强的诗体特征，姑且称之为春秋钟体文学。我们发现，春秋钟体文学与《诗经》中宴饮诗的内在的文化精神是一致的。如我们以5篇钟体吉金铭文与《诗经》中的宴饮诗作一下简单的比较（见表3）：

表3

春秋钟体文学	《诗经》宴饮诗
《子璋钟》 唯正七月初吉丁亥， 群子圻子子璋， 择其吉金，自作龢钟， 用宴以喜，用乐父兄诸士， 其眉寿无期， 子子孙孙，永保鼓之	《小雅·鹿鸣》 呦呦鹿鸣，食野之苹。 我有嘉宾，鼓瑟吹笙。 吹笙鼓簧，承筐是将。 人之好我，示我周行。 呦呦鹿鸣，食野之蒿。 我有嘉宾，德音孔昭。 视民不恌，君子是则是效。 我有旨酒，嘉宾式燕以敖。 呦呦鹿鸣，食野之芩。 我有嘉宾，鼓瑟鼓琴。和乐且湛。 我有旨酒，以宴乐嘉宾之心
《鼄子钟》 唯正月初吉丁亥，鼄子䣄 择其吉金，自作铃钟， 中韄且扬，元鸣孔皇， 穆穆龢钟，用宴以喜， 用乐嘉宾大夫及我倗友， 敄敄趣趣，万年无䢋， 眉寿毋已，永保鼓之	《小雅·彤弓》 彤弓弨兮，受言藏之。 我有嘉宾，中心贶之。 钟鼓既设，一朝飨之。 彤弓弨兮，受言载之。 我有嘉宾，中心喜之。 钟鼓既设，一朝右之。 彤弓弨兮，受言櫜之。 我有嘉宾，中心好之。 钟鼓既设，一朝酬之
《齐鞷氏钟》（春秋晚期） 唯正月初吉丁亥，齐鞷氏孙□， 择其吉金，自作龢钟， 卑鸣攸好，用享以孝 于佁皇祖文考，用宴用喜 用乐嘉宾，及我倗友 子子孙孙，永保鼓之	《小雅·常棣》 傧尔笾豆，饮酒之饫。 兄弟既具，和乐且孺。 妻子好合，如鼓琴瑟。 兄弟既翕，和乐且湛。 宜尔室家，乐尔妻孥。 是究是图，亶其然乎！

续表

春秋钟体文学	《诗经》宴饮诗
《徐王子旃钟》 唯正月初吉元日癸亥， 徐王子旃择其吉金， 自作龢钟，以［敬］盟祀， 以乐嘉宾佣友诸贤 兼以父兄庶士，以宴以喜， 中翰且扬，元鸣孔皇， 其音鳌鳌，闻于四方， 虩虩熙熙，眉寿无期， 子子孙孙，万世鼓之	《小雅·南有嘉鱼》 南有嘉鱼，蒸然罩罩。 君子有酒，嘉宾式燕以乐。 南有嘉鱼，蒸然汕汕。 君子有酒，嘉宾式燕以衎。 南有樛木，甘瓠累之。 君子有酒，嘉宾式燕绥之。 翩翩者雏，蒸然来思。 君子有酒，嘉宾式燕又思
《沇儿钟》 唯正月初吉丁亥， 徐王庚之淑子沇儿， 择其吉金，自作龢钟。 中翰且旟，元鸣孔皇。 孔嘉元成，用盘歙西， 龢会百生， 忑于威仪，惠于明祀， 吾昌宴以喜， 以乐嘉宾，及我父兄庶士。 虩虩熙熙，眉寿无期， 子子孙孙，永保鼓之	《小雅·湛露》 湛湛露斯，匪阳不晞。 厌厌夜饮，不醉无归。 湛湛露斯，在彼丰草。 厌厌夜饮，在宗载考。 湛湛露斯，在彼杞棘。 显允君子，莫不令德。 其桐其椅，其实离离。 岂弟君子，莫不令仪

　　注：以上5篇钟体铭文与《诗经》宴饮诗没有必然的对应关系，只是为了阅读的方便，将它们用表格集中一下。

　　春秋吉金文学与《诗经》中的宴饮诗都是与宴飨有关的作品，都渲染了宴会的和乐气氛，两者的内在精神都是"和乐且湛"，两者宴饮的主要对象都是嘉宾，大夫，朋友，诸士。通过考察"嘉宾"、"父兄"、"朋友"的语词含义，我们认为，两者内在的文化精神都是为了维护宗族内部的团结，加强家族内部的合作，从而维护社会的稳定与和谐，达到其乐融融的和乐状态。

　　春秋时期朝聘的主要使臣称为"宾"，随行人员称为"介"，介的多少，取决于使臣的爵位。"上公七介，侯伯五介，子男三介。"（《礼记·聘义》）使臣是卿或上大夫，其上介为大夫，众介是士。然而在《诗经·小雅·鹿鸣》"我有嘉宾，鼓瑟鼓笙"中，"嘉宾"有特定的含义。《毛序》认为："《鹿鸣》，燕群臣嘉宾也。既饮食之，又实币帛筐篚以将其厚意，然后忠臣嘉宾得尽其心矣。"方玉润在《诗经原始》中提出："夫嘉宾即群臣，以名分言曰臣，以礼意言曰宾。文、武之待群臣如待大宾，情意既洽而节文又敬，故能成一时盛治也。"可见，吉金文学与《诗经》共同描绘了一幅君臣共同宴饮、其乐融融、一片和平、尽善尽美的宴飨场面。

　　兄弟关系总是周代贵族内部敏感的问题，商有诸弟"争相代立"的"九世乱"，周有因管蔡疑心周公而导致的武庚叛服。"世袭制度的家天下社会，子辈对父亲权利的继承问题，既是一个容易造成兄弟失和的原因，又是一个导致政权不稳的症结。周代嫡长子制的确立尽管相当有效地解决了兄弟间的继承权问题，但兄弟之间权益的分配总是易于出现龃龉，因此兄弟的天伦关系也就总会易于受到干扰甚至破坏。而周人要维持其统治，宗族内部的团结稳固又是不可须臾违离的条件。"① 宗族关系依然是春秋人很重要的关系，是春秋人士有效统治的重要纽带。《诗经·大雅·板》："大邦维屏，大宗维翰。怀德维宁，宗子维城。无俾城坏，无独斯畏！""尊尊"、"亲亲"是周人治国的基本原则，"亲亲"才能"尊尊"。"亲亲"主要体现为血缘亲情，周人有专门歌颂倡导兄弟血亲团结的诗歌。如《诗经·小雅·棠棣》："凡今之人，莫如兄弟。""兄

---

　　① 　聂石樵：《诗经新注》，齐鲁书社 2000 年版，第 309 页。

弟既具，和乐且孺。"《诗经·小雅·蓼萧》："宜兄宜弟，令德寿岂。"所以，父兄是周人家族稳定和谐的一个象征性词语。

　　大宗小宗之间，君臣、父子、兄弟、夫妇、朋友之间，都是一种人伦关系。在宗法社会里，从君统而言，是君臣关系，从宗统上说，就是兄弟。《诗经·国风》中一些诗反复申说兄弟团结关系的重要，如：

　　　　《郑风·萚兮》："萚兮萚兮，风其吹女。叔兮伯兮，倡予和女。"
　　　　《郑风·扬之水》："扬之水，不流束楚。终鲜兄弟，维予与女。"

　　《诗经·小雅·頍弁》："……尔酒既旨，尔肴既嘉。岂伊异人？兄弟匪他。茑与女萝，施于松柏……"朱熹《诗集传》解释为，言茑萝施于木上，以比兄弟亲戚缠绵依附之意。《诗经·小雅·伐木》："伐木许许，酾酒有藇。既有肥羜，以速诸父。"诸父，《毛传》："天子谓同姓诸侯、诸侯谓同姓大夫皆曰父，异性则称舅。"《诗经·小雅·沔水》："嗟我兄弟，邦人诸友。"《毛传》："邦人诸友，谓诸侯也。兄弟，同姓臣也。"

　　春秋钟铭中，"朋友"亦是宴飨的对象。"朋友"一词或单字"朋"或"友"字经常在西周铭文中出现，西周青铜器铭文中所见"朋友"、"友"是对亲族成员的称谓，其意义不同于现代汉语语汇中的朋友。如：

　　　　《卫鼎》："用飨王出入使人及多朋友，子孙永宝。"
　　　　《乖伯殷》："用好宗庙享夙夕，好朋友与百诸婚媾，用祈屯录永命，鲁寿子孙。"

《室叔毁》："于室叔朋友……子孙其永宝用。"

朋在氏族社会是某一氏族的同辈成员，《说文解字注》谓："朋也，类也，此辈之通训也"，"引申为凡类聚之称"。《玉篇》："群，朋也"，所以"群"的含义与朋、辈、类是互通的。"朋友"一词，主要含义侧重于"友"。《左传·桓公二年》晋师服言："……故天子建国，诸侯立家，卿置侧室，大夫有贰宗，士有隶子弟。"《左传·襄公十四年》晋师旷亦讲过类似的话："……是故天子有公，诸侯有卿，卿置侧室，大夫有贰宗，士有朋友。"对比而言，可知，师旷所言士之朋友，即师服言士本家之"子弟"。也就是说，铭文中的"友"是指本族亲属。

《毛传》认为，宴朋友故旧也。只有广泛地团结各种社会成员，社会才是稳固的。《礼记·燕义》云："是以上下和亲，而不相怨也。和宁，礼之用也。此君臣上下之大义也。故曰：'燕礼者，所以明君臣之义也。'"

据典籍记载，周人宴享之礼，在迎宾之后，先有奉帛以侑宾的旅酬之礼，继而有歌乐中的酒食尽欢，最后有鼓乐齐鸣的合乐。周代是由宗族构成的社会，宴饮的目的是为了加强宗族内部的团结，加强各诸侯国之间的合作。宴饮活动是凝聚社会的一项重要方式。在这些宴饮活动中，它极力显示主人的敬客，主人取悦嘉宾的行为，是通过宴享融洽的气氛、和乐的场景，以达到对人心的维系作用。

四　吉金文学与楚文学之渊源

楚国的诗歌较早的应当推属《诗经》中的《二南》，然而

《二南》所包含的时间是西周至东周早期的几百年间，而且
《二南》所描写的地域范围包括了整个南中国，当时的楚国
不过是周朝所分封的数以百计的小国中的一员。《二南》写
作的地域范围包括江汉周边诸国，我们很难确定《二南》中
具体哪些篇章属于楚诗。近年，随着楚地青铜器的大量出
土，楚地的青铜器上保存的大量有韵的铭文，这些铭文句式
整齐，符合诗经的韵律，为我们寻找楚文学的源头提供了有
力的依据。这些有韵的铭文，广义地说，与楚同祖的，如己
姓的苏、莒，曹姓的邾等，它们可以看做是最早的楚诗，它
们与《诗经》中的楚诗，散见于典籍中或民间的楚地歌谣，
共同孕育了随后兴起的辉煌灿烂的楚辞。钟镈器物上的有韵
铭文，是有据可依的早期楚诗。① 其中最早的楚诗当推公元前
8 世纪的《楚公逆镈铭》，为八月甲申，楚公逆自做的夜雨雷
镈，萆铭曰：

> 焌和八硫，占纯公。逆其万年又寿，［保其］身，孙
> 孙其永宝。

此诗风格近于《雅》，可知最早的楚诗与《诗经》渊源
至为密切。陆侃如、冯沅君先生在《中国诗史》一书中，共
列举了二十几篇铜器铭文，如：《苏甫人盨铭》、《吕大史申
鼎铭》、《邾公华钟铭》、《邾大宰钟铭》、《邾大宰簠铭》、
《陈公子瓽铭》、《许子钟铭》、《许子璋铭》、《越王钟铭》、
《吴者减钟铭》、《徐王遗者钟铭》、《徐王义楚铭》、《徐寿儿
钟铭》等。

---

① 陆侃如、冯沅君：《中国诗史》，百花文艺出版社 1999 年版，第 81 页。

这些钟铭大约产生在公元前 7、6、5、4 世纪的 400 年中。《诗经》中所收录的诗篇年代最晚的是《陈风·株林》，作于公元前 599 年，而这些铭文的创作时间在《诗经》成篇前后，其时间跨度长达 400 年，也就是说，跨越了楚国的发展期、鼎盛期、衰亡期。

我们试选几篇，这几篇铭文字句华美，音韵铿锵，文笔优美流畅，极富诗味。

1.《子璋钟》

唯正七月初吉丁亥，群子斯子子璋，择其吉金，自作龢钟，用宴以喜，用乐父兄诸士，其眉寿无期，子子孙孙，永保鼓之。

2.《王孙遗者钟》

佳正月初吉丁亥，王孙遗者择其吉金，自做龢钟。中翰且扬，元鸣孔皇。用享台孝，于我皇且文考，用蕲眉寿。函轑熿屖，敧槑趡趡，肃悊圣武，惠于政德，淑于威义，诲猷不飤。阑阑龢钟，用匽台喜，用乐嘉宾父兄，及我朋友。余恁怡心，延永余德。龢民人，余专旬于国。趹趹趄趄，万年无諆。柒万孙子，永保鼓之。

正月吉日丁亥，王孙遗选用美金，制作龢钟。钟声高扬，悠远宏亮。用以享孝，对我先祖先人，用祈长寿。恭敬祖考，小心翼翼，肃哲圣武，施行德政，敬庄礼仪，毫无差错。阑阑和钟，美音悠扬。用为喜宴，以乐嘉宾，父兄以及朋友，锽锽熙熙，万年无期。亿万孙子，永保鼓之。

3.《许子钟》

唯正月初吉丁亥，郳子盟台，择其吉金，自作铃钟，中韓且扬，元鸣孔皇，穆穆龢钟，用宴以喜，用乐嘉宾大夫及我倗友，敽敽趣趣，万年无諆，眉寿毋已，永保鼓之。

4.《徐王子旃钟》

惟正月初吉，元日癸亥，徐王子旃择其吉金，自作和钟，以敬祭祀，以乐嘉宾，及我姓我（友），（兼）以父兄庶士。以宴以喜。（之部）中翰且扬△，元鸣孔皇△，其音鎗鎗，闻于四方。（阳部）皇皇熙熙。眉寿无期，子子孙孙、万世鼓之。（之部）

5.《邾公华钟》

佳王正月，初吉乙亥。邾公华羇其吉金，玄镠赤铸，用铸毕龢钟，吕乍其皇祖皇考曰：余睪龏畏忌。恣穆不家于毕身。铸其龢钟。吕卹其祭祀、盟祀。吕乐大夫吕郾士庶子。畬为之名，元器其旧△，哉公眉寿△，邾邦是保△。其万年无疆。子子孙孙永保用言。

刘彬徽先生在《湖北出土两周金文国别年代考述》中说："两周时期的金文，南北地区情况不同，在南方地区，特别是楚的中心地区——江汉地区，西周早中期金文很少发现，而同时期的黄河中下游地区，特别是关中地区、中原地区，则有大量发现……但春秋中期以后，楚国……这个时期有铭铜器的数量反而大大超过了同时期中原地区的有铭铜器。如中原地区的新郑郑伯大墓和淅川下寺楚墓，时代相近，论墓葬等级，郑伯墓高于下寺楚墓，可是，新郑大墓里仅有两件铜器有铭文，而且其中一件还是楚器。而淅川下寺令尹墓内有铭器很多，且有王子午鼎、王孙诰钟等长铭的铜器。到了战国早期，属于楚文化范畴的曾侯乙墓内，青铜器铭文字数多达三千余字，是先秦墓葬中出土铜器铭文最多的一座墓……战国中晚期，因青铜时代行将结束，南北铜器铭文都已呈现衰退趋势（北方地区中山王墓出土长篇铭文是例外），但直至战国末年的楚幽王墓内仍有不少刻铭铜器。"①

铜器铭文在中原地区衰减却在楚国得到了极大的兴盛，楚系铭文通过比较，我们已发现它在表达的方式上，在思想内涵上，与中原文化有着密切的关联，反映着楚文学自觉地承继着中原文学之传统，有着深厚的中原文化底蕴。

楚系铭文是铸刻于青铜器上的特殊的楚诗样式，是春秋战国这一特定的历史时段楚地文化的代表性成就之一，楚系铭文是楚辞最早的萌生阶段，在通向楚辞的道路上有着巨大的贡献。

五　吉金文学与周代征伐"史"诗

"国之大事，在祀与戎。"史书中记载的西周王朝早期战争甚少，而吉金文学对战争的记录主要集中在西周时期。通过铭文文献可以看到，西周王朝在各个君王执政的历史时期，从未间断过战事。铭文所记录的战争时间之长，涉猎的空间之广，记述的战事之多，战争频率之繁，远远超过了《诗经》等历史文献的记录。西周王朝不断与四邻作战，吉金文学生动地记述了这一民族征伐的历史。

---

① 《古文字研究》第十三辑，中华书局1986年版，第273页。

(一) 西周早期与东国之间的战争

西周立国之初，周王为平定叛乱，就不断地进行东征和南伐，成王时期的《保卣》、《明公毁》与《班毁》所记都为周王遣明公征伐东土的事件，"唯王令明公遣三族伐东国"(《明公毁》)，"三年静东国"(《班毁》)。最著名的鼎铭为《班毁》：

> 惟八月初吉，在宗周。甲戌，王令毛伯更郭城公服，雪（屏）王位，作四方亟，秉繁、蜀、巢令。锡铃、勒。咸，王令毛公以邦冢君、徒驭、鍫人伐东国戎。咸，王令吴伯曰："以乃师左比毛父。"王令吕伯曰："以乃师右比毛父。"遣令于曰："以乃族从父征，段城卫父身。""三年静东国，亡不斌天威，否畀屯陟。公告厥事于上准民亡秸才彝芋（昧）天令，故亡。允才（哉）！显惟敬德，亡攸违。"班拜额首曰："乌呼！不夙訐皇公，受京宗懿厘，毓文王王姒圣孙，登于大服，广成厥工（功）。文王孙亡弗怀井（型），亡克竟厥。班非敢觅，惟作昭考爽益（谥）曰大政，子子孙孙多世其永宝。"

是说三年才安定东土。这两器所伐的东国如韦昭《国语·吴语》注所说的"东国，徐、夷、吴、越"是指徐戎淮夷。《尚书序》："鲁侯伯禽宅曲阜，徐、夷并兴，东郊不开，作费誓"，费誓曰"徂兹淮夷、徐戎并行。甲戌，我惟征徐戎"。徐戎淮夷在周朝立国之初，是关乎周王室存亡的大局，《周本纪》曰："召公为保，周公为师，东伐淮夷。"《诗经·豳风·东山》记载了周公东征的历史事件。

《方鼎》："为周公于征伐东夷，丰伯、薄姑咸。公归于周庙，戊辰，饮秦饮，公赏贝百朋，用作尊鼎。"

历史上不只是周公东征，召公也曾东伐，《旅鼎》、《大保簋》是召公东征的历史记录。

《旅鼎》："唯公大保来伐反尸（夷）年，才（在）十又一月庚申，公才（在）鳌四。"《大保簋》："王伐陆子扣，王降征令于大保，大保克敬亡遣，王赐大保易休余土。"《诗·召旻》曰："昔先王受命，有如召公，日辟国百里。"

（二）西周中期与南方荆楚之间的战争

周初立国，除了大规模东征南伐之外，各个小诸侯国也不断谋反，周成王年间曾派兵讨伐小诸侯国录国，如《大保毁》、《禽毁》等铭文所记。

康王时表现出对外扩张的势头，金文中《小盂鼎》载对鬼方曾有一次很大规模的征伐战争。昭王、穆王时则大规模向外扩张。《国语·齐语》说："昭王、穆王，世法文、武，远绩以成名。"所指即昭、穆的远征武功，于是周室与四夷之间也大开战端。昭王时的用兵重点在南方的荆楚，周初金文《史墙盘》在历数周初诸王的功绩时，说昭王"广能楚荆，佳贯南行"。穆王则西征犬戎，并打败徐夷首领徐偃王。自昭穆之后，西周历代与四夷兵戎交伐，不绝于史。如懿王时，"王室遂衰，戎狄交侵，暴虐中国"。夷王时，"乃命虢公率六师伐太原之戎，至于俞泉，获马千匹"。厉王时，"淮夷入寇，王命虢仲征之，不克"。

（三）西周中、晚期与淮夷之间的战争

西周自穆王以降，淮夷渐盛，与周人屡相攻伐，西周王朝的用兵主要在南方江汉地区，但用兵的对象则由昭王时的楚荆

转向了淮夷。关于周人与南方淮夷的战事，文献有如下记载：

> 徐夷僭号，乃率九夷以伐宗周，西至河上。穆王畏其
> 方炽，乃分东方诸侯命徐偃王主之……厉王无道，淮夷入
> 寇，王命虢仲征之，不克。宣王复命召公伐而平之。及幽
> 王淫乱，四夷交侵。至齐桓修霸，攘而却焉。

这段文字清楚地记载了徐夷、淮夷的入侵和与周人之间所
发生的战事主要在穆厉宣幽四世，金文中记载与之相同。穆王
时期记载征伐南淮夷及相关史实，有以下诸器铭，如《录
卣》、《录毁》、《中毁》、《钟方鼎》、《竞毁》、《竞卣》等。

南淮夷和猃狁是西周历史上最大的军事威胁和用兵最勤的
对象。北方猃狁、东淮夷、南淮夷时叛时服也是西周王朝立国
的最不稳定因素。他们不断的侵伐和谋反对西周统治者构成最
大的威胁。其中以西周中叶以后，穆王时期、厉王时期和宣王
时期的战事最为激烈。

即使在称为周朝盛世、政治修明的周穆王时期，也曾东征
徐戎，西伐犬戎，南征淮夷。南方淮夷一直叛乱不定，《竞
簋》、《竞卣》和《录戜卣》铭文记载周穆王时大将白戜父受
穆王指令，率领成周之师，讨伐东南夷的历史经过。《竞卣》
中铭文所云，"白戜父以成周师即东，命伐南夷"。"南夷，即
南方之蛮夷也。一般又称为'淮夷'、'徐夷'。根据历史记
载，'周穆王十七年丙甲，征徐戎克之'。徐戎即徐夷也。徐，
即古九州岛之徐州，亦即指东南地区之地。"[1]

---

[1]　转引自赵英山《古青铜器铭文研究》第一册，商务印书馆（台北）1983
年版，第229页。

　　周厉王时，周王室与诸侯国之间的关系发生了很大的变化。淮夷一直是周王室剥削的对象，《师袁毁》："淮夷旧我彧晦臣"，《兮甲盘》："淮夷旧我昌晦人，勿敢不出其昌其责。"《诗经·小雅·六月》详细记载了尹吉甫伐狁的胜利，尹吉甫即《兮甲盘》中的兮甲。

　　《师袁毁》

　　王若曰：师袁，壁淮夷繇我良晦臣，今敢博厥众毁反工吏，弗速我东国。今余肇令女率齐师、真、麓、焚、□、左右虎臣正（征）淮夷，即蚩厥邦兽曰冄、曰□、曰铃、曰达。师袁虔不坠，夙夜厥（将）事，休既有工（功），折首执讯，无徒驭，眡孚（俘）。士女羊牛，孚吉金。今余弗毁组。余用作朕后男鼠尊簋，其万年子子孙孙永宝用享。

　　《兮甲盘》

　　惟五年三月既死霸，庚寅，王初各伐狁于蔷虏，兮甲从王。折首执讯，休亡败。王锡兮甲马四匹、驹车。王令甲政踽成周四方责，至于南淮夷。淮夷旧我昌晦人，毋敢不出其昌其责。其进人、其贾，毋敢不即瞄即市，敢不用令，则即井扑伐。其惟我诸侯百姓，厥贾毋不即市，毋敢或人缴宄贾，则亦井。兮伯吉父作盘，其眉寿万年无疆，子子孙孙永宝用。

　　这是包括各种宝物和奴隶的长期进贡，为周王室财赋收入的主要来源之一，这样的剥削引起淮夷的反抗。西周晚期奴隶制度的渐趋衰落，国力疲弱，社会内部矛盾日益尖锐和激化，淮夷乘机多次举行反抗，甚至进军到西周的中心区域。厉王为了维护统治权力，保持已有的剥削，倾全力扑灭叛乱的火焰，乃至亲率大军远征，但淮夷终于未能根本屈服。

金文材料显示，厉王曾积极组织抗击异族入侵的战争，如《多友鼎》之伐猃狁。厉王时周室与淮夷的军事行动主要有《虢仲》、《不嫢毁》、《敔毁》、《禹鼎》记载之伐南淮夷，其中犹以《禹鼎》所记平定鄂侯驭方之乱的战争规模最大。历史上，厉王在征淮夷途中，鄂侯驭方曾"内醴于王"，与厉王共同宴饮，厉王曾赏赐鄂侯驭方。《鄂侯驭方鼎》载：

> 王南征，伐角、鄱，唯还自征，在坯，鄂侯驭方内豊于王，乃祼之。驭方侑王。王休宴，乃射。驭方飴王射。驭方休闌，王宴咸饮。王亲易驭方玉五谷、马四匹、矢五束。驭方拜首稽首，敢对扬天子丕显休釐，用作尊鼎，其万年子孙永宝用。

可是不久，鄂侯驭方又率南淮夷、东夷叛乱，《禹鼎》（西周晚期）有详细记载：

> 丕显趄趄皇祖穆公，克夾绍先王奠四方，肆武公亦弗遐忘朕圣祖考幽大叔、懿叔，命禹肖朕祖考政于邢邦。肆禹亦弗敢忝，惕恭朕辟之命，乌乎哀哉！用天降大丧于下国，亦唯鄂侯御方率南淮夷、东夷广伐南国东国，至于历内。王廼命西六师、殷八师曰："戮伐鄂侯御方，勿遗寿幼。"肆师弥怵匌匡，弗克伐鄂。肆武公廼遣禹率公戎车百乘、斯驭二百、徒千，曰："于□朕肃慕惠西六师、殷八师，伐鄂侯驭方，勿遗寿幼。"雩禹以武公徒驭至于鄂。敦伐鄂，休获厥君驭方。肆禹有成，敢对扬武公丕显

耿光，用作大宝鼎，禹其万年子子孙孙宝用。

这次战争除了动员周王室主要的军事力量西六师、殷八师之外，还包括武公的徒驭，而且作战命令中竟出现了"勿遗寿幼"这样酷戾的字眼，战争的惨烈与规模之大可想而知。战争的结果以周人大获全胜，叛军首领鄂侯驭方的束手就擒告终。在强大的军事打击下，东夷、南夷又重新归伏周朝。

《瘚钟》有具体记载：

王肇通省文武勤疆土。南或（国）及子敢陷虐我土。王敦伐其至，戡（扑）伐厥都。及子延遣间来逆邵王，南夷东夷具见，廿又六邦。惟皇上帝百神，保余小子，朕猷有成亡兢。我惟司配皇天，王对作宗周宝钟。仓仓恩恩，雝雝雍雍，用邵各不显祖考先王。先王其严在上，叡叡兢兢，降余多福，福余顺孙，参寿惟琍，瘚其万年，畯保四国。

但这种军事优势并没有保持长久，《虢仲盨》铭文虽然记载厉王的大军横贯淮水流域，禹鼎的铭文说明平灭了鄂国和打败了南淮夷和东夷进犯的军队，然而到了宣王时代，淮夷又进行反抗。这说明淮夷和周王室之间，一直存在着严重的激烈斗争。

如历史记载，周宣王初年，周宣王之父厉王无道，被人民驱逐流亡于彘，由周召二公主政，史称共和期间，边区蛮夷多数叛国不听命令，所以宣王初即位即派兵征服四方。如"命秦仲征西戎，遣尹吉甫伐猃狁，命方叔征荆蛮，召虎平淮夷，王亲伐徐戎"[1]。召伯虎是奉命出征淮夷的统帅。

---

① 赵英山：《古青铜器铭文研究》第一册，商务印书馆（台北）1983 年版，第 399 页。

《召伯虎毁》载：

> 隹六年四月甲罶，王在葊。罶伯虎告曰，"余告庆"。曰
> "公氒亵，用狱諫为伯，又肙又成。亦我考幽伯幽姜命。"余
> 告庆，余吕邑讯有嗣余典勿敢封。今余毁讯，有嗣曰"厌命，
> 余毁一名。典獻伯氏，则报璧珅生"。对扬朕宗君其休，用
> 作朕剌祖罶公尝毁。其万年子子孙孙宝用。喜于宗。

《召伯虎毁》的铭文内容为战争结束，主将班师回朝，向
君王报告及君王封赏。《诗经·大雅·江汉》：歌颂召伯虎接
受宣王的命令征伐淮夷，取得胜利而受到赏赐。诗中说："江
汉浮浮，武夫滔滔。匪安匪游，淮夷是求。既出我车，既设我
旟。"召伯虎，即召穆公，历史记载是周厉王之臣。召伯虎是
周宣王之重臣。

（四）与猃狁之间的战争

西周王朝对猃狁的战事更是历代不衰，《诗经·小雅·采
薇》中描述了猃狁对中原的侵犯，"曰归曰归，岁亦莫止。靡
室靡家，猃狁之故；不遑启居，猃狁之故"。"戎车既驾，四
牡业业。岂敢定居，一月三捷。"《汉书·匈奴传》也说，懿
王时"王室遂衰，戎狄交侵，暴虐中国，中国被其苦，诗人
始作，疾而歌之，曰：'靡室靡家，猃狁之故；岂不日戒，猃
狁孔棘'"。有记载周厉王时期进伐猃狁的《多友鼎》，周宣王
时的《不娶毁》和《虢季子白盘》。

《多友鼎》

惟十月，用猃狁放兴，广伐京师，告追于王。命武
公："遣乃元士，羞追于京师。"武公命多友率公车，羞

追于京师。癸未，戎伐旬，衣孚，多友西追，甲申之晨，
博于郐，多友右折首执讯，凡以公车折首二百又□又五
人，执讯二十又三人，孚戎车百乘一十又七乘，衣复旬人
孚。或博于龏，折首三十又六人，执讯二人，孚车十乘。
从至，追博于世，多友或右折首执讯。乃车追至于杨冢。
公车折首百又十又五人，执讯三人。唯孚车不克以，衣
焚。唯马驱尽。复夺京师之孚。

《不娶毁》

唯九月初吉，戊申，伯氏曰："不娶，驭方狁狁广伐
西俞，王令我羞追于西。于命女御追于各。女以我车宕伐
狁狁于高陶，女多折首执讯。戎大同从追女，女仮戎大敦
博，女休，弗以我车圅于艰。女多禽，折首执讯。"

虢季子白在征伐狁狁得胜归来举行献俘礼时，命令部下不
娶继续追击狁狁于洛水流域。《虢季子白盘》：

唯十又二年正月初吉丁亥，虢季子白作宝盘。丕显子
白，将武于戎功，经维四方，搏伐狁狁，于洛之阳。折首
五百，执讯五十，是以先行。趄趄子白，献馘于王。王孔
加子白义。王格周庙，宣榭爰乡。王曰白父，孔明又光。
用赐乘马，是用佐王。赐用弓，彤矢其央。赐用钺，用征
蛮方。子子孙孙，万年无疆。

《不娶毁》、《虢季子白盘》等出土文献的记载，印证
了传世文献《诗经》及史书中征伐狁狁的历史事实，在
一定程度上，又丰富了传世文献的记载。

第五章

吉金文学的审美精神与文学影响

一　吉金文学的"和乐"精神与古典"中和"的审美理想

"中和"审美理想是中国古人的最高的人生和艺术的追求。中国社会几千年来文化的精神，可谓皆受其思想的影响。《易经》中具有鲜明的"尚中"倾向，"中"德在《易经》伦理学中具有独特的价值和地位。如《泰·九二》："尚于中行。"① 《易·蒙》："以亨行，时中也。"② 朱熹曰："九二以刚居柔，在下之中，上有六五之应，主乎泰而得中道者也。则合乎此爻中行之道矣。"《易经·复·六四》："中行独复。"③ 《易经·益·六三》："有孚中行。"④《易经·夬·九五》："中行无咎。"⑤ 正如钱基博在《四书解题及其读法》中所说："《易》六十四卦，三百八十四爻，一言以蔽之，曰'中'而

---

① 高亨：《周易大传今注》，齐鲁书社 1998 年版，第 114 页。
② 同上书，第 77 页。
③ 同上书，第 184 页。
④ 同上书，第 274 页。
⑤ 同上书，第 281 页。

已矣！"①

　　"尚中"思想亦是先秦其他著述的主要的文化精神。如《尚书·周书》："咸庶中正。""丕惟曰，尔克永观省，作稽中德。"②《诗经·大雅·烝民》云："天生烝民，有物有则，民之秉彝，好是懿德。天监有周，昭假于下。保兹天子，生仲山甫。仲山甫之德，柔嘉维则。令仪令色，小心翼翼；古训是式，威仪是力。"所谓"有物有则"，即为中道。言天生众民，既有众民，则必有事，有事则必有法则。此为天生烝民之道，可谓中道思想。"仲山甫"之德之性可谓得中。孔子谓《关雎》"乐而不淫，哀而不伤"，此即中道。中道即中和思想。"中和"可以称得上天下之大本与达道。因居于《诗三百》篇之首，可观其中道思想，无不贯注于诗经之中。中道哲理在诗中的体现：《诗经·邶风·匏有苦叶》云："匏有苦叶，济有深涉。深则厉，浅则揭。"

　　《大雅》亦记载君子合乎中道之德，《诗经·大雅·云议》："崧高维狱，骏及于天。维狱降神，生甫及申。维申及甫，维周之翰。四国于蕃，四方于宣……申伯之德，柔惠且直。揉此万邦，闻于四国。"（《大雅·崧高》）申伯有柔、惠、直三种德性，申伯所具三德，为从政者最大之美德，亦可称为中道之人。凡贤人君子，具备几种德行以上，可以进入中道之境。

　　儒家十分推崇"中"德，孔子甚至把"中"德视为最高的道德。《论语·泰伯第八》云："中庸之为德也，其至矣乎！

①　钱基博：《四书解题及其读法》，商务印书馆1933年12月以《万有文库》丛书出版。

②　《尚书正义·吕刑》，《十三经注疏整理本》，北京大学出版社2000年版，第648页。

民鲜久矣。"后来，孔子的弟子子思又作《中庸》，对中庸之道进行了系统详密的论证。

早在西周时期的吉金文学中，就将"和"境看做政治的最高追求。器铭中常见"鳌龢于政"、"柔远能迩"，将"和"作为政治的最高理想。协调好君臣关系、上下关系是最高的政治目标，是政局稳定、长治久安的关键。如：

> 《师訇簋》："用夹召厥辟，莫大命，鳌龢于政"
> 《蔡侯镈》："既恩于心，延中厥德，"
> 《秦公镈》："鳌龢胤士，咸畜左右。"
> 《兴钟》："鳌龢于政。"
> 《墙盘》："鳌龢于政。"
> 《说文·系部》："鳌，戾也。"
> 从弦省，从鳌。……读若戾。①

《说文》曰："鳌，戾也。从弦省，从鳌。读若戾。"《尔雅·释诂》："戾，至也。"《说文·龠部》："龢，调也。从龢声，读与和同。""龠，乐之竹管，三孔，以和众声也。从品从龠。"② 唐兰先生云："至与致同。戾和即致和。"③ 政治上要协调好上下关系，蓄养有才能之士，"定均庶邦"（《蔡侯钟》），安定调均地相处。而且，在品德上要"延中厥德"（《蔡侯镈》），也以和顺为德。《经典释文》："中，和也。"④

---

① 许慎撰，段玉裁注：《说文解字注》，上海古籍出版社 1981 年版，第 642 页。
② 同上。
③ 唐兰：《西周青铜器铭文分代史征》，中华书局 1986 年版，第 453 页。
④ 参见陆德明《经典释文》。

不仅在政治上、品行上要"尚中"，而且在生活上、饮食上也要调和五味，以"和"为美。

如春秋晚期《庚儿鼎》："惟正月初吉丁亥，徐王之子庚儿，自作飤鬶，用征用行，用龢用鬻。眉寿无疆。""用龢（和）用鬻"，用以调合五味用以烹煮。《国语·郑语》："和五味以调口，刚四支以卫体，和六律以聪耳，正七体以役心。"

而最能体现"和"的境界和精神的是周人典礼场合的用乐，正如《礼记·乐记》云："故乐者，审一以定和，比物以饰节，节奏合以成文。所以合和父子君臣，附亲万民也。"

《周礼·地官·大司徒》记载了协调社会矛盾以安邦定国的"十二教"，其四曰"以乐礼教和，则民不乖"。可见，"乐"是促进社会和谐的途径。而吉金文学中对钟乐的描写与渲染更是以"和乐"为审美精神。如：

> 择其吉金，自作龢钟。中鏄且旟，元鸣孔皇。（《沇儿钟》）
>
> 中鞞且扬，元鸣孔皇，其音銮銮，闻于四方，龢龢熙熙，眉寿无期，子子孙孙，万世鼓之。（《徐王子赕钟》）
>
> 乍为余钟，玄镠镈铝，大钟八肆，其宠四堵，乔乔其龙，既旆呗簴。大钟既悬，玉镭龟鼓。鼓余不敢为骄。（《郘钟》）
>
> 睪其吉金，自作钟。不帛不羊，不濼不凋。协于我霝龠，卑龢卑孚……龢龢仓仓，其登于上下，闻于四方，子子孙孙　永保是尚。（《者汈钟》）
>
> 簫叔之仲子平，自作铸其游钟，玄镠鋊镈，卢为之音，戠戠雍雍，闻于鸣东。（《叔之仲子平钟》）

阑阑龢钟，用匽台喜，用乐嘉宾父兄，及我朋友。（《王孙遗者钟》）

《说文·金部》："锽，钟声也，从金皇声。"① 《诗·执竞》曰"钟鼓锽锽"。《尔雅·释诂》："锽锽，乐也。"熙熙，形容钟声之和乐。《左传·襄公二十九年》"为之歌《大雅》，曰：广哉，熙熙乎！"杜预注："熙熙，和乐声。"② 《荀子·儒效》："熙熙，和乐之貌。"③

《老子》云："众人熙熙，如享太牢，如登春堂。"④ 春秋人以这样巨大的篇幅描写乐声，"乐主同"，是充分发扬乐的和谐功能。春秋钟铭以如此美妙的钟声，不是表达严格严肃的等级内涵，不是庄重、肃穆、中正、平和之声，而是欢乐之声、和谐之声，是用乐来融洽嘉宾、朋友、父兄，来亲附万民。在欢乐之声、和谐之声中，达到人际关系的交流与和谐。可见，"和"作为一种文化精神在春秋时已经成熟。这一时期的吉金文学中，人们"自作龢钟，用宴以喜，用乐父兄诸士"，充分表达了这一审美理想，在一片其乐融融的和境中，人们享受人间的欢乐。如：

《郾子钟》："穆穆龢钟，用宴以喜，用乐嘉宾大夫及我倗友。"

① 许慎著，段玉裁注：《说文解字注》，上海古籍出版社1988年版，第709页。
② 左丘明撰，杜预注：《左传》，上海古籍出版社1997年版，第1126页。
③ 王先谦：《荀子集解》，《新编诸子集成》第一辑，中华书局1988年版，第133页。
④ 陈鼓应：《老子注译及评介》，中华书局1984年版，第140页。

　　《徐王子旃钟》："唯正月初吉元日癸亥，徐王子旃择
其吉金，自作龢钟，以［敬］盟祀，以乐嘉宾倗友诸贤
兼以父兄庶士，以宴以喜。"

　　《邾公华钟》："铸其龢钟，吕甹其祭祀，盟祀。以乐
大夫，以宴庶士子。"

　　《子璋钟》："自作龢钟，用宴以喜，用乐父兄诸士。"

　　《王孙遗者钟》："阑阑和钟，用宴以喜，用乐嘉宾父
兄及我朋友。"

　　所说的"自作龢钟"，"龢"，《说文·龠部》："龢，调
也。从龠禾声，读与和同。""龠，乐之竹管，三孔，以和众
声也。从品从龠。龠，理也。"[1]

　　春秋时吉金文学修饰乐钟的用语也都是和谐之音。如"阑
阑龢钟"，"阑阑"也是修饰乐音的，杨树达曰："阑，当读为
简。"[2]《诗经·商颂·那》云："奏鼓简简"，简简为赞美乐
声之辞。《广雅·释言》："阑，闲也。"[3]《广雅·释训》："闲
闲，盛也。"[4]"阑阑和钟"即声音响亮和谐的乐钟。与"锽
锽熙熙"一样都是形容钟声之和乐。

　　"礼终乃宴"，宴饮是人的精神的解放。在锽锽悦耳的钟
声中，在嘉宾、父兄、朋友的亲热宴饮中，人们陶醉其中，
其乐融融，从而实现人与人之间人际关系的和谐。在"和"
的境界中享受着生命的自由和解放。打破了生命的一切枷

---

　　[1]　许慎著，段玉裁注：《说文解字注》，上海古籍出版社1988年版，第85
页。

　　[2]　杨树达：《积微居金文说》，中华书局1997年版，第22页。

　　[3]　王念孙：《广雅疏证》，中华书局2004年版，第157页。

　　[4]　同上书，第185页。

锁、限制和奴役，体验人性的自由本质，是在天命神权解放下的人对自身的回归。在宴饮中实现君臣和谐、上下一体的精神氛围，"和"是一种精神的满足。"和"赋予社会以秩序和自由。体现着人性精神、人道精神。人是自己的目的。春秋铭文充分传达出人的自由欢乐的感觉以及"和乐"的文化精神。

西周末年太史伯首次把"和"提升为一个哲学的概念来讨论。《国语·郑语》提出："和实生物，同则不继，以它平它谓之和"①的观点。而春秋时期的人们已经自觉地实践着这一审美精神，和乐成为一种成熟的思想和文化精神。其实质就是古典时期的"中和"的审美理想。

老子说："万物负阴而抱阳，冲气以为和。"（《老子》四十二章）②所谓"和"，是有差别的和，是无数事物交融于一体的和，而不是毫无差别属于一类的和。《国语·周语下》中曾这样记载周人对"乐"的理解："夫有和平之声，则有番殖之财。"③"天政象乐，乐从和，和从平。"④春秋时期吉金文学的"和乐"精神其实质是那个时代"中和"审美理想的一种体现。成中英先生将中国人的传统思维特征概括为"和谐化的辩证法"。他说："在中国人看来，和谐乃是实在界的基本状态和构成；而冲突则不隶属于实在界，它不过是一种不自然的失序和失衡。是没有永久意义的。"（成中英《世纪之交的抉择——论中西哲学的会通与融合》）"中和"是中国人追求的最高境界。

---

① 徐元诰：《国语集解》，中华书局 2002 年版，第 466 页。
② 陈鼓应：《老子注译及评介》，中华书局 1984 年版，第 232 页。
③ 徐元诰：《国语集解》，中华书局 2002 年版，第 112 页。
④ 同上书，第 111 页。

二　吉金文学与《春秋》的叙事手法

　　吉金文学简约记载历史,《春秋》亦是记事史纲。二者同属于官方叙事,而且记事都简洁凝练。一者铸于青铜,一者书于竹册。吉金文学记事体主要在西周时期,与《春秋》经书形成的历史时代紧密相连,二者是否有内在联系?

　　刘节在《中国史学史稿》中谈到:"依我们的研究,《春秋》的记事方式与殷墟卜辞的方式有很多相同之点;同时,彝铭中的记事形式也有与《春秋》中的记事形式相同。因此,我们可以说中国古史籍的记事方式在殷代卜辞与周代彝铭里都可以找到根据。"① 记事最主要的是时间、地点、人物三要素,吉金文学中清晰的对时间、地点、人物事件的记述,必定影响《春秋》的叙述方式。叙事依时序进行,按照时间的自然秩序来安排记事使《春秋》开创了编年体叙事的先例,而这种叙事方式的源头可以上溯到吉金文学。在吉金文学中,中国历史叙事第一次明晰地出现了按照时序进行有条不紊的叙述。依时叙述将历史上孤零零不相联系的历史事件镶嵌在时间的网络之中。

　　叙事要简约凝练,铭文的这一风格同样影响着《春秋》的叙事风格。春秋"以一字为褒贬"将叙事提炼到"加以一字太详,减其一字太略"的程度,极见其简。《春秋》叙事最具特色的是"春秋笔法"。

　　"春秋笔法"是指孔子修订《春秋》时将个人的情感态度、是非褒贬寓于历史叙事之中,形成所谓"微言大义"的

---

　　① 刘节:《中国史学史稿》,中州书画社1982年版,第16页。

史家叙事手法。司马迁云："（孔子）论《史记》旧闻，兴于鲁而次《春秋》，上记隐，下至哀之获麟，约其辞文，去其繁重，以制义法。"① 司马迁所说的"约其辞文，去其繁重"是指在撰写《史记》时所采用的一种笔法，这就是所谓"春秋笔法"。何谓"春秋笔法"？

《左传·成公十四年》载："《春秋》之称，微而显，志而晦，婉而成章，尽而不污，惩恶而劝善，非圣人孰能修之？"此即所谓"《春秋》五例"。前四例侧重《春秋》的修辞功能，后一例侧重伦理社会功能，后人称之为"春秋笔法"，或史家笔法。"春秋笔法"对后世文学的影响亦是十分深远。"钱钟书曾称：'昔人所谓《春秋》书法，正是修辞学之朔'；'《春秋》之书法，实即文章之修词。'"② "微而显"即后世诗论家所谓"文约义丰"。"志而晦"指诗家之"蕴藉隐秀"。

"春秋笔法"或"书法"开创了一种史学叙述模式，就史传文学而言，"春秋笔法"对后世文学史学的影响是十分深远的。"《左传》以历史叙事的方式解释《春秋》经，让历史人物、历史事件自己说话，史家不必现身说法。"③ 故史传文学自《史记》以后，都承载了这种客观冷静的叙述，作者个人不做任何情感态度，而直接在事件的叙述中让历史是非昭然若揭。

《左传》这种"具文见意，据事直书"的"以史传经"的方式，形成史传文学突出的"实录"的叙述特色。后世司马迁作《史记》叙事传人，紧承此种笔法，也就是顾炎武所

① 司马迁：《史记·十二诸侯年表序》，中华书局1982年版，第509页。
② 转引自张高评《春秋书法与左传学史》，上海古籍出版社2005年版，第140—141页。
③ 张高评：《春秋书法与左传学史》，上海古籍出版社2005年版，第13页。

谓的"寓论断于叙事",就是孔子所说"载之空言,不如见诸行事"的书法。"盖事外无理,理在事中,叙事精妙,对话传神,议论案断自然意在言外,此即《春秋》书法所谓'直书其事,具文见意'、所谓'尽而不污'。"① 这种"尽而不污"的写作手法在铭文中可以找到渊源。

尽管铭文的写作坚持的一般原则是"称美而不称恶",但在征伐一类的铭文中,还是可以看到作者客观的叙述史事。如《禹鼎》(西周晚期):

> 禹曰:丕显趄趄皇祖穆公,克夹绍先王奠四方,肆武公亦弗遐忘朕圣祖考幽大叔、懿叔,命禹肖朕祖考政于邢邦。肆禹亦弗敢恭,惕恭朕辟之命,乌乎哀哉!用天降大丧于下国,亦唯鄂侯御方率南淮夷、东夷广伐南国东国,至于历内。王廼命西六师、殷八师曰:"戳伐鄂侯御方,勿遗寿幼。"肆师弥怵匐匡,弗克伐鄂。肆武公廼遣禹率公戎车百乘、斯驭二百、徒千,曰:"于□朕肃慕惠西六师、殷八师,伐鄂侯驭方,勿遗寿幼。"雯禹以武公徒驭至于鄂。敦伐鄂,休获厥君驭方。肆禹有成,敢对扬武公丕显耿光,用作大宝鼎,禹其万年子子孙孙宝用。

在《禹鼎》铭文中,两次提到厉王的军命是"勿遗寿幼",厉王的暴虐形象可见一斑。作者没有直述厉王的凶狠残暴,而是寓褒贬于叙事。在禹对武公虔敬的叙述中,静态的叙述了周王军队率领西方六个师与殷朝的八个师与鄂侯驭方展开的激烈战斗。铭文是王室礼器上的文字,却没有为王家溢美隐

---

① 张高评:《春秋书法与左传学史》,上海古籍出版社2005年版,第75页。

恶，充分体现了秉笔直书、直言不讳的叙述态度。体现了春秋
笔法中"尽而不污"的美学原则。

在《训匜》铭文中，伯扬父与牧牛人之间的对话清清楚
楚明明白白地讲述出来。一个狡黠精明的法官形象呼之欲出。
同时阶级之间的欺压也尽显无遗。

《训匜》

惟三月既死霸，甲申，王在莽上官。伯扬父廼成觌
曰："牧牛！叔乃可湛，女敢以乃师讼，女上郯先誓。今
女亦既又御誓，薄格啬睦训，宥亦兹五夫，亦既御乃誓，
女亦既从辞从誓。弋可，我义便（鞭）女千、㬎女。
今我赦女义便女千、㬎女。今大赦女，便女五百、罚女
三百乎。"伯扬父廼或事牧牛誓曰："自今余敢夒乃小大
事？""乃师或以女告，则致乃便千、㬎。"牧牛则誓。
乃以告吏虢，吏罚于会。牧牛辞誓成，罚金。训用作
旅盉。

秉笔直书在铭文中还有许多事例，孔子在修撰史书《春
秋》时必定参照历史文献叙事方法，而西周春秋铭文客观的
历史叙事是孔子修《春秋》的主要参照。《春秋》笔法中的
"微而显"、"志而晦"亦可在铭文中找到个例。

《泉伯簋》

隹王正月，辰在庚寅，王若曰："泉伯羌，自乃且考
又于周邦，右辟四方，惠弓天命。女肇不弃，余易女秬鬯
卣、金车、毕莽寿、莽弓、朱虢旂、金甬、金厄。"

　　彔国，原来是殷纣王时的诸侯国，周武王推翻了殷纣王，
彔国降服于周。成王初期，诸侯作乱，彔国之王彔子扣曾叛离
周王，成王率领大保率大兵征服，征服后纪念作器为《大保
簋》，彔国在殷末周初，其爵位为子国，所以造反的王称作
"子"，经过成王派兵征服以后，历经康王、昭王以至穆王，
前后有一百余年，对于周室颇有贡献，如铭文中所云，所以其
国由子爵升至伯爵。称为彔伯。我们可以推想，彔国为殷旧侯
国，曾叛乱于周，并非心甘情愿臣服周朝，只是由于慑于周朝
武力，才被迫臣服，彔氏几代人才被迫对周朝作出贡献，文中
对鲁斯以前的谋反只字不提，只是陈说今日的功绩。阅读铭文
我们发现，周代统治者，也没有将彔氏几代人的贡献，说成是
对周王的忠心，而说成是顺从了天意，光大天命。可见周王与
叛离诸侯之间的微妙关系。《彔伯簋》对于以往国王的叛离只
字不提，只是称其功绩，扬其贡献，称美而隐恶，这种写法，
应是一种史家笔法。

　　在《史墙盘》中，我们也能看到同样的笔法，与其有异
曲同工之妙。

　　《史墙盘》
　　曰古文王，初𩨾和于政，上帝降懿德大屏，匍有上
下，迨受万邦。㧊圉武王，遹征四方，达殷畯民，永不巩
狄，虘髟伐夷㝬。宪圣成王，左右绶𩪋刚鲧，用肇彻周
邦。㲋哲康王，兮尹意疆。宖鲁邵王，广能楚荆，惟寏南
行。祇覠穆王，井帅宇诲。醽宁天子，天子𡄣屡文武长烈，
天子眉无匄，𩎟𨻅上下，亟狱桓慕，昊昭亡斁。上帝司夏
尢保，授天子绾令，厚福，丰年，方𤔲亡不颣见。青幽高
祖，在微需处，雩武王既戈殷，微史烈祖廼来见武王，武

王则令周公舍圃于周俾处，鬲重乙祖，逨匹厥辟，远猷腹心，子㦀明。亚祖祖辛。寰子孙，繁猎多螯，齐角𫔶光，义其祀。害屖文考乙公，遽越㝣屯，无諫農嗇，历惟辟。孝友史墙，夙夜不坠，其日蔑历，墙弗敢取，对扬天子，丕显休令，用作宝𨞸彝。烈祖文考弋宝授墙尔麟福，怀猶录，黄耉，弥生，龕事厥辟，其万年永宝用。

在成康盛世后，从康王后期开始，西周社会进入了一个四夷频反、国土不宁的混乱时期，周昭王为了平定荆楚叛乱，殒命南国，丧六个师于汉水。据《史记·周本纪》云："昭王之时，王道微缺，昭王南巡狩不返，卒于江上。"对于这一不光彩的史实，铭文将其隐去，以平和的口吻进行叙述，如《静方鼎》也记王命"省南国"，南国泛指汉水流域。《启卣》说"王出狩南山"，《启尊》说"启从王南征"，《作册矢令簋》"唯王于伐楚"，而《史墙盘》却云，"宏鲁昭王，广笰楚荆，惟𡓮南行"。《逨盘》云："剿征四方，践伐楚荆。"

微史烈祖家族世承殷恩，却来见武王，史家故意将这一屈辱的历史隐去，用称颂的笔法来抒写。

刘知几赞《春秋》曰："夫国史之美者，以叙事为工；而叙事之工者，以简要为主。简之时义大矣哉！"[1] 在文史一体的时代，《春秋》毋庸置疑是记事的典范；在文史分家之后的漫长岁月中，人们仍不自觉地以《春秋》、"春秋笔法"为衡量文学性叙事的标准。历史著作《春秋》的诸多手法在吉金文学中都能找到源头。

---

① （唐）刘知幾著，姚松、朱恒夫译注：《史通全译》，贵州人民出版社1991年版，第326页。

三　吉金文学对传统文学形式的影响

《礼记·祭统》："铭者，论撰其先祖之有德善、功烈、勋劳、庆赏、声名，列于天下，而酌之祭器，自成其名焉，以祀其先祖者也。显扬先祖，所以崇孝也。身比焉，顺也。明示后世，教也。夫铭者，壹称而上下皆得焉耳矣。是故君子之观于铭也，既美其所称，又美其所为。"

刻铸于金属上的文字，一方面称颂先祖的盛德、功业；另一方面，又有垂鉴后世子孙效法先祖的箴诫教化意义。"明示后世，教也。"正如《墨子·贵义》所言："古之圣王，欲传其道于后世，是故书之竹帛，镂之金石，传遗后世子孙，欲后世子孙法之也。"① 镂于金石而传其道，即具有垂鉴久远的教诫意义。

吉金文学也正是在这两个方面影响着中国的传统文学，一方面，所铸铭辞向着颂体文学方向发展；另一方面，铭于器物，自警或警示他人，具有较强的箴戒警示意义。徐师曾在《文体明辨序说》云："其后作者寖繁，凡山川、宫室、门井之类皆有铭辞，盖不但施之器物而已，一曰警戒，二曰祝颂。"

（一）箴诫体铭文

《录白戒簋》铭："子子孙孙其帅井受兹休"。按"帅井"应读为"率型"，乃金文中习语，是说后世子孙效法簋铭所载先祖典型之意。自周公以来，出自鉴戒的目的使前代历史受到

---

① 《墨子间诂·贵义》，《新编诸子集成》，中华书局2001年版，第444页。

重视，促使历史意识的逐渐加强，《左传》、《国语》记载天子听政而使百官群臣尽箴戒规诲之道，其中包括"史献书"，即为一证。《文心雕龙·铭箴》："铭者，名也，观器必也正名。审用贵乎盛德。"① 陆机《文赋》："铭博约而温润。"② 吴纳《文章辨体序说》谓："铭者，名也。名其器物以自警也。"③

从殷周到战国，铭文发展的各个历史时期，铭文的历史内容虽然不同，并且运用了铭文出现过各种样式的文体写作，但从西周时期的垂鉴先祖，效法先祖，称颂功德，到战国时期的以史为鉴，铭文的发展突出了它的箴诫性质。也就是说，"夫箴诵于官，铭题于器，名目虽异，而警戒实同"④。君子观铭，看到铭文中称颂赞扬先祖的德行，敬仰先祖的功业事迹，时时提示自己，不忘其中蕴涵的深义。先祖的功业德行是观者子孙后代效法仿鉴的对象。最典型的要属战国吉金文学，文辞简约，善用比喻，一件器铭中直接表达其所蕴涵的箴戒意义。如战国时期的一件带钩，铭文说："物可折中，册复毋反。"（以钩可系带，比喻折中之德）又说："无作无悔，不汲于利。"（以钩取之义，诫人不可贪利）又云："宜曲则曲，宜直则直。"（以钩取之义，诫人不可一味曲阿逢迎）战国时期的《中山王西壶》，是叙论历史的长铭，然其结尾亦一再告诫人

① 刘勰著，范文澜注：《文心雕龙注》，人民文学出版社 1958 年版，第193 页。

② 陆机著，张少康集释：《文赋集释》，人民文学出版社 2002 年版，第99页。

③ 吴纳：《文章辨体序说》，人民文学出版社 1962 年版，第 12 页。

④ 刘勰著，范文澜注：《文心雕龙注》，人民文学出版社 1958 年版，第 375页。

们云："祗祗翼翼，邵告后嗣，佳逆生祸，佳顺生福。载之外简，以戒嗣王。佳德淑民，佳宜可张。"

铭文在青铜器上铸刻的衰落，却没有影响它作为一种文体的繁荣。早在战国时期，人们就在钩、剑、戟等各种兵器、铁器等器物上铸铭。尔后，秦汉歌功颂德的碑碣石刻，历代文人游览山水名胜时作的山川铭，在座位上铭刻自醒的座右铭，在器物上铭刻的器物铭，在居室、墓地所言志向、生平的铭文，这些都表明铭文作为一种独特的文学体裁样式已经成熟。

"昔帝轩刻舆以弼违，大禹勒笋虞而招谏，成汤盘盂，著日新之规，武王户席，题必戒之训，周公慎言于金人，仲尼革容于欹器，则先圣鉴戒，其来久矣。"[①]

现在看到的最早的铭文是《路史卷十四·黄帝纪上》，黄帝命上下作巾几之铭曰："毋弇弱，毋俷德，毋违同，毋敖礼，毋犯非德，毋犯非义。"《礼记·大学》中所载的是商代的《盘铭》："汤之盘铭，曰苟日新，日日新，又日新。"

这篇铭文是刻在盘上的。根据朱熹《四书集注》的解释："盘，沐浴之盘也。铭，名其器以自警之辞也。"除了《盘铭》外，《大戴礼记·武王践阼》还记录有《盥盘铭》、《带铭》、《杖铭》、《衣铭》、《笔铭》、《矛铭》等，是记载武王即位即作的"戒书"。以铭文发展来看，周代以前的确存在这类戒书。如：

---

① 刘勰著，范文澜注：《文心雕龙注》，人民文学出版社1958年版，第193页。

　　《席四端铭》："席前左端：安乐必苟。前右端：无行可悔。后左端：一反一侧，亦不可不志。后右端：所监不远，视尔所代。"

　　《户铭》："夫名难得而易失。无勤弗志，而曰我知之乎。无勤弗及，而曰我杖之乎。扰阻以泥之。若风将至，必先摇摇，虽有圣人，不能为谋也。"

　　《鉴铭》："见尔前，虑而后。"

　　《带铭》："火灭修容，慎戒必恭，恭则寿。"

　　《矛铭》："造矛造矛，少间弗忍，终身之羞。"

　　《后汉书·朱穆传》："古之明君，必有辅德之臣，规谏之官；下至器物，铭书成败，以防遗失。"[①] 这些铭文多刻铸在器物上，称为器物铭。器物铭大都体式短小而且句式整齐，一般还押韵，有较强的文学性。古代的文学家蔡邕、鲍照、庾信、文天祥、张岱等都擅长写器物铭，他们都喜欢为器物写作铭文。如明末著名小品文作家张岱的《宝瓶砚铭》：

　　　　口戕口，在管城。古君子，守如瓶。

　　年代稍晚于班固的东汉作家崔瑗在器物铭、山水铭之外首先提出了"座右铭"一词，并且写了第一篇座右铭。这是一种带有自我警戒意义的铭文，其内容无非是警戒自己要立身修德、谨言慎行。据《文选·卷五十六》载，铭的全文

─────────────

① 范晔：《后汉书·朱穆传》，中华书局 1965 年版，第 1468 页。

如下：

> 无道人之短，无说己之长。施人慎勿念，受施慎勿
> 忘。世誉不足慕，唯仁为纪纲。隐心而后动，谤议庸何
> 伤！无使名过实，守愚圣所藏。在涅贵不淄，暧暧内含
> 光。柔弱生之徒，老氏诚刚强。行行鄙夫志，悠悠故难
> 量。慎言节饮食，知足胜不祥。行之苟有恒，久久自
> 芬芳。①

（二）颂赞体铭文

吉金文学发展的另一个走向是形成颂赞体文学。"为之
铭者，所以识之之辞也。"② "盖臧武仲之论铭也，曰：天
子令德，诸侯计功，大夫称伐。"③ 吉金文学对先祖的颂
扬、对君王的赞美、对诸侯的功德的颂美是铸刻于载体青
铜上，而秦汉碑刻，是两周以来的铜器铭文的发展，它将
称颂先祖、歌颂功德业绩刻在碑、石等不易腐烂的媒体上，
它直接秉承青铜铭文的写作风格与艺术样式，歌颂开国皇
帝的历史功勋。挚虞《文章流别论》云，"颂，诗之美者
也，古者圣帝明王，功成治定，而颂声兴，于是史录其篇，
工歌其章，以奏于宗庙，告于鬼神；故颂之所美者，圣王

---

① 萧统编：《文选五十六卷·崔子玉座右铭》，中华书局1997年版，第770
页。
② 姚鼐：《古文辞类纂》，上海古籍出版社1998年版，第11页。
③ 刘勰著，范文澜注：《文心雕龙注·铭箴》，人民文学出版社1958年
版，第193页。

之德也"①。

秦始皇统一天下后，到各地巡游，由丞相李斯撰文勒石，称颂皇帝的功德，告诫四方的臣民。这些刻石文字，实际上与铭、颂同类。"碑志类者，其体本于《诗》，歌功颂德，其用施于金石。"② 这些刻石文字多溢美之词，主要歌颂始皇帝的丰功伟绩。是典型的颂赞体文学。《文心雕龙·颂赞》："秦政刻文，爰颂其德。"③ 又曰："原夫颂惟典雅，辞必清铄，敷写似赋，而不入华侈之区；敬慎如铭，而异乎规诫之域。"④《文心雕龙·封禅篇》说："秦皇铭岱，文自李斯。"⑤ 李斯的刻石之文，见于《史记》的有《泰山刻石》、《东观刻石》、《会稽刻石》和《碣石刻石》等，这些刻石文字，刘勰都认为与"铭"同类，而且这些刻石颂文基本都是有韵的文章。如《史记·秦始皇本纪》中《泰山刻石》全文如下：

> 皇帝临位，作制明法，臣下修饰。二十有六年，初并天下，罔不宾服。亲巡远方黎民，登兹泰山。周览东极。从臣思迹，本原事业，祗诵功德。治道运行，诸产得宜，皆有法式。大义休明，垂于后世，顺承勿革。皇帝躬圣，既平天下，不懈于治。夙兴夜寐，建设长利，专隆教诲。训经宣达，远近毕理，咸事圣志。贵贱分明，男女礼顺，

---

① 转引自刘勰著，范文澜注《文心雕龙注·颂赞》"挚虞品藻"注文，人民文学出版社 1958 年 9 月第 1 版，第 169 页。

② 姚鼐：《古文辞类纂》，上海古籍出版社 1998 年版，第 11 页。

③ 刘勰著，范文澜注：《文心雕龙注》，人民文学出版社 1958 年版，第 157页。

④ 同上书，第 158 页。

⑤ 同上书，第 393 页。

慎尊职事。昭隔内外，靡不清净，施于后嗣。化及无穷，遵奉遗诏，永承锤戒。

《泰山刻石》是三句一韵的铭文，文字典雅庄重，形式也很独特。被晚清著名骈文家谭献评为"精硕亦何减《誓》、《诰》"，评价颇高。

《史记·秦始皇本纪》载《会稽刻石》是李斯的代表作。全文如下：

> 皇帝休烈，平壹宇内，德惠攸长。三十有七年，亲巡天下，周览远方。遂登会稽，宣省习俗，黔首齐庄。群臣诵功，本原事迹，追道高明。秦圣临国，始定刑名，显陈旧章。初平法式，审别职任，以立恒常。六王专倍，贪戾傲猛，率众自强。暴虐恣行，负力而骄，数动甲兵。阴通间使，以事合从，行为辟方。内饰诈谋，外来侵边，遂起祸殃。义威诛之，殄息暴悖，乱贼灭亡。圣德广密，六合之中，被泽无疆。皇帝并宇，兼听万事，远近毕清。运理群物，考验事实，各载其名。贵贱并通，善否陈前，靡有隐情。饰省宣义，有子而嫁，倍死不贞。防隔内外，禁止淫佚，男女洁诚。夫为寄豭，杀之无罪，男秉义程。妻为逃嫁，子不得母，咸化廉清。大治濯俗，天下承风，蒙被休经。皆尊轨度，和安敦勉，莫不顺令。黔首修洁，人乐同则，嘉保太平。后敬奉法，常治无极，舆车不倾。从臣颂烈，请刻此石，光锤休铭。

《刻石》文极力赞颂始皇帝的功彰业绩，与铭文的精神实质是一致的。刻在石头上的铭文，黄叔琳云，"李习之论铭，谓盘之辞可迁于鼎，鼎之辞可迁于山，山之辞可迁于碑"①。铭文既可铸刻于鼎盘，亦可铸刻于山石，还可铸刻于石碑。

钟鼎礼乐之器，昭德纪功，以示子孙，物不朽者，莫不朽于金石，故碑在宗庙两阶之间。近世以来，箴铭之于碑，"夫属碑之体，资乎史才。其序则传，其文则铭"②。"夫碑实铭器，铭实碑文，因器立名，事光于诔。是以勒石赞勋者，入铭之域；树碑述己者，同诔之区焉。"③"碑者，埤也。上古帝皇，纪号封禅，树石埤岳，故曰碑也。"④

"又宗庙有碑，树之两楹，事止丽牲，未勒勋绩，而庸器渐缺，故后代用碑，以石代金，同乎不朽，自庙徂坟，犹封墓也。"⑤古代人死了以后，要立墓碑文，还要将碑文刻在石头上，就是所说的墓志铭。《文心雕龙·诔碑》中就提到，"属碑之体，资乎史才，其序则传，其文则铭"⑥，墓志铭分为两个部分，一曰"志"，一曰"铭"。"志"就是"记"，主要是记录逝者的世系、名字、爵位、生卒年月、子孙和下葬日期、墓地等；"铭"则沿袭前代，一般是用韵文写成，内容大致是对死者的称颂、表扬和怀念。历代文学家如庾信、韩愈、欧阳修、王安石、归有光等都

---

① 转引自刘勰著，范文澜注《文心雕龙注·铭箴》"始皇勒月"注文，人民文学出版社 1958 年版，第 201 页。

② 刘勰著，范文澜注：《文心雕龙注·诔碑》，人民文学出版社 1958 年版，第 214 页。

③ 同上。

④ 同上。

⑤ 同上。

⑥ 同上。

有名篇传世。

　　还有一类宫室铭，名义上是为居室而作，实际上也是为居住的人而作，如刘禹锡的《陋室铭》，宋代陈亮的《妥斋铭》云：

　　　　往则俱往，来则俱来。义苟精矣，动静必偕。心之广矣，亦可惧哉！天下虽大，吾安厥斋。

附录：金文韵读解题笺注

本文收集王国维、郭沫若、陈世辉、陈邦怀先生等所注的300多篇金文韵读文章，对部分重要篇章进行了解题笺注。

者减钟

隹正月初吉丁亥，工𫚳①王皮𪓰之子者减罺其吉金，自作𪉢钟。不帛不𦍒，不濼不凋。②协于我霝龠，卑龢卑孚③，用旂眉寿，繁釐于其皇祖皇考。若𥷀公寿若参寿，④卑女𩗏𩗏韶韶？龢龢仓仓，⑤其登于上下□□闻于四旁△，子子孙孙永保是尚△。

选自：《郭沫若全集——金文韵读补遗》

解题：是现存有铭吴器中最早的青铜器，1761年出土于江西临江。者减，其人无可考，《史记·吴太伯世家》："句卑卒，子去齐立。"者减当与去齐为兄弟行。皮𪓰即句卑。《史记·吴太伯世家》："颇高卒，子句卑立。"

笺注：①工𫚳，吴国国名。《史记·吴太伯世家》："太伯之奔荆蛮，自号'句吴'。"王国维在《观堂集林·攻吴王大差鉴》中云："工𫚳亦即攻吴，皆句吴之异文。"②"不帛不𦍒，不濼不凋"，白色和赤色的金属，美好而有彤饰。不，语词，无实义。犹《诗经·周颂·清庙》"不显不承",下三个不字皆同。帛,读为白,指青铜合剂的锡。羊,铜的赤色。不濼,美也。③卑穌卑孚,使之和合相应。④召公寿,即君奭。参寿,参,即古文"三"字,《诗经·鲁颂·閟宫》:"三寿作朋",《毛传》:"寿,考也。"杜预在注《左传》中"三老"云:"上寿、中寿、下寿皆八十以上。"徐中舒则认为,金文或典籍中的三寿皆为祝寿考之辞(《金文嘏辞释例》)。⑤鱄鱄韶韶、穌穌仓仓,犹锽锽熙熙,皆形容钟声之美。

秦公钟一、二(秦公钟一、二铭同)

　　秦公曰:我先祖受天命,赏宅受国。烈烈邵文公、静公、宁公不坠于上①,邵(昭)合(答)皇天②,以虩使蛮。公及王姬曰:余小子,余夙夕虔敬朕祀。以受多福。克明有心,盩和③胤士。咸畜左右,趩趩允义,翼受明德,以康奠④协朕国,盩⑤百蛮,具即其服。(之部)作厥和钟△,霝音鐉雍雍△,以宴皇公△,(东部)以受大福,屯鲁多釐,大寿万年。秦公其畯在立,龢受大命。(真部)眉寿无疆△,匍有四方△。(阳部)其康宝。

　　选自:《文物》1978 年第 11 期

　　解题:1978 年 1 月出土于陕西省宝鸡市太公庙村,出土时有编钟 5 件,镈 3 件。钟铭中的秦公,是指秦武公。

　　笺注:①文公、静公、宁公,秦国先祖。②邵合皇天,指三公配皇天而受天命。③盩和,安定协和。④康奠,《尔雅·释诂》:"康,安也;奠,定也。"⑤盩,假为兆,《国语·周语》:"百姓兆民",《吕览·孟冬》:"无或敢侵削众庶兆民。"

秦公钟三

　　秦公曰：不顯朕皇祖，受天命，竈又下国。十又二公不㝮在下。嚴龏①寅天命△。保业②毕秦，虩事蠻夏③。曰余虽小子△。穆穆帅秉明德△。叡专明刑，虔敬朕祀△。以受多福△。协龢万民，唬凤夕剌剌趄趄，万生是敕△。咸畜百辟胤士△。蠚蠚文武，镇静不廷，馥燮百邦，于秦执事△。作盟龢钟，毕名曰蒢邦。其音鉠鉠雕雕孔皇。㠯邵令孝菖。㠯受屯鲁多釐，眉寿无疆。畯疐在天，高弘又慶。匍又四方。永宝圂。

　　选自：《郭沫若全集——考古编5》之《金文韵读补遗》

　　解题：秦公钟通篇为秦公自述，秦国的先祖秉承天命，受邑封国，自己表明要承继祖业，明德贤政的决心。

　　笺注：①龏，恭敬。《尚书·无逸》："嚴龏寅畏天命。"②保业，安定。③蠻夏：蠻，百蛮，秦处西方指西戎诸国。夏，指诸夏，即中原国家。

齐侯铺钟

　　夷典其先旧，及其高祖，𣄜𣄜成唐，又敢在帝所。叀专受天命，剪伐颙司。䄙毕灵师，伊小臣佳辅。咸有九州，处禹之堵。

　　选自：《郭沫若全集——考古编5》之《金文韵读补遗》

齐子仲姜镈

　　惟王五月初吉丁亥，齐鼉叔①之孙、遟仲之子龢，作子仲姜宝镈，用祈侯氏永命万年。龢保其身，用享用孝于皇祖圣叔、皇妣圣姜，于皇祖又成惠姜，皇考遵仲、皇母，用祈寿考勿死，保吾兄弟，用求考命弥生②。肃肃义政，保吾子姓。鲍叔又成裘于齐邦。③侯氏锡之邑二百又九十又九邑。与湿之民人都鄙。④侯氏从告之曰：世万至于台孙子。勿或俞改。鲍子□曰："余弥心畏誋。⑤余四事是旨，余为大攻厄大史。大徒大宰，是台可吏。子孙，永保用旨。"

选自：《王国维全集——〈两周金石文韵读〉》

笺注：①鲍叔，即鲍叔。鲍叔名牙，春秋时齐国大夫。遵仲，鲍叔之子；皇祖圣叔，鲍叔之父。（参见马承源《商周铜器铭文选·四》）②弥生，永生。③鲍叔句，鲍叔在齐国建有功勋。④侯氏句，《吕氏春秋·赞能》："管子治齐国，举事有功，桓公必先赏鲍叔，曰：使齐国得管子者，鲍叔也。"⑤畏誋，敬畏虔诚。⑥四事句，以四职为己任。

齐鲍氏钟

佳正月初吉丁亥，齐鲍氏孙𠂤，择其吉金，自作龢钟。卑鸣及好。用享以孝。于的皇祖文考。用医用喜△。用乐嘉宾及我庶士△，子子孙孙，永保用之△。

选自：《郭沫若全集——金文韵读补遗》

解题：鲍氏，即鲍氏。

笺注：卑鸣及好，使钟鸣声大好（《商周青铜器铭文选·四》，马承源著）。

邾公华钟

佳王正月，初吉乙亥。邾公华罨其吉金，玄鏐赤鏞，用铸乎穌钟，昌乍其皇祖皇考曰：余罴龏畏忌。怼穆不豪于乎身。
铸其穌钟。昌邶其祭祀、盟祀。昌乐大夫昌郾士庶子。睿①为
之名，元器②其旧△，哉公眉寿△，郏邦是保△。其万年无
疆。子子孙孙永保用旨。

　　选自：《郭沫若全集——考古编5》之《金文韵读补遗》

　　解题：郏公华，郏悼公华。《左传·昭公元年》："六月丁
巳，郏子华卒。"

　　笺注：①睿，慎也。②元句，美好的器具制造遵照先人旧
制。《诗经·大雅·假乐》："不愆不忘，率由旧章。"

郏公剑钟

　　隹王正月，初吉乙亥。郏公剑罤其吉金，玄鏐膚呂，用铸
乎穌钟，昌乍其皇祖皇考曰：余罴龏畏忌，铸其穌钟二鍺，①以
樂其身，以宴大夫，以喜诸士，至于萬年，分器②是寺。

　　选自：《郭沫若全集——考古编5》之《金文韵读补遗》

　　解题：郏公剑，即郏宣公。《春秋·襄公十七年》："春，
王二月，郏公剑卒。"

　　笺注：①二鍺，即二堵。二堵，即一肆。《周礼·春官宗
伯·小胥》："凡悬钟磬，半为堵，全为肆。"郑玄注："钟一
堵，磬一堵，谓之肆。"②分器句，《礼记·礼运》："故礼达
而分定，"分指尊卑等级。寺，通作峙，储守之意。

师臾钟

　　师臾肇作朕烈祖虢季宄公幽叔，朕皇考德叔大林钟，用喜

侃（前）文人，用祈屯鲁永令，（命）（真部）用匄眉寿无疆△。师奂其万年永宝用享△。（阳部）

选自:《文物》1975 年第 8 期

井人妄钟（一）

井人妄曰：厥淑文祖、皇考，克哲厥德，皋屯用鲁，永终于吉△。妄不敢弗帅用文祖、皇考，穆穆秉德。（之部）妄宪圣越爽，虔处宗室△，（至部）肆妄作和父大林钟，用追孝侃前文人。前文人其严在上。敯敯橐橐，降余厚多福无疆。妄其万年，子子孙孙，永宝用享。（阳部）

选自:《两周金文辞大系考释》第 150 页

沕其钟

沕其曰：丕显皇祖考。穆穆翼翼，克哲厥德，臩臣先王，皋屯亡愍。沕其肇帅井（型）皇祖考。秉明德，虔夙夕，辟天子。（之部）天子肩使沕其身邦君大正。用天子宠蔑沕其历，沕其敢对天子丕显休扬，用作朕皇（下缺）……

选自:《商周金文录遗》第三号

臧孙钟

惟正月初吉丁亥。攻敔中冬我之外孙，坪之子臧孙。择厥吉金，自作和钟。子子孙孙，永保是从。（东部）

选自:《考古》1965 年第 3 期

解题:1964 年 6 月江苏省六合程桥出土。臧孙系攻敔中冬我之外孙，可见此器非吴器。

者㳂钟（一）

惟戊（越）十有九年，王曰：者㳂，汝亦虔秉丕湿（经）德。台（以）克总光朕□于之。①（之部）遂学桓桓，哉（载）弼王宅，往幹②庶戡③，台（以）只光朕立（位）。今余其念□乃有。斋休祝成，用治烈疾。光之于聿，汝其用兹。绥安乃寿△，惠（痟）逸康乐△，勿有不义㲅△。之于不适，惟王命。无頍乃德。子孙永保△。（幽宵合韵，乐在宵部）

选自：《考古学报》1958 年第 1 期

解题：者㳂，越国大夫勾践。

笺注：①台（以）句，能够光大辅佐我，使我昭示万世。②幹，假借为干，《诗经·小雅·旱麓》："干禄岂弟"，毛亨《传》："干，求也。"③ 庶戡，《广雅·释诂三》："戡，乱也。"

越王钟

唯正月王春吉日丁亥，越王者旨于睗，择其吉金，自铸穌林钟。以乐吾家，喜而宾客，旬台鼓之△，夙莫不贲△①。口顺余子孙，万世无疆，用之勿相②。

选自：《两周金文辞大系考释补录》第 1 页

解题：越王者旨于睗即勾践之子与夷。与夷立于战国早期公元前 465 年。

笺注：①夙莫不贲，莫，暮之本字；贲，读为忒。《说文解字·心部》："忒，更也。"②相，通假为丧。《诗经·大雅·皇矣》:"受禄无丧",毛亨《传》:"丧,亡。"

徐王子旃钟

惟正月初吉,元日癸亥,徐王子旃择其吉金,自作和钟,以敬祭祀,以乐嘉宾,及我姓我(友),(兼)以父兄庶士。以宴以喜。(之部)中翰且扬△,元鸣孔皇△,其音筶筶①,闻于四方。(阳部)皇皇②熙熙③。眉寿无期,子子孙孙、万世鼓之。(之部)

选自:《商周青铜器铭文选》第4卷第586页。

解题:此器北京故宫博物院藏。

笺注:①筶,攸之异体。②皇皇,通作锽锽,《说文解字·金部》:"锽,钟声也。"《尔雅·释诂》:"锽锽,乐也。"③熙熙,形容钟声之和乐。《左传·襄公二十九年》:"为之歌《大雅》,曰:广哉,熙熙乎!"杜预注:"熙熙,和乐声。"

蔡侯钟

惟正五月初吉孟庚。蔡侯口曰:余唯末小子,余非敢宁忘。有虔不惕,①辅右楚王,窪窪②为政,天命是逅③。定均庶邦(一),休有成慶(阳部)④。既恩⑤于心△,诞中厥德。均子大夫,建我邦国△。为政⑥祇祇,不怨(愆)不忒△。自作歌钟,元鸣无期△。子孙鼓之△。(之部)

选自:《考古学报》1956年第1期

解题:1955年5月安徽省寿县蔡侯墓出土。安徽博物馆藏。蔡侯,即蔡平侯。平侯为楚王所复立。公元前524年,是平王复立蔡之年。《史记·管蔡世家》:"楚平王初立,欲亲诸侯，故复立陈、蔡侯。”

笺注：①惕，改变，变易。②窀窀，《说文解字》所无，意未详，或为勤政之意。③遑，遵守。④成廖，《释名·释言语》："成，盛也。"⑤悤，明察。⑥为政句，谨慎地实行德政，没有差错和过错。忒，差也。

莒仲平钟

惟正月初吉庚午，簠叔之仲子平，自作铸其游钟，玄镠鏉鏽，尸为之音，戟戟雍雍，闻于鸣东，（东部）。仲平善救叔（祖）考△。铸其游钟，以乐其大酉△。圣智恭良。其受此眉寿△。（幽部）万年无期。子子孙孙，永保用之。（之部）

选自：《考古学报》1978 年第 3 期

瘨钟（甲）

瘨曰·丕显高且亚且文考。克明氒心，足尹龡氒威义，用辟先王，瘨不敢弗帅且考，秉明德。圉外夕，左尹氏皇王对瘨身楙易佩。敢乍（前文人）宝熙穌钟、用追孝翦祀。之部，邵各乐大神。其陟降严祜△龏妥厚多福、其觑觑彙彙，受余屯鲁△。通禄永令。眉寿□冬，瘨其万年，永宝日鼓△。

选自：《文物》1978 年第 3 期

瘨钟（乙）

曰古文王。初鬣穌于政。上帝降懿德大雩。匍有四方。迨受万邦。雫武王既戈殷。散史刺且来见武王。则令周公舍寓以五十颂处。今瘨㹀夕虔敬。邮乎死事、肇乍穌镶钟。

选自：《文物》1978 年第 3 期

痴钟（丙）

瘨趄趄㹀夕圣趆，追孝于高且辛公文且乙公皇考丁公穌镶钟，用邵各喜侃乐前文人，用禥寿，匀永令，绰缩馓禄屯鲁。戈皇且考，高对尔烈严在上，豐豐橐橐，鞥妥厚多福。广启瘨身，勋于永令，襄受余，尔驘福。瘨其万年，挤角鼗光，义文神无疆。覜福，用光窝身，永余宝。

选自：《文物》1978 年第 3 期

虘钟

唯正月初吉丁亥，虘作宝钟。用追孝于已伯，用亯大宗。用濼好宾，虘罘蔡姬永宝。用邵大宗。

选自：《三代吉金文存》第 1 卷第 17 页

黿叔止白钟

唯王六，初吉壬午。黿叔止白□择其吉金，用□钟，以作其皇且皇考□，用祈眉寿△无疆。子子孙孙，永保△用亯。

选自：《三代吉金文存》第 1 卷第 19 页

楚王酓章作曾侯乙钟

佳王五十又六祀，返自西阳。楚王酓章作曾侯乙宗彝，實
之于西阳。其永时用亯。

选自：《文物》1979 年第 7 期

屬羌钟

唯廿又再二祀①，屬羌乍戎。乒辟韩宗②。融逨征秦遆
齐，入狱成先会于平陰③。武侄④寺力，富敓楚京。赏于韩
宗。令于晋公。邵（昭）于天子，用明则⑤之于铭△，武文
咸剌⑥。永世母忘△。

选自：《三代吉金文存》第 1 卷第 32 页

解题：河南洛阳金村太仓古墓出土。

笺注：①唯廿句，周威烈王之二十二年。②韩宗是韩景子
虔。融句，征伐秦国，胁迫齐国。③入狱句，入长城以为先
锋，会师于平阴。④武，勇武；侄，刚强；寺力，谓得功。
寺，作持，在此意为得。⑤则，读载，二字古音相同可通。陆
德明《经典释文》："载，载于书也。"即记载的意思。⑥剌，
显赫。

欮钟

王肇遹相文武堇疆土，南或（国）服孳敢陷虐我土。王
敦伐其至，戜（扑）伐厥都。服孳乃遣先来逆邵王，南夷东
夷具见，廿又六邦。惟皇上帝百神，保余小子，朕猷有成亡

兢。我惟司配皇天，王对作宗周宝钟。仓仓恩恩，灘灘雍雍，用邵各不显祖考先王。先王其严在上，戢戢龏龏，降余多福，福余孝孙，参寿惟琍，戠其万年，峻保四国。

选自:《王国维全集——〈两周金石文韵读〉》

解题:周厉王为庆贺战功，感谢上天保佑而作。宗周钟外表装饰华丽庄严，纹饰精细，钟乳高突。

许子钟

唯正月初吉丁亥，鄅子盬台，择其吉金，自作铃钟，中翰且扬，元鸣孔皇，穆穆龢钟，用宴以喜，用乐嘉宾大夫及我倗友，敨敨趧趧，万年无諆，眉寿毋已，永保鼓之。

选自:《王国维全集——〈两周金石文韵读〉》

儆儿钟

唯正九月初吉丁亥，曾孙儆儿，余迖斯于之孙，余丝緰徐王庚之淑子之元子，曰:乌乎，敬哉，余義楚之良臣，而筬之慈父，余□□儿择吉金、镈铝，以铸和钟，以孝先祖，乐我父兄，饮飤歌舞。孙孙用之，后民是语。

选自:选自《王国维全集——〈两周金石文韵读〉》

解题:上海博物馆藏。传世至少有4器。

沇儿钟

唯正月初吉丁亥，徐王庚之淑子沇儿，择其吉金，自作龢钟。中翰且旓，元鸣孔皇。孔嘉元成，用盘歙酉，龢会百生，愚于威仪，惠于明祀，吾㠯宴以喜，以乐嘉宾，及我父兄庶士。龏龏熙熙，眉寿无期，子子孙孙，永保鼓之。

选自：《王国维全集——〈两周金石文韵读〉》

解题：上海博物馆藏。沇儿，徐王庚之淑子。徐王庚即徐王庚儿，见《庚儿鼎》。

王孙遗者钟

隹正月初吉丁亥，王孙遗者择其吉金，自做龢钟。中翰且扬，元鸣孔皇。用享台孝，于我皇且文考，用蕲眉寿。函龏䚷屖，敄鼎趩趩，肃悊圣武，惠于政德，淑于威义，诲猷不飤。阑阑龢钟，用匽台喜，用乐嘉宾父兄，及我朋友。余恁伯心，延永余德。龢濌民人，余专旬于国。踋踋趩趩，万年无誋。枼万孙子，永保鼓之。

选自：《王国维全集——〈两周金石文韵读〉》

解题：根据考古发现的楚国铜器铭文《王子午鼎》、《王孙诰钟》，得出此器为楚器，作器人遗者即《左传》所载楚庄王之子公子追舒，曾任楚国令尹。此器的铸造年代约为楚康王八年至九年（公元前552—前551年）之间，作器人正在令尹官任上，铭文的作者夸耀自己的政绩。

子璋钟

唯正七月初吉丁亥，群子沂子子璋，择其吉金，自作龢钟，用宴以喜，用乐父兄诸士，其眉寿无期，子子孙孙，永保鼓之。

选自：《王国维全集——〈两周金石文韵读〉》

邵钟

唯王正月初吉丁亥，邵黛曰：余畢公之孙，邵伯之子。余
颉冈事君，余罟娶武。乍为余钟，玄镠镛铝，大钟八肆，其寵
四堵，乔乔其龙，既旆邕簠。大钟既悬，玉镳鼍鼓。余不敢为
骄，我以享孝乐我先祖，以牖眉寿，世世子孙，永以为宝。
（春秋晚期）

选自：《王国维全集——〈两周金石文韵读〉》

郐齰尹钲

隹正月初吉日在庚。郐齰尹呈故夗，自作征坐①，次者②
父兄。儆至镭兵。枼万子孙，眉寿无疆。盅皮吉人冟，士余是
尚。③

选自：《郭沫若全集——金文韵读补遗》

解题：齰尹：官名，令尹。

笺注：①征坐，钲之古称。②次者句，慎用剑兵。③"盅
皮吉人冟，士余是尚。"此器为善人所享用，我将永久不变。
是尚，常久，永久。

南疆钲

隹正月初吉□亥，□□□之子，□罴其吉金，自作钲镂。
吕□□船其舥□□□大川□□□阳其□□□鿔。余吕行刭师，
余吕政刭徒。余吕□猻，余吕伐郐猭子孙。余冉铸此钲镂，女勿
丧勿敚。余处此南疆，万枼之外，子孙塱乍吕□□□。

选自：《郭沫若全集——金文韵读补遗》

辛鼎

辛作宝其亡疆，毕家雠相。虔用替△毕剥△多友犛辛△，万年佳人△。

选自：《郭沫若全集——金文韵读补遗》

大克鼎

克曰：穆穆朕文祖师华父，悤龏毕心，宽静于猷。盠哲毕德，肆克龏保毕辟龏王，谏辥王家，惠于万民，扰远能埶；肆克督于皇天、顼于上下，贲屯亡敃，锡犛无疆，永念于毕孙辟天子。天子明德，覡孝于申。经念毕圣保祖师华父。擢克王服，出内王命，多锡宝休。不显天子，天子其万年无疆。保辥周邦，俊尹三方。

选自：《郭沫若全集——考古编5》之《金文韵读补遗》

解题： 大克鼎：1890 年出土于陕西扶风任家村的西周晚期青铜器，有铭文 290 字，记述克自祖上至今，勤勉王事，治理四方有功，受到周王赏赐给他许多土地和奴隶。

微𬎺鼎

隹王廿又三年九月，王在宗周。王令微𬎺䌛司九祝，𬎺作朕皇考𬙊彝障鼎，用喜孝于朕皇考，用锡康勋鲁休。屯右眉寿。永命需冬，其万年无疆，𬎺子子孙孙永保用喜。

选自：《郭沫若全集——考古编5》之《金文韵读补遗》

蔿鼎

佳三月初吉，蔿来进于妊妊氏氏，令蔿事伟乓家。付乓且僕二家。蔿拜諳。曰休。朕皇君。弗醒乓宝臣，对易，用乍宝尊。

选自：《文物》1979 年第 9 期

先兽鼎

先兽乍朕考宝尊鼎，兽其万年永宝。用朝夕飧乃多朋友。

选自：《三代吉金文存》第 3 卷第 51 页

伯阹作宫叔鼎

伯阹乍乓文考宫叔宝鷰彝，用匄永福。子子孙孙其永宝。

选自：《三代吉金文存》第 3 卷第 51 页

内史鼎

内史令戯事，易金一匀。非余曰，内史彝朕天君。其万年。用为考宝尊。

选自：《三代吉金文存》第 4 卷第 7 页

彧鼎

彧曰，乌虖，王唯念彧辟剌考甲公。王用肇使乃子彧。達虎臣御滩戎。彧曰，乌虖，朕文考甲公文母日庚，弋休则尚

安，永宕乃子㠱心安，永钘㠱身，㽙复啻于天子。唯㽙使乃子
㠱万年辟事天子。母又妾于㽙身，㠱拜䭫首，对杨王令。用乍
文母日庚宝鬶彝△，用穆穆夙夜尊啻孝妥福△，其子子孙孙永
宝兹烈△。脂之合韵，福在之部。

选自：《文物》1976 年第 6 期

卫作己中鼎

卫肇乍㽙文考己中宝鬶鼎，用森寿。勾永福，乃飨王出入
事人，众多朋友，子孙永宝。

选自：《三代吉金文存》第 4 卷第 15 页

下蠚雔公诚鼎

佳十又四月既死霸壬午，下蠚雔公诚乍尊鼎，用追啻孝。
于皇且考。用祈眉寿。万年无疆，子孙永宝用。

选自：《两周金文辞大系》图 26

郮子賁𩰪鼎

郮子賁𩰪。为其行器，其永寿用之。

选自：《商周金文录遗》第 80 号

裹鼎

裹自乍飤礴魋，其眉寿无嘼。永保用之。

选自：《三代吉金文存》第 3 卷第 32 页

羕儿鼎

唯正八月初吉壬申，稣公之孙羕儿，择其吉金，自乍飤
彝。眉寿无畳。永保用之。

选自:《三代吉金文存》第 4 卷第 13 页

曾伯从宠鼎

佳王十月既吉，曾伯从宠，自乍宝鼎用。

选自:《文物》1972 年第 2 期

王子午鼎

佳正月初吉丁亥。王子吴择其吉金，自乍飤鼎。其眉寿△
无諆，子孙永宝△，用之。

选自:《三代吉金文存》第 4 卷第 14 页

解题: 春秋时期，各诸侯国之间的文化差异凸显，别具特
色的地域文化呈现开来。王子午鼎是当时楚国制造的、具有鲜
明地域特色的器物之一。它在结构上与以往的鼎相似，但在造
型上却极度夸张扬厉，还采用了冷焊工艺，是中国古代冶金工
艺史上极其重要的突破。

邓公乘鼎

邓公乘自乍飤馔，其眉寿无疆，永宝用之。

选自: 拓本

庚儿鼎

佳正月初吉丁亥，徐王之子庚儿，自乍飤鬵①，用征用行。用龢用鬻②，眉寿无疆。

选自：《山东出土文物》76 号 1

解题：1959 年山西侯马上马村出土。

笺注：①飤鬵，鼎彝之别名。蔡大师鼎铭有"飤鬵"。②用龢用鬻，用以调和五味以煮麋肉之类。《尔雅·释言》："鬻，麋也。"

姬鼎

姬鼒彝，用䊫用尝。用孝用亯，用匃眉寿无疆。其万年子子孙孙永宝用。

选自：《三代吉金文存》第 4 卷第 9 页

宔鼎

惟姨月既生霸辛酉，在匽（燕）。侯锡宔贝、金。扬侯休。用作召伯父辛宝隣彝。宔万年子子孙孙宝。光用大保。（幽部）

选自：《商周金文录遗》第 94 号

晋姜鼎

佳王九月乙亥，晋姜曰：余佳司朕先姑①君晋邦，余不叚妄宁，经雝明德，宣埤我猷②，用鬸匹③台辟，敏扬氒光剌，虡不豖。谲覃④京自，瞖我万民。嘉遣我。锡卤賚千两。勿法文侯覠命。卑贯通弘，征繁汤、賸，取乓吉金，用作宝障鼎。用康抚妥怀远犾君子。晋姜用旛麳绾眉寿，作霾为亟，万年无疆，用昌用德。畯保其孙子，三寿是勒。

　　选自:《郭沫若全集——考古编5》之《金文韵读补遗》

　　笺注:①先姑，《尔雅·释亲》:"舅姑在，则曰君舅，君姑;没，则曰先舅，先姑。"②猷，谋划。③豐匹，辅弼。④谲覃:谲，嘉;覃，静。《后汉书·侯瑾传》;"覃思著述"，李贤《注》:"覃，静也。"

宗妇鼎

　　王子剌公之宗婦部嬰，为宗彝鸞彝，永宝用。福降大福。保辥部国。

　　选自:《郭沫若全集——考古编5》之《金文韵读补遗》

邾王糎鼎

　　邾王糎用其良金，铸其鸞鼎。用鬻糜腊。用雦宾客。子子孙孙，世世是若。

　　选自:《郭沫若全集——考古编5》之《金文韵读补遗》

曾子斿鼎（一）

　　曾子斿择其右金，用铸□彝，惠于烈祖妣，□下保藏。敬（吾）□□百民。□奠孔□。为□事于四国，用考用享。民具卑乡。（向）

选自：《考古》1964 年第 9 期

曾子仲宣鼎

　　曾子仲宣造（肇）用其吉金，自作宝鼎，宣丧，用饗其诸父诸兄。其万年无疆，子子孙孙，永宝用享。（阳部）

　　选自：《两周金文辞大系考释》第 187 页

中山王鼎

　　惟十四年，中山王𰶹作鼎于（为）铭曰：于呼，语不䂻（悖）哉！寡人闻之，蒦（或）其汋（溺）于人旝，宁汋于洲。（真部）（中略）……尔毋大而慆（肆），毋富而乔△（骄），毋众而嚣△。（宵部）𨝬（鄰）邦难新，救（仇）人在旁。于呼，念之哉！子子孙孙，永定保之，毋替厥邦。（阳部）

　　选自：《文物》1979 年第 1 期

利毁

　　珷征商。佳甲子朝岁鼎。克。䎀㫤又商。辛未，王才㝬𠂤。易又事利金，用乍𣂁公宝障彝。

　　选自：《文物》1977 年第 8 期

　　解题：利毁是西周最早的青铜器，1976 年陕西临潼出土。毁是盛食器，当时和鼎一样，也是作为贵族等级标志的器物。此簋腹圆而深，双耳为兽耳垂珥、圆足，下有方座。腹与方座上以雷纹为底，上饰卷角兽面纹、圈足饰夔纹，方座四角饰蝉纹。其内底有铭文 32 字，记载武王伐纣灭商一事，是历史上最早记载这件大事的珍贵史料，与古籍记载相印证、"铜"证如山，为目前唯一能证实武王克商的日期和研究西周初年历史的重要实物。

天亡殷

乙亥王又大丰，王凡三方。王祀丂天室降天亡尤王。衣祀丂王不显考文王，事喜上帝。文王监在上。不显王乍相。不繇王乍唐，不克三衣王祀。丁丑，王卿大圐，王降，亡助爵复糦，隹朕又庆，每扬王休丂隮皀。

选自：《郭沫若全集——考古编5》之《金文韵读补遗》

矢令殷

隹王于伐楚伯在炎。隹九月既死霸丁丑，作册矢令，隮图于王姜。姜赏令贝十朋，臣十家，鬲百人。公尹白丁父兄于戍，戍冀龏乞。令敢扬皇王宝。丁公文报，用颐后人亯，隹丁公报，令用莽展于皇王，令敢长皇王宝。用作丁公宝殷。用隮史于皇宗，用卿王逆造。用匽寮人，妇子后人永保。

选自：《郭沫若全集——考古编5》之《金文韵读补遗》

小臣谜殷

叡东尸大反，伯懋父以殷八师征东夷。唯十又一月，遣自觉自。述东降，伐海眉。雪乎复归。才牧自。伯懋父承王命易师达征自五齵贝。小臣谜篹厤，降易贝。用乍宝尊彝。

选自：《善齐吉金图录》图7。

叚殷

佳王十又四祀。十又一月丁卯，王鼎毕登。戊辰曾。王穧叚历，念毕仲孙子。命畀登遄大则于假，敢对扬王休。用乍殷。孙孙子子，万年用亯祀。孙子□□

选自：《三代吉金文存》第 8 卷第 54 页

班殷

佳八月初吉、才宗周。甲戌。王令毛伯更虢轍公服。罗王立，乍四方亟。秉緐蜀巢，令易铃鞗。咸，王令毛公。以邦冢君土骏人伐东或瘠戎。咸。王令吴伯曰，以乃自左比毛父。王令吕伯曰，以乃自右比毛父。趞令曰，以乃族从父征，趞轍△。卫父身△。三年静东或，亡不成△。取天畏△，否矢屯陟△，公告毕事于上△。（曰）唯民亡。徣哉，彝悉天令，故亡△。允哉，显唯敬德，亡逌违△，班拜頴首曰，乌虖，不杯皇公，受京室懿釐△，毓文王婴圣孙，隔于大服△，广成毕工，文王孙亡弗褒井，亡克兢毕剌△，班非敢觅，唯乍邵考。爽盆曰大政。子孙多世其永宝。

选自：《文物》1972 年第 9 期

解题：班，即《穆天子传》中的毛班，铭文追述毛公受王命东征，反映出周穆王时期经营徐淮地区的史实。

伯桄殷

伯桄亮室宝殷。用追孝于毕皇考。唯用蕲萃万年，孙孙子子永宝。

选自:《三代吉金文存》第 6 卷第 52 页

伯戜毁

伯戜肇乍西宫宝。唯用妥神，襄睍前文人，秉德共屯，唯匄万年。子子孙孙永宝。

选自:《两周金文辞大系图录》第 35 页

痶毁

痶曰，覭皇且考。嗣威义，用辟先王，不敢弗帅用夗夕，王对痶易佩，乍且考㝬，其龏祀大神，妥多福。痶万年宝。

选自:《文物》1978 年第 3 期

命父谨毁

命父谨乍宝毁。其万年子孙用亯孝。受福。

选自: 拓本

椒车父作郹餗姞毁

椒车父作郹餗姞毁。其万年孙子永宝。

选自:《文物》1972 年第 6 期

欼毁

欼乍乓毁两，其万年。用飨宝。

选自:《三代吉金文存》第 7 卷第 23 页

郙遣殷

郙遣乍宝殷。用追孝于其父母。用易永寿。子子孙孙。永
宝用喜。

选自：《三代吉金文存》第 8 卷第 20 页

宁殷

宁肇祺乍乙考尊殷。其用各百神，用妥多福。世孙子宝。

选自：《商周金文录遗》第 52 号

公臣殷

虢仲令公臣，嗣朕百工，易女马乘钟五金，用事，公臣
拜韹首。敢杨天尹丕显休，用乍障殷。公臣其万年用宝兹休。

选自：拓本

吕伯殷

吕伯乍毕宫室宝尊殷。大牢。其万年祀毕且考。

选自：《西清古录》第 27 卷第 11 页

鲁伯念殷

鲁伯念用公彝，其肇乍其皇考，皇母旅盨殷。念恒屏用追
孝。用膺多福。念其万年眉寿。永宝用喜。

选自：拓本

伯誓作幽仲毁

伯誓乍文考幽仲尊毁。誓其万年宝。用飨孝。

选自：《三代吉金文存》第 7 卷第 41 页

伯百父乍用姜毁

伯百父乍周姜宝毁。用夙夕亯，用蕲万寿。

选自：《积古斋钟鼎彝器款识》第 6 卷第 5 页

蔡姞作尹叔毁

蔡姞作皇兄尹叔尊鬻彝，尹叔用绥多福。于皇考德尹惠姬。用蕲匄眉寿。绰绾永命，弥牟生。需冬，其万年无疆。子孙永宝用亯。

选自：《三代吉金文存》第 6 卷第 53 页

伯公父毁

伯大师小子伯公父乍盨，择之金，佳镭佳卢。其金子吉，亦玄亦黄，用成难稻霎粱，我用召卿事辟王，用召者考者兄，用旛眉寿多福无疆。其子，孙永宝用亯。

选自：拓本

白康毁

白康作宝毁用卿朋友，用卿王父王母。匜匜，受兹永命无将屯右。康其万年眉寿，永宝兹毁用，夙夜无㫃。

选自：《郭沫若全集——考古编5》之《金文韵读补遗》

召伯虎毁

隹六年四月甲燹，王在莽。䚘伯虎告曰，"余告慶"。曰"公叀囟贾，用狱諫为伯△，又鼏又成。亦我考幽伯幽姜命。"余告慶，余㫃邑讯有嗣余典勿敢封。令余毁讯，有嗣曰"厰命，余毁一名。典獻伯氏，则报璧珊生。对扬朕宗君其休△，用作朕剌祖䚘公尝毁。其万年子子孙孙宝用。昌于宗。

选自：《郭沫若全集——考古编5》之《金文韵读补遗》

友毁

隹四月初吉丁卯，王穳友曆，锡牛三。友毁拜頴首，升于㫋文祖考。友对扬王休，用作㫋文考障毁。友及㫋子孙永宝。

选自：《郭沫若全集——考古编5》之《金文韵读补遗》

追毁

追虖凤夕卹㫋死事，天子多锡追休。敢对天子颙扬，用作朕皇祖考障毁。用昌孝于前文人△，用龢匀眉寿永命△，畯臣天子需冬。追其万年△，子子孙孙永宝用。

选自:《郭沫若全集——考古编5》之《金文韵读补遗》

鼄𣪘

惟正月初吉丁卯，鼄造公，公锡鼄宗彝一肆，锡鼎贝五朋。鼄对扬公休。用作辛公𣪘。其万年子孙宝。(幽部)

选自:《商周金文录遗》第 163 号

不寿𣪘

惟九月初吉戊辰，王在大宫。王姜锡不寿裘，对扬王休，用作宝。(幽部)

选自:《商周金文录遗》第 159 号

遹𣪘

惟六月既生霸，穆王在荟京，呼渔于大池。王飨酒，遹御亡遣(遣)。穆王新锡遹鲜，遹拜首(手)稽首，敢对扬穆王休，用作文考父乙障彝，其子子孙孙永宝，(幽部)

选自:《两周金文辞大系考释》第 55 页

录𣪘

伯雍父来自默，蔑录历，锡赤金。对扬伯休。用作文祖辛公宝障𣪘。其子子孙孙永宝 (幽部)

选自：《两周金文辞大系考释》第 62 页

彔伯茨殷

……彔伯茨敢拜稽首，对扬天子丕显休，用作朕皇考釐王宝障殷。余其迈（万）年宝用，子子孙孙其帅井（型）受兹休。（幽部）

选自：《两周金文辞大系考释》第 62 页

縣妃殷

……縣妃每（敏）杨伯犀父休，曰：休伯睪猛卹縣伯室，锡君我惟锡寿，我不能不从縣伯万年保，肆敢队（对）于彝曰：其自今日，孙孙子子毋敢望（忘）伯休。（幽部）

选自：《两周金文辞大系考释》第 67 页

师遽殷

……遽拜稽首，敢对杨天子霊环休，用作文考旄叔障殷，世孙子永宝，（幽部）

选自：《两周金文辞大系考释》第 68 页

牧殷

……物拜稽首，敢对扬王丕显休，用作朕皇文考益伯宝障殷。牧其万年寿考。（幽部）子子孙孙永宝用。

选自:《两周金文辞大系考释》第 75 页

豆闭殷

……闭拜稽首,敢对扬天子丕显休命,用作朕文考釐叔宝殷。用锡畴寿,万年永宝,(幽部)于宗室。

选自:《两周金文辞大系考释》第 77 页

卯殷

……卯拜手页手,(稽首),敢对扬荣伯休,用作宝障殷。(幽部)卯其万年,子子孙孙永宝用。

选自:《两周金文辞大系考释》第 85 页

大殷

惟六月初吉丁巳。王在奠(郑)蔑大曆(历),锡剢骍牺,曰:用𩪁(禘)于乃考。大拜稽首,对杨王休,用作朕皇考大中障殷。(幽部)

选自:《西周铜器断代》(六)第 89 号

𠴳殷

惟元年三月丙寅,王格于大室,康公佑邵𠴳,锡戠衣,赤㦴鞁,曰:用邵乃祖考事作司土。𠴳敢对杨王休,用作宝殷。子子孙孙其永宝。(幽部)

选自:《商周金文录遗》第 165 号

趞毁

惟三月初吉乙卯,王在周、格大室。咸,井叔入佑趞。王呼内史册命趞,更(賡)厥考服,锡趞戠衣、载(缁)鞁、同黄、旗。趞拜稽首,扬王休对,趞蔑曆(歷),用作宝障彝,世孙子毋敢墬,(脂部)永宝。惟王二祀。

选自:《两周金文辞大系考释》第 101 页

大师虘毁

正月既望甲午,王在周师量宫。旦。王格大室,即立(位),王呼师晨召大师卢入门立中庭,王呼宰智锡大师虎裘,虘拜稽首,敢对扬天子丕显休,用作宝毁,(幽部)卢其万年永宝用,惟十又二年。

选自:《西周铜器断代》(六)第 96 号

蔡毁

……蔡拜手稽首,敢对扬天子丕显鲁休,用作宝障毁,蔡其万年眉寿。(幽部)子子孙孙永宝用。

选自:《两周金文辞大系考释》第 102 页

不嬰毁

……不嬰拜稽手(首)休,用作朕皇祖公伯,孟姬障毁,

（幽部）用匃多福，眉寿无疆△。永屯（纯）霝冬（令终）子子孙孙永宝用享△。（阳部）

选自：《两周金文辞大系考释》第 106 页

师兪殷

……兪拜稽首，天子其万年眉寿，黄耇，畯在立（位）。兪其蔑曆（歷），日锡鲁休，兪敢对杨天子丕显休，用作宝殷，兪其万年永保，（幽部）臣天子。

选自：《两周金文辞大系考释》第 116 页

公臣殷

虢仲令公臣，司朕百工：锡汝马乘，钟五金，用事。公臣拜稽首，敢对扬天尹丕显休，用作障殷，公臣其万年用宝兹休，（幽部）

选自：《文物》1976 年第 5 期

趠殷

王曰：有余惟小子，余亡康书夜，巠雍先王，用配皇天，簧耇朕心，墜（地）于四方，（阳部）肆今以飲士獻民，丙盩先王宗室，趠作盠彝宝殷△，用康惠朕皇文烈祖考△。（幽部）其格前文人，其濒在帝庭陟降，龘圄皇□大鲁命，用絲保我家朕立（位）趠身。（真部）阤阤降余多福，富耇远猷。趠其万年籥，宝朕多禦△，用桒寿匃永命，畯在立（位）作叀在下，（鱼部）惟王十又二祀。

选自：《文物》1979 年第 4 期

解题：是西周铜簋中最大的。

善夫沕其毁

善夫沕其作朕皇考惠仲、皇母惠妣障毁。用追享孝。用匃眉寿。（幽部）眉寿无疆△。百字千孙，孙子子孙，永宝用享△。（阳部）

选自：《商周金文录遗》第 164 号

兮吉父毁

兮吉父作仲姜宝毁，其万年无疆，子子孙孙、永宝用享。（阳部）

选自：《商周金文录遗》第 155 号

曾仲大父蛕毁

惟五月既生霸庚申，为仲大父蠡（蛕）乃用吉攸□金，用自作宝毁，蠡其用追孝。于其皇考。用锡眉寿，（幽部）黄耈霝（令）终，其万年子子孙孙。永宝用享。

选自：《文物》1973 年第 5 期

孙林父毁

孙林父作宝毁。用享用孝，祈眉寿（幽部）其子子孙孙永宝用。

选自:《郭沫若全集——考古编 8》之《两周金文辞大系》

叔孙父殷

叔孙父作孟姜障殷。绾绰眉寿，永命弥生，万年无疆△。子子孙孙永宝用𩰬△。

选自:《郭沫若全集——考古编 5》之《金文韵读补遗》

丰兮夷殷

丰兮夷作朕皇考障殷。夷其万年，子子孙孙永宝，用𩰬孝。

选自:《郭沫若全集——考古编 5》之《金文韵读补遗》

郜公殷

隹郜正二月，初吉乙丑，上郜公救人作障殷。用𩰬孝。于毕皇祖，于毕皇考。用锡眉寿。万年无疆△。子子孙孙永宝用𩰬△。

选自:《郭沫若全集——考古编 5》之《金文韵读补遗》

秦公殷

秦公曰：不显朕皇祖受天命，鼏①宅禹贡。十又二公，在帝之坏。严龏夤天命△，保𡥀②毕秦△，虩吏蛮夏。余虽小子，穆穆帅秉明德，剌趠趠万民是敕。咸畜胤士。盩盩

文武，镇静不廷虔敬朕祀。作□宗彝曰邵皇祖△，婴严慇
各△。曰受屯鲁多釐，眉寿无疆，畯躉在天，高弘又慶，
匍有四方。

选自：《郭沫若全集——考古编5》之《金文韵读补遗》

解题：1923年甘肃天水县西南乡出土。

笺注：①鼏，从鼎从宀。读为宓。《说文解字·宀部》：
"宓，安也，宁也。"《广雅·释诂》宓，安也。②保婪，
安治。

郱大宰簠

隹正月初吉，郱大宰樠子習铸其餴匝。曰：余诺葬孔惠，
其眉寿曰餴。万年无期，子子孙孙，永宝用之。

选自：《郭沫若全集——考古编5》之《金文韵读补遗》

叔朕簠

隹十月初吉庚午，叔朕择其吉金，自乍荐簠。以□稻粱，
万年无疆。叔朕眉寿，子孙永宝用。

选自：《三代吉金文存》第10卷第23页

子季簠

子季□青，择其吉金，自乍飤匝。眉寿无记。子子孙孙，
永保用之。

选自：拓本

上都府簠

　　隹六月初吉丁亥。上都府。择其吉金，铸其𣄴匿。其眉寿无记，子子孙孙永宝用之。

　　选自： 拓本

仲师父盨

　　仲师父作季龏□宝隓𩵋。其用亯用孝，于皇祖文考。用□眉寿，无疆△，其子孙万年永宝用亯△。

　　选自：《郭沫若全集——考古编5》之《金文韵读补遗》

甫人盨

　　□□为甫人行盨。用征用行。万岁用尚。

　　选自：《郭沫若全集——考古编5》之《金文韵读补遗》

克盨

　　惟十又八年十又三月，初吉庚寅，王在周穆宫，王令尹氏友史趞典善𧼻克田人，克拜稽首，敢对天子丕显鲁休杨，用作旅盨，惟用献于师尹、朋友、婚媾。（候部）克其用朝夕享于皇祖考。皇祖考其严在上，降克多福△，眉寿永命，畯臣天子△，克其万年，子子孙孙永宝用。

　　选自：《两周金文辞大系考释》第 123 页

伯沙其盨

伯沙其作旅盨，用享用孝，用匃眉寿（寿部）多福△，
畯臣天子△。万年唯匜△。（之部）子子孙孙永宝用。

选自：《商周金文录遗》第 180 号

冕伯子庭父盨

冕伯子庭父作其征盨①，其阴其阳，以征以行，割（匃）
眉寿无疆。庆其以藏②。（阳部）

选自：《商周金文录遗》第 176、179 号

解题： 1951 年 4 月山东黄县出土。山东博物馆藏。

笺注： ①盨，据马承源注：器盖和器形状对称，上下相
合，下器承盖为阳，上盖为阴。②藏，珍藏。

砏尊

佳王初郢宅于成周。复口斌王丰襦自天，才四月丙戌，王
㝅宗小子于京室，曰，昔才尔考公氏克逵文王，肆玫王受兹大
令。佳斌王既克大邑商。则廷告于天。曰余其宅兹△，中或自
之㸇民。乌乎，尔有唯小子亡戠△。覨于公氏有劳于天剭令。
苟啻戋△。叓王鞞德谷天。顺我不每△。之部王咸㝅易贝卅
朋，用乍口公宝尊彝。佳王五祀△。

选自：《文物》1976 年第 1 期

解题： 该尊为周成王时期的青铜器，1963 年在陕西宝鸡
县贾村出土，有铭文 122 字。尊口圆，体方，以兽面纹和蕉叶

纹为饰。猁尊铭文是西周初年的记事,它表明武王为了便于统治天下,早就有向东迁都的计划。因此猁尊对于西周建国史的研究有重要意义。该铭文记载周成王五年四月的一天,在京室成王对其宗族小子的一次训话,谈到武王灭商和武王、成王相继营建成周为国都,以及举行祭祀武王仪典祈福于天的一些情况,可与《尚书·召诰》所记相参证,是一篇重要的历史文献。

耳尊

惟六月初吉,辰在辛卯,侯格于耳竆,侯休于耳,锡臣十家。長师耳对扬侯休,肇作京公宝障彝,京公孙子宝。侯万寿考。黄耇,耳日受休。(幽部)

选自:《商周金文录遗》第 206 号

召卣

隹十又二月初吉丁卯,召启进事。旋走事。皇辟君休,王自榖使商毕土方五十里。召弗敢諲王休异。用乍欧宫旅彝。

选自:《三代吉金文存》第 13 卷第 42 页

俟卣

隹十又二月,王初馆△旁,唯还在周。辰在庚申。王临△西宫登咸,鼃尹锡臣隽陳,扬伊休高,对作父丙宝障彝。伊其互万年,受毕永鲁亡竞,在服昘长。俟其子子孙孙宝用。

选自:《郭沫若全集——考古编 5》之《金文韵读补遗》

寡子卣

寡子作永宝令，乌虖△，誎帝家△，昌章不弔，康乃邦。
　　选自：《郭沫若全集——考古编 5》之《金文韵读补遗》

庚壶

　　□□之子□□曰：庚罶其吉金，目铸其□壶。齐三军围
□，冉子执鼓，庚大门之执者，献于黧公所，公曰甬甬，商之
昌玉翮衣裘车马。
　　选自：《郭沫若全集——考古编 5》之《金文韵读补遗》

曾伯陭壶

　　佳曾伯陭廼用吉金鐈鋚，用自作醴壶。用卿宾客，为德无
暇。用孝用亯△。用赐眉寿，子子孙孙用受大福无疆△。
　　选自：《郭沫若全集——考古编 5》之《金文韵读补遗》

林氏壶

　　林氏福芉岁贤鲜于可是□□吾台为弄壶。其颂既好，多寡
不訏。虘台匽饮，口我室家。罼猪毋后，鼏在我车。
　　选自：《郭沫若全集——考古编 5》之《金文韵读补遗》

曾姬无卹壶

　　惟王廿又六年，圣桓之夫人曾姬卹。望安兹漾陲，嵩

间之无匹。甬（用）作宗彝卹壶，后嗣甬之，职在王室。
（至部）

选自:《两周金文辞大系考释》第 166 页

中山王鼍壶

惟十四年，中山王鼍命相邦𣉻择燕吉金，鈼（铸）为彝
壶，节于醴（祼）齍（齐）①，可法可尚②，以飨上帝，以祀
先王。穆济严敬，不敢怠荒。因载所美，邵大③皇工。（功)，
詆④燕之讹，以警嗣王。（阳东合韵，工在东部）……于呼，
允哉若言△。明大之于壶，而时观焉△。（元部）祇祇翼翼，
邵（昭）告后嗣，惟逆生祸，惟顺生福。（之部）载之简策，
以戒嗣王△，惟德附民△，惟义可张△。子之子，孙之孙，其
永保用亡疆△。（阳部）

选自:《文物》1979 年第 1 期

解题:见《中山王鼎》

笺注:①醴（祼）齍，祭天的一种礼仪。②尚，《文选·
长门赋》:"得尚君之玉音。"李善注:"尚，犹奉也。"③邵
大，昭著。④詆，苛责。

舒齍圆壶

胤嗣舒齍敢明杨告:昔者先王，慈受百每①，竹②胄亡
疆，日夕不忘。（阳部）大去刑罚，以夏厥民之惟不辜③。或
得贤佐司马𣉻，而冢④任之邦，逢燕亡道易上，子之大僻不宜

（义）反臣其宗。惟司马赒訢诺⑤战忢△⑥，不能宁处△，率师征燕，大启邦宇△，（鱼部）方数百里，惟邦之榦△。惟送先王，茅蒐⑦畋猎：于彼新杢（野），其会如林。驭右和同，四牡汸汸⑤；以取鲜薨，⑥飨祀先王△。德行威生△，雨祠⑦先王△。（阳部）于呼！先王之德△，弗可复得△。（之部）霖霖（潸）流涕，不敢宁处，敬命新墜（地），（脂部）雨祠先王。世世毋口，以追庸先王之工（功）烈，子子孙孙，毋有不敬，寅只承祀。

选自：《文物》1979 年第 1 期

解题：䜅鋚，中山王𦮼太子名。

笺注：①百每：百，假为迫，亲近之意。每，假为媚。②竹，笃也。肯，厚也。③以夏句，忧虑人民蒙受无辜。④冢，通重。⑤訢诺：訢，析字。《说文·齿部》："噬本肉也"。诺，《说文·言部》："諾，论讼也。"在此形容露齿争辩。⑥战忢：战，通作惮，《广雅·释诂二》："惮，怒也。"忢，《三体石经·无逸》怒作忢。《诗经·大雅·桑柔》："我生不辰，逢天僤怒。"⑦茅蒐句，四时狩猎之专名。⑧驭右：官名。驭，驭夫；右，司马的属官。⑤汸汸，即骄骄。《说文解字·马部》："骄，马盛也。"《诗》曰"四牡骄骄"。《广雅·释训》：旁旁，盛也。⑥鲜薨，新鲜的和干的。⑦雨祠，禴祀。

周夦壶

周夦乍公日己尊壶，其用亯于宗。其子子孙孙万年永宝用。

选自:《三代吉金文存》第 12 卷第 20 页

兮熬壶

兮熬乍尊壶，其万年子孙永用。亯孝于大宗。
选自:《奇觚室吉金文述》第 18 卷第 11 页

侯母乍侯父壶

侯母乍侯父戎壶，用征行。用求福无疆。
选自:拓本

齐侯壶

齐侯女䚏口丧其口，齐侯命大子乘遳来句宗伯，听命于天子。曰，碁则尔尔碁。余不其事。女受册遳。专口御尔。其遳受御。齐侯拜嘉命。于上天子。用璧玉备一辞。于大无，辞誓于大辞命。用璧两壶八鼎，于南宫子。用璧二备。玉二辞。鼓钟一鈇。齐侯既遳洹子孟姜丧。其人民都邑董宴无，用从尔大乐用铸尔羞口，用御天子之事。洹子孟姜。用乞嘉命。用旂眉寿。万年无疆。用御尔事。
选自:《三代吉金文存》第 12 卷第 34 页

华母壶

惟正月初吉庚午，华母自作荐壶。(鱼部)
选自:《商周金文录遗》第 230 号

史墙盘

　　曰古文王，初鼗（戾）和于政，上帝降懿德大甹（屏），
匍有上下，迨（匄）受万邦。繇圉武王，遹征四方，达（挞）
殷畯（讯）民，永不巩（鞏）狄（逖），虘（徂）丢（髟）
伐夷虔（唐）。①宪圣成王，左右绶缴，刚（岗）鲧（鯀）用
肇，懯（恢）周邦。㝬（渊）哲康王，兮（缅）尹𠧪疆。②㝬
（弘）鲁邵王，广敝（惩）楚荆，惟奂南行。（阳耕合韵）祗覭
穆王，井（型）帅宇海（谋）。③𩁹宁天子△，（之部）天子圈
履（缵），文武长烈。天子眉（寿）无匄，（害）（祭部）龏邘
上下△。亟獄（伺）桓慕（谟），昊昭亡旲△（斁）。④（鱼
部）上帝司夏尢（既）保，授天子绾令、厚福、丰年，方繺
（蛮）亡不毗见（现）。青（靖）幽（幽部）高祖在微需（令）
处，⑤掌武五既伐殷，微史烈祖廼来见武王。武王则令周公舍圉
（宇）于周，俾下吊。更（唯）⑥乙祖迋匹厥辟，远猷腹心，子
𠬝悉（粦）明。亚祖祖辛△。毓毓⑦子孙，（真谆合韵，辛在真
部）繁犣多犛，齐角襲光乂（仪）其禋祀宲犀。（脂部）文考
乙公遽趩⑧（爽），耄屯无諌△，农啬（穑）戈（岁）历。惟
辟⑨孝友，史墙夙夜不坠，其日蔑历△。（支部）墙弗敢𣸣
（沮），对杨天子不显代令，用作宝障彝，烈祖文考弌（弍）宝
授墙尔鱐福、怀鱐禄、黄耈、弥生，龕（堪）事厥辟，其万年
永宝用。

　　选自：《文物》1978 年第 3 期

　　解题：史墙盘记述西周前期重要史事及自身的家世，以当
时人记录当代史和家族变迁，1976 年在陕西扶风庄白发现，
铭文共 284 字。史墙盘作者时充任史官。

笺注：①鼄（宬），许慎《说文解字·系部》："读若宬"，这里是安定之意。降，古书多指上天降命。懿德，美德。金文常用词。甹，这里读为屏，含义同藩屏的"屏"。这里指有美德的重臣。匍有上下，指普遍地占有广大领土。迨（匌）受万邦：迨（匌）受，读为"合受"；"万邦"，指受到所有国家的一致拥护。韬圉，威猛勇武。遹，循、顺。达，挞伐。晙（讯）民，治理人民。巩（鞏）狄（逖），恐惧的意思。虔，古文字多用为表示转折之义的"且"字。吂（彭）伐，奋伐之义。童，是男奴隶，这里指对夷人的贱称，指后世的胡虏。

②宪圣："宪"有敏义，《逸周书·谥法》解释为"博闻多能"、"聪明圣哲"。"圣"，有明义，《逸周书·谥法》的解释是"称简善"、"敬宾厚礼"。左右绥馘刚（岗）鲧（鰥），是说左右的大臣精明能干。㫃（渊）哲，"㫃"，即古"渊"字，象水回旋，与回互训，读音与"睿"均相近。㫃（渊）哲，这里读为"睿哲"。彡（缅）尹，规划管理。啬，形容数量很大。

③宎，有广大之义，鲁，纯美。敉，用怀柔的办法使对方感到相互亲近，相互适应。宑，假借为狩。祗，敬也；覭，即显字。《尔雅·释诂》："显，光也。"

④禀，为敬。宁，为显。禀宁，有恭敬光明的意思。圜扅，周全承继，这里指治国安民的典型。长烈，长犹盛也。烈，有光明的意思。亟，有谨慎的意思。桓慕，威武有谋议。

⑤青，同清。幽，《逸周书·谥法》："幽，深远也。"霝（令）处即宁处。围，《说文》作宇。

⑥叀，叀读为惠，《逸周书·谥法》："柔质慈民曰惠。"

⑦毃毓，即繁衍也。繁猶，为祈福恒语。齐角戁光，为西

周吉祥语，指光明灿烂也。禋祀，享受祭祀。

　　⑧趚，从走丧声。毫屯无諫，为西周恒语。

　　⑨辟，《诗经·大雅·抑》："辟尔为德"，郑玄笺：法也。其日蔑历，为祝祷之语，为农作丰登。敃，废坏也。

虢季子白盘

　　惟十又二年正月初吉丁亥，虢季子白作宝盘。丕显子白，将武于戎功，经维四方，搏伐猃狁，于洛之阳。折首五百，执讯五十，是以先行。趄趄子白，献馘于王。王孔加子白义，王格周庙，宣榭爰乡。王曰白父，孔明又光。用赐乘马，是用佐王。赐用弓，彤矢其央。赐用钺，用征蛮方。子子孙孙，万年无疆。

　　选自：《王国维全集——〈两周金石文韵读〉》

　　解题：虢，是西周封国名，虢季，氏名，为虢国氏族的一支，子白，人名。是写西周时期虢季子白在陕西之北洛河与猃狁发生了决战，斩下 500 个敌人的首级，抓获俘虏 50 人，凯旋献俘而受到王的封赏，王赏赐配有四马的战车，用来辅佐君王，赏赐朱红色的弓箭、大钺，用来征伐蛮夷。

蔡侯盘

　　元年正月初吉辛亥，蔡侯镯虔共①大命，上下陟祔②，孜敬不惕，肇辅天子。用作大孟姬媵（媵）彝齍（卢），禋③享是台（以）。祗盟尝祏，祐受毋已。齐瑟整施，节亢王母，（之部）穆穆亹亹④，愆害欣杨△，威仪⑤游游，灵夏剖商△。康䛳穆好，敬配吴王△。不讳考寿。（幽部）子孙蕃昌△，永保

用之，冬（终）岁无疆△。（阳部）

　　选自：《考古学报》1956 年第 1 期

　　解题：见《蔡侯钟》。

　　笺注：①虔共，即虔恭。②上下陟裼，金文习语。祖上升于天，天降善德于下世侯王。③禋，《说文解字·示部》云："洁祀也。"《尔雅·释诂》："禋，祭也。"④穆穆疊疊，举止庄重可亲。《大戴礼记·五帝德》："疊疊穆穆，为纲为纪。"⑤威仪句，马承源注为：尊贵的仪表非常之惬意，美好的容貌秀丽而明朗。

宝昶伯盘

　　昶伯辜自作宝盘，其万年无疆，子子孙孙，永宝用享。（阳部）

　　选自：《考古》1965 年第 7 期

齐荣姬之侄盘

　　齐荣姬之媵（侄）作宝盘，其眉寿万年无疆，子子孙孙永宝用享。（阳部）

　　选自：《商周金文录遗》第 495 号

昶伯辜盘

　　昶白辜自乍宝盘，其万年无疆。子孙永用亯。

　　选自：《三代吉金文存》第 17 卷第 8 页

叔多父盘

厵叔多父作朕皇考季氏宝盘，用锡屯录受害福。用及孝妇
數氏百子千孙。其吏口多父眉寿考，吏利于辟王卿事，师尹朋
友，兄弟者子，齰莽。无不喜曰："戾又父母，多父其孝子。"
作兹宝盘，子子孙孙永宝用。
　　选自：《郭沫若全集——考古编5》之《金文韵读补遗》

夆叔盘

隹王正月初吉丁亥，夆叔作季改盥盘。其眉寿△万年，永
保△其身，匜匜妃妃，寿老△无彊△，永保△用之△。
　　选自：《郭沫若全集——考古编5》之《金文韵读补遗》

大孟姜匜

大师子大孟姜作盘匜，用享用孝，用祈眉寿，子子孙孙，
用为元宝，（幽部）
　　选自：《商周金文录遗》第 502 号

庆叔匜

庆叔作朕子孟姜盥匜，其眉寿万年，兼（永）保其身。
（真部）
　　池（迤）熙△，男女无期△，子子孙孙，兼保用之△。
（之部）

选自：《两周金文辞大系考释》第 200 页

陈侯午敦

惟七陈侯午朝群诸侯于齐。诸侯享以吉金，用作口寿这器敦，以蒸以尝，保有齐邦，永世母忘。（阳部）

选自：《商周金文录遗》第 168 号

解题：陈侯午，即田齐桓公午。《史记·田敬仲完世家》："齐侯太公和立二年，和卒，子桓公午立。"《春秋后传》："田午弑田侯（田剡）及其孺子喜而为公。"马注：田午乃田和之子，弑田剡自立为齐君。

笺注：朝群句，在齐国朝聘众邦诸侯。

陈侯因资錞

佳正六月癸未，陈侯因资曰：皇考孝武趄公，龏哉大慕克成。其唯因资，扬皇考奭綝，高祖黄啻，㑊觑趄文，朝鹫①诸侯，合扬毕德。诸侯盙荐吉金，用作孝武趄公祭器錞，旨烝旨尝。保有齐邦。世万子孙，永为典尚②。

选自：《郭沫若全集——考古编 5》之《金文韵读补遗》

解题：陈侯因资，即陈侯午之子田齐威王因齐。錞，即文献之敦。

笺注：①朝鹫句，朝聘诸侯，答扬其德。②典尚，长也。

吴王光鉴

惟王五月，既字白期，吉日初庚，吴王光择其吉金，玄铣

白铫，以作叔姬寺吁宗彝荐鉴。用享用孝，眉寿无疆。往已叔姬，虔敬乃后，孙孙勿忘。（阳部）

选自：《考古学报》1956 年第 1 期

解题：1955 年 5 月出土于安徽省寿县，为该县所发现的春秋蔡侯墓随葬物之一。据考证，吴王光即吴王阖闾，此鉴是他嫁女于蔡侯的媵器。铭文意为吴王光选择极好的铜、铅、锡，用来为叔姬寺吁制作宗庙祭祀所用的礼器铜鉴，用来祭祀孝敬祖先神明，祈求长寿无疆；吴王嘱咐叔姬，要恭敬你的君主，子孙勿忘。《说文解字·金部》："鉴，大盆也。一曰监。"鉴为水器，古人以盛水正容为监，所以称盛水之器为鉴。《书·酒诰》："人无与水监，当于民监。"

笺注：《尔雅·释诂》："字，生也。"郭沫若谓："既字白期，当既生霸，子同挚或滋，生也。白乃古伯字，与霸通。""吉日初庚"，乃初吉之后，既生霸期中第一庚日，即五月九日左右。玄铫白铫，指矿石名。

齐侯鉴

齐侯作朕（媵）子仲姜宝鑑，其眉寿万年，永保其身，（真部）子子孙孙，永保用之。

选自：《文物》1977 年第 3 期

国差䑸

国差立事岁，咸月丁亥，攻本偻铸西罩①宝䑸四秉。用实旨酒。侯氏受福眉寿。卑旨②卑瀞△，侯氏毋③瘠毋疣，齐邦风静④安宁△，子子孙孙，永保用之。

选自:《郭沫若全集——考古编 5》之《金文韵读补遗》

解题:国差,即国佐。《左传·成公二年》:"秋七月,齐侯使国佐如师。"镶,《说文解字》所无。本文主要内容是国佐涖政之年,铸镶祈福。

笺注:①西辜,齐宫西墙。②卑旨句,马注为"使镶中的酒又美又清"。潲,《说文解字·水部》:"潲,无垢秽也。从水静声。"③毋句,无病无乱。④风静句,齐国安宁无恙。

伯公父爵

伯公父作金爵,用献用酌,用享用孝,于朕皇考。用祈眉寿,子孙永宝用耇。

选自:《文物》1978 年第 11 期

王孙寿甗

惟正月初吉丁亥,王孙寿择其吉金,自作飤甗,其眉寿无疆,万年无期,子子孙孙,永保用之。(之部)

选自:《商周金文录遗》第 106 号

栾书缶

正月季春,元日已丑。余畜孙书△已敕其吉金,以作铸缶,以祭我皇祖△,(鱼部)余以祈眉寿,栾书之子孙,万世是宝。(幽部)

选自:《商周金文录遗》第 514 号

解题：是春秋时晋器，栾书，一称栾武子、栾伯，春秋时晋国大夫，执政凡 14 年。此缶是栾书为祭其祖父栾枝所作。铭文最早录于于省吾《商周金文录遗》。

笺注：畜，读为蓄。《礼记·祭统》："孝者蓄也，顺于道，不逆于伦，是之为蓄。"蓄孙犹孝孙。

史叔彝

惟王桒于宗周，王姜史叔事于大保，赏叔鬱鬯、白金、刍牛。叔对大保休，（幽之合韵，牛在之部）用作宝隣彝。

选自：《商周金文录遗》第 161 页

吴太子剑

王歔大子姑发咒反，自作元用，才行①之先，以用以获，莫敢御余。（鱼部）余处②江之阳。至于西行。（阳部）

选自：《考古》1963 年第 4 期

笺注：①才行句，在军队行列之先，为了战斗有所俘获，没有人敢抵御我。行，军队之列。②余处句，我在长江之南，还可以出师西行。

吉日剑

吉日壬午，作为元用，玄镠铺吕，朕余名之，谓之少虡（鱼部）

选自：《两周金文辞大系考释》第 240 页

麦盉

邢厌光乎事。麦辞于麦窨,厌易麦金,用从邢厌征事。用旌走䢅夕辞御事。乍宝尊彝。

选自:《三代吉金文存》第 14 卷第 11 页

甲盉

甲乍宝尊彝,其万年。用飨宾。

选自:《三代吉金文存》第 10 卷上第 10 页

郑义伯作季姜䥶

郑义伯作季姜䥶,余以行以□,我酉既浩。我用以□□,我以蕾兽。用易眉寿。孙子唯永宝。

选自: 拓本

郐王义楚鍴

隹正月吉丁酉,郐王义楚睪余吉金,自酢祭鍴,用亯于皇天,及我文攷△,永保怡身,子孙□宝△。

选自:《郭沫若全集——考古编 5》之《金文韵读补遗》

解题: 郐(徐)王义楚即徐王仪楚。鍴,酒器,形制同觯。

拍舟

隹正月吉日乙丑,拍作朕配平姬亯宫祀彝。幽幽毋呈,用祀永世毋止。

选自:《郭沫若全集——考古编5》之《金文韵读补遗》

鱼鼎匕

从又虫人。述王鱼鼎. 曰钦哉,出游游（水中）之虫,
下民无智,参之蚨蜿,命帛命入欤,𩵋入𩵋出。毋处其所。

选自:《郭沫若全集——考古编5》之《金文韵读补遗》

解题:匕:《仪礼·少劳馈食礼》郑注云:"匕,所以匕
黍稷。"又《士昏礼》注云:"匕所以别出牲体也。"可见匕的
用途为揖取黍稷和揖取牲肉的。

晋公蓋

隹王正月,初吉丁亥,晋公曰:我皇祖鄮（唐）公,□
受大命,左右武王。□□百蛮,广嗣四方。至于大庭①,莫
不来王。命鄮公,囗宅②京自,□□□邦。我剌考文公大
□,□□□疆。□□□□□□虢在上,□□□□□□绍
业。□□□□□□晋邦。公曰:余隹令小子,敢帅井先王,
秉德龫龫③。智燮④万邦。謎莫不曰頼籲⑤。余咸畜胤士。
作冯左右。保持王国。剌燮矯俊△,攻雕者△否乍元女△。
朕蓋四酉。□□□□,虔鼙盟□。□合□皇卿,智亲百峃⑥。
隹令小子,整辞尔容,宗妇楚邦。乌昭万年。晋邦佳翰,永
康宝。

选自:《郭沫若全集——考古编5》之《金文韵读补遗》

解题:晋公,晋定公午。周敬王九年立位,周元王二年
卒。《左传·哀公二年》:"晋午在难,不能治乱,使鞅讨之。"

笺注:①大庭,方国。②囗宅句,建都邑于京师。③龫

龢，即秩秩，有长也。《诗经·大雅·生民》："德音秩秩。"
④智燮，《说文解字》所无。《尚书·顾命》："燮和天下，用
答扬文武之光训。"燮，和也。智燮，就是安和。⑤頯顥，实
为卑潹，形容功业盛大。⑥百嚣，百官。

参考文献

论著类

一 吉金文学基本文献

中国社会科学院考古研究所编：《殷周金文集成释文》，香港中文大学中国文化研究所 2001 年版。

《郭沫若全集·考古编》5、8、9，科学出版社 2002 年版。

罗振玉：《三代吉金文存》，中华书局 1983 年影印本。

上海博物馆商周青铜器铭文选编写组：《商周青铜器铭文选》（3、4），文物出版社 1988 年版。

二 吉金文学研究性文献

刘翔、陈抗、陈初生、董琨编著：《商周古文字读本》，语文出版社 1989 年版。

陈梦家：《西周铜器断代》，中华书局 2004 年版。

马承源：《中国青铜器研究》，上海古籍出版社 2002 年版。

杜廼松：《吉金文字与青铜文化论集》，紫禁城出版社

2003 年版。

张亚初、刘雨：《西周金文官制研究》，中华书局 1986 年版。

《乾隆四监理表》，中华书局 1989 年版。

刘正：《金文庙制研究》，中国社会科学出版社 2004 年版。

邱德修：《商周用鼎制度之理论基础》，（台北）五南图书出版公司 1989 年版。

《吉金铸国史——周原青铜器铭文集粹》，文物出版社 2002 年版。

吴其昌：《金文历朔疏证》，上海商务印书馆 1936 年版。

朱凤瀚：《商周家族形态研究》，天津古籍出版社 2004 年版。

《唐兰先生紫禁城论文集》，紫禁城出版社 1995 年版。

《高明论文选集》，科学出版社 2001 年版

黄然伟：《殷周青铜器赏赐铭文研究》，《殷周史料论集》，（香港）龙门书店 1978 年版。

赵英山：《古青铜器铭文研究》第一册，（台北）商务印书馆 1983 年版。

郭沫若：《殷周青铜器铭文研究》，科学出版社 1961 年版。

陈汉平：《西周册命制度研究》，学林出版社 1986 年版。

陈直：《读金日札》，西北大学出版社 2000 年版。

杨树达：《积微居金文说》（增订本），中华书局 1997 年版。

唐兰：《西周青铜器铭文分代史征》，中华书局 1993 年版。

秦永龙：《西周金文选注》，北京师范大学出版社 1992年版。

三 先秦其他文献及研究性文献

《尚书》：《周书》。

《诗经》：《周颂》、《大雅》、《小雅》。

《逸周书》、《国语》、《周易》。

《古本竹书纪年》、《世本》、《穆天子传》。

《史记》、《汉书》、《后汉书》。

《周礼》、《仪礼》、《礼记》。

杨伯峻译著：《春秋左氏传》，中华书局 1992 年版。

杨向奎：《宗周社会与礼乐文明》（修订本），人民出版社1997 年版。

杨宽：《西周史》，上海人民出版社 1999 年版。

许倬云：《西周史》，生活·读书·新知三联书店 2001年版。

顾德融、朱顺龙：《春秋史》，生活·读书·新知三联书店 2001 年版。

杨宽：《战国史》，上海人民出版社 1998 年版。

刘启益：《西周纪年》，广东教育出版社 2002 年版。

李学勤主编：《十三经注疏》（标点本），北京大学出版社1999 年版。

左丘明撰，杜预集解：《春秋左传集解》，上海古籍出版社 1997 年版。

劳孝舆撰，毛庆耆点校：《春秋诗话》，广东高等教育出版社 1996 年版。

周振甫译注：《诗经译注》，中华书局 2002 年版。

朱熹撰：《诗集传》，上海古籍出版社 1980 年版。

何文焕辑：《历代诗话》，中华书局 1981 年版。

丁福保辑：《历代诗话续编》，中华书局 1983 年版。

杨伯峻译注：《论语译注》，中华书局 1980 年版。

杨伯峻译注：《孟子译注》，中华书局 1960 年版。

焦循撰：《孟子正义》，中华书局 1987 年版。

高亨：《周易古经今注》，中华书局 1982 年版。

高亨：《周易大传今注》，齐鲁书社 1998 年版。

徐元诰撰，王树民、沈长云点校：《国语集解》，中华书局 2002 年版。

张清常、王延栋撰：《战国策笺注》，南开大学出版社 1993 年版。

司马迁撰：《史记》，中华书局 1959 年版。

朱右曾辑，王国维校补，黄永年校点：《古本竹书纪年辑校》，辽宁教育出版社 1997 年版。

王国维撰，黄永年校点：《今本竹书纪年疏证》，辽宁教育出版社 1997 年版。

刘知幾撰，浦起龙释：《史通通释》，上海古籍出版社 1978 年版。

章学诚著，叶瑛校注：《文史通义校注》，中华书局 1983 年版。

赵翼著，王树民校证：《二史恰记校证》（订补本），中华书局 1984 年版。

孙诒让撰，孙启治点校：《墨子间诂》，中华书局 2001 年版。

王先谦撰，沈啸寰、王星贤点校：《荀子集解》，中华书局 1988 年版。

王先慎撰，钟哲点校：《韩非子集解》，中华书局 1998 年版。

陈鼓应注译：《庄子今注今译》，中华书局 1983 年版。

陈鼓应：《老子注译及评介》，中华书局 1984 年版。

严可均辑：《全上古三代秦汉三国六朝文》，商务印书馆 1999 年版。

彭锋：《诗可以兴》，安徽教育出版社 2003 年版。

顾炎武著，黄汝成集释：《日知录集释入》，岳麓书社 1994 年版。

皮锡瑞：《经学通论》，中华书局 1954 年版。

梁启超撰，汤志钧导读：《中国历史研究法》，上海古籍出版社 1998 年版。

张光直：《中国青铜时代》，生活·读书·新知三联书店 1999 年版。

郭沫若：《十批判书》，东方出版社 1996 年版。

钱穆：《先秦诸子系年》，商务印书馆 2001 年版。

钱穆：《国学概论》，商务印书馆 1997 年版。

王国维：《观堂集林》，中华书局 1959 年版。

李纯一：《中国上古出土乐器综论》，文物出版社 1996 年版。

致　　谢

　　本书是我的博士论文。虽然博士毕业已近四年，可是每次回首论文，却没有更多的修改的力量，只好作罢。当年选择此题，多有不自量力之感，实辜负导师殷切期望。以此成书，一面不希望湮没导师的良好选题，另外，无论其如何鄙陋，毕竟算是自己学习的一个总结。

　　三年里，傅道彬先生的睿智、博学、厚德曾无数次地感染着我们，每次想向先生表达谢意的时候，总是千言万语不知从何说起。先生之情，山高水长。

　　本书的出版十分感谢党圣元先生的力荐，感谢责任编辑郭沂纹女士所付出的辛劳，本书造字甚多，感谢所有为本书的出版付出辛苦的人。

连秀丽

2010 年 2 月 1 日于哈尔滨